Maria Höfle

Dein ist die Macht

Maria Höfle

Dein ist die Macht

Ein Kufstein-Krimi

PIPER

Mehr über unsere Autoren und Bücher:
www.piper.de

Wenn Ihnen dieser Krimi gefallen hat, schreiben Sie uns unter Nennung des Titels »Dein ist die Macht« an empfehlungen@piper.de, und wir empfehlen Ihnen gerne vergleichbare Bücher.

Wir produzieren nachhaltig
www.piper.de

ISBN 978-3-492-50273-3

Satz auf Grundlage eines CSS-Layouts
von digital publishing competence (München)
mit abavo vlow (Buchloe)
Covergestaltung: FAVORITBUERO, München
Covermotiv:
Bilder unter Lizenzierung von Shutterstock.com genutzt
Printed in Germany

Für Lea

Dieses Buch ist ein Roman.Handlungen und Personen sind frei erfunden. Ähnlichkeiten mit lebenden oder toten Personen sind nicht gewollt und rein zufällig.

Kapitel 1

»Seit du in Kufstein Inspektorin bist, tummeln sich hier die Leichen.« Chefinspektor Konstantin Schmitt ging in die Knie, betrachtete im Kegel seiner Taschenlampe die elegante Abendgarderobe des Toten und beäugte die Schärpe mit der Aufschrift *Kufsteiner Charity-Ball.*

Dorothea schwieg.

In der tropischen Juninacht, die heiß und schwül war wie die vergangenen zehn, spannte die Uniformbluse, die Hose kniff rund um ihre Taille. Selbst um vier Uhr morgens war die Hitze mitten in der Altstadt unerträglich. Der penetrante süße Dunst von Blüten hing in der Luft und ließ Dorothea schwer atmen, ihre Kehle schmerzen. Sie konnte vor Müdigkeit kaum noch stehen.

Aus dem Halbdunkel sah Konstantin zu ihr auf. »Das ist also der Preis.«

Dorothea durchsuchte ihr Gehirn, erfolglos. Wovon sprach Konstantin? Sie stutzte. Gab es eine Geheimsprache unter Kollegen der Mordkommission, eine Art Code, den sie als Inspektorin der Kufsteiner Stadtpolizei nicht verstand?

Zwei Stunden lang hatte sie auf dem Kopfsteinpflaster gewartet, im Licht des Vollmondes und ihrer Taschenlampe jedes Detail des prominenten Toten studiert. Mitten in der Stadt lehnte er in der Dunkelheit an dem marmornen Türrahmen an der Ecke des Rathauses. Er wirkte, als ob er in der VIP-Lounge reichlich schottischen Whisky getrunken, eine kubanische Zigarre zu viel geraucht, den Ball verlassen, sich auf die Stufe gesetzt und an die historische Fassade des alten Gemäuers gelehnt hätte. Schräg über ihm hing ein gläsernes Schild:

Rathaus Kufstein
Stadtmarketing
Historischer Rundwanderweg
Station 22:
Das Rathaus und die Strafvollstreckung

Elegante Fliege, weißes Hemd, schillernder Frack, schwarze Lackschuhe. Falls der Fährmann der griechischen Mythologie die Toten in der Unterwelt über den Styx setzte, war dieser Passagier heute fraglos der eleganteste in Charons Boot. Sie sollte ihm eine Münze unter die Zunge legen, damit er nicht an den Ufern des Styx herumirren musste.

»Das Geheimnis ist gelüftet.« Konstantin nickte vor sich hin. »Ein hoher Preis.«

Welches Geheimnis? Dorothea gab sich geschlagen. »Welches Geheimnis? Der Preis wofür?«

»Das Geheimnis, das ich schon lange lüften wollte.« Schmitt drehte sich zu ihr um. »Was ist der Preis für eine Nacht mit Dorothea Keusch?« Er grinste. »Nun weiß ich es.« Der Chefinspektor zwinkerte ihr zu. »Man muss wie Daniel Craig aussehen, elegant gekleidet sein und mausetot.«

Dorothea lachte nicht. Sie war fest entschlossen, die makabren Späße des Chefinspektors zu ignorieren und sich auf den *leblosen* Körper zu konzentrieren.

Schmitts Rücken hinderte sie daran. Er kam ihr noch breiter vor als sonst, noch sportlicher. Seine Haare waren im Nacken länger, nicht mehr ganz präzise geschnitten. Es ließ ihn jünger wirken. Dorothea atmete den Duft seines Aftershaves ein, schloss einen Moment die Augen. Hugo Boss. Konstantin Schmitt. Sie hatte vergessen, wie gut er aussah, wie tief seine Stimme klang, wie ungewohnt es war, ihn zu duzen. *Konstantin.* Merkwürdig. Denn in den letzten vier Monaten war kein Tag vergangen, an dem sie nicht an ihn gedacht hatte. Sofort meldete sich ihre innere Stimme. *Vergiss es. Du hast keine Zeit für solche Flausen.*

»Fand heute Nacht das Kufsteiner Event des Jahres statt?« Konstantin wies auf die Schärpe des Toten. »Der Charity-Ball im Rathaus?«

Dorothea nickte und schauderte. In den Festsälen und Gewölben des Kufsteiner Rathauses spielte das Tanzorchester nicht mehr im Tangotakt. Keine Ballgäste drehten sich mehr im Wiegeschritt auf dem Parkett. Doch das Flair von Selbstherrlichkeit, Blasiertheit und Wichtigtuerei zog noch immer um das politische Zentrum der Stadt.

»In Uniform auf dem Ball?« Konstantin betrachtete ihre Adjustierung.

»Dienstlich.« Dorothea zwang sich, ihre Uniformbluse nicht glatt zu streichen. »Es hat in den letzten Wochen einige Vorfälle von Vandalismus gegeben.«

»Schon wieder? Die gleiche Vorgehensweise wie im Jänner?«

»Keine Hinweise auf einen rechtsradikalen Hintergrund.« Dorothea schüttelte den Kopf. »Wir gehen von anderen Tätern aus. Die Reifen eines Ferraris wurden aufgeschlitzt, der Zaun einer Villa mit Farbe besprüht. Das Ballplakat zerschnitten.«

»Und die Veranstalter waren nervös?«

»Ja. Fuhrmann hat Speckner und mich als Polizeischutz eingeteilt.«

Seit neun Stunden stellte Dorothea daher sicher, dass niemand ohne überteuerte Eintrittskarte den exklusiven roten Teppich betrat, die weißen Roben der Debütantinnen während der Eröffnung beschmutzte, prominente Gäste bei ihrem Small Talk belästigte, die Kristalllüster zerschmetterte, die Off-White-Tischdecken zerriss, die Mitternachtseinlage störte, die Kameras der Presse beschmierte, kurz: den Glanz und Glamour der Benefizveranstaltung in irgendeiner Weise gefährdete.

Auf eine Leiche war Dorothea nicht gefasst gewesen. Nur auf die Widrigkeiten einer Ballnacht. Zu Recht. Alte Damen in Rüschen und Opalen hatten missbilligende Blicke auf Dorotheas Uniform geworfen, junge Frauen mit perfektem Make-up und extravaganten Frisuren befremdet Dorotheas dicken, langen Zopf, ihr ungeschminktes Gesicht betrachtet. Zu viel nackte Haut für Dorotheas Geschmack, zu hoch getragene Nasen.

Sie hasste Bälle. Mit Entsetzen erinnerte sie sich an den einzigen Tanzabend, den sie jemals besucht hatte. Das blaue Seidenkleid. Ihre Haare in dem kunstvollen Dutt. Die Perlenohrringe ihrer Großmutter. Sie war so stolz gewesen, hatte sich wunderschön wie Cinderella gefühlt. Aber niemand hatte in ihr etwas anderes gesehen als das pummelige Mädchen. In den vierzehn Jahren nach ihrem Abschlussball hatte sie nicht einen einzigen Tanzabend mehr besucht.

Aber diesmal war ihr keine Wahl geblieben. Sich Fuhrmanns Anweisungen zu widersetzen? Ein No-Go! Hatte ihr Vorgesetzter geahnt, dass sie Events solcher Art verabscheute, und sie deshalb zum Dienst eingeteilt?

Sie seufzte.

Seit sie im Jänner hinter Fuhrmanns Rücken ermittelt hatte, schikanierte er sie auf subtile Art. Die Tatsache, dass sie tatsächlich einen Mordfall gelöst hatte, schien noch zusätzlich Öl ins Feuer gegossen zu haben. Sie bekam keinen einzigen interessanten Fall mehr zur Bearbeitung. Und wenn es das Schicksal doch so wollte, dann schob ihr Vorgesetzter dem einen Riegel vor. Spätestens nach einem Tag musste sie ihn an Speckner oder einen anderen von Fuhrmanns Lieblingen abgeben. Monotonie bestimmte ihren Dienstalltag, der Tote auf dem Charity-Ball war seit vier Monaten die einzige – wenn auch groteske – Abwechslung.

»Du vermutest, dass er vergiftet wurde?« Konstantin riss sie aus ihren Überlegungen.

»Ja.« Die Lippen des Toten verrieten es.

Konstantin leuchtete mit einer Taschenlampe in das Gesicht des Mordopfers, musterte es. Warum glaubst du das, schien er zu fragen. Sie konnte es in seinen Augen sehen, aber er stellte die Frage nicht. »Waren beide Eingänge des Rathauses offen?«

»Nein, der Eingang und Ausgang für Gäste war am oberen Stadtplatz. Die zweite Tür kann nur im Notfall geöffnet werden.«

»Was hat er hier getrieben ... bei der unteren Pforte?« Konstantin blickte hinauf zum Wahrzeichen der Stadt. »Mitten in der Nacht die Kufsteiner Festung besichtigt?« Oberhalb des Rathauses thronte die St.-Vitus-Kirche. Konstantin zwinkerte Dorothea verschmitzt zu. »Eine Beichte abgelegt?«

Dorothea hatte sich bereits dieselbe Frage gestellt. »Vielleicht hat er sich mit jemandem getroffen?«

»Möglich. Wer hat ihn gefunden?«

»Eine Kellnerin. Sie wollte eine Zigarette rauchen, ohne erwischt zu werden. Sie war wohl nicht die Einzige, die ihn gesehen hat, aber die Erste, die ihn angesprochen hat. Das Personal hatte Anweisungen, auf Unregelmäßigkeiten zu achten. Sich bei uns zu melden. Er hat sich nicht bewegt, also hat sie mich geholt.«

»Ein neuer Mordfall für Keusch und Schmitt?«

Ermittlungen mit Konstantin? Bei dem Gedanken daran ging Dorotheas Atem schneller. Seit Monaten durchforstete sie ständig die Zeitungen nach seinem Namen, verfolgte jeden Fall, den die Mordkommission mit Konstantin an der Spitze bearbeitete. Die Jugendliche, die vergewaltigt und ermordet worden war. Die Mutter, die ihre Kinder aus dem Fenster gestoßen hatte, damit ihr Ex-Mann sie nicht bekommen konnte. Der Industrielle, der seinen Manager erschießen hatte lassen.

Die Vorstellung, wieder mit ihm zu arbeiten, war erhebend. Sprühend, funkelnd. Doch Dorothea wusste, dass sie sich keinen Fehler erlauben durfte, nach Fuhrmanns Regeln spielen musste, wenn sie ihr Ziel erreichen wollte. *Überlass die Ermittlungen Konstantin und seinen Kollegen von der Mordkommission.*

Mordkommission. Die Abteilung Leib und Leben. Im September würde eine neue Stelle ausgeschrieben werden. Und diesmal wollte Dorothea es schaffen. Sie hatte einen Plan. Sie würde die Stelle bekommen. Den Tod ihres Vaters aufklären.

Sie musste nur die Prüfung hinter sich bringen. Aber dazu brauchte sie Zeit. Zeit, die sie nicht mehr hatte. Es blieb ihr nichts anderes übrig, als am Ende ihrer Schicht endlich mit ihrem Vorgesetzten zu reden. Sie seufzte. *Vorher musst du ihm noch erklären, warum du das Landeskriminalamt eingeschaltet hast.*

Neben ihr erhob sich Konstantin. »Wie wäre es mit einem Totendrink, Inspektorin Keusch?« Er grinste.

Dorothea überging den Scherz und sah zu ihm auf. »Der Name des Toten ist Richard Vogel. Er ist ein freier Journalist ... « Sie stockte.

Konstantin erwiderte ihren Blick, seine Augen waren ernster, als Dorothea sie jemals gesehen hatte. Er nickte. »... und Herausgeber eines Kufsteiner Magazins. Vogel ist dafür bekannt, Skandale aufzudecken. Ganz Kufstein kennt und fürchtet ihn.«

Kapitel 2

»Du hast das Landeskriminalamt angerufen?« Fuhrmanns Gesicht verfärbte sich scharlachrot unter dem Schnauzer und den buschigen Augenbrauen bis hinauf zum blonden Haaransatz. Der Chefinspektor hielt sich an der Schreibtischplatte fest und erhob sich von seinem Drehsessel. »Weil die Lippen des Toten *zu* rot waren?« Die Kante schnitt in seinen Bierbauch, er beugte den Oberkörper nach vorn, ungläubig, wutentbrannt. »Weil sie *moosig* rochen?«

Dorotheas Magen verkrampfte sich. Um sieben Uhr morgens, kurz nach Dienstbeginn, wies das sauber gebügelte Hemd ihres Vorgesetzten unter den Achseln bereits Schweißflecken auf. Ausdünstungen, die an Zwiebeln erinnerten, hingen in der Luft, vermischten sich mit dem Geruch von Bügelstärke, durchzogen das Büro. Übelkeit stieg in ihr auf.

»Ist dir nicht in den Sinn gekommen, dass Richard Vogel vielleicht einen Herzinfarkt hatte?« Fuhrmanns Stimme bebte.

Trotz der Hitze im Büro fühlten sich Dorotheas Fingerspitzen auf ihren Knien kalt an. Auf dem unbequemen Stuhl vor dem altgedienten Schreibtisch hielt sie sich ruhig, konzentrierte sich auf eine abgewetzte Stelle am Kragen ihres Chefs.

»Warum hast du keinen Arzt gerufen?« Polternd, drohend klang seine Stimme.

Weil ich mir sicher bin, dass die Todesursache nicht natürlich ist. Und weil dann die Vorschrift so lautet. Dorothea öffnete den Mund, registrierte Fuhrmanns abwehrende Hand und realisierte, dass es eine rhetorische Frage gewesen war.

»Eiben? Taxin-Vergiftung?« Der Chefinspektor war rasend, so, als habe man ihn persönlich angegriffen. »Hast du zu viele Krimis gelesen?«

Dorothea hatte mit Verwunderung gerechnet, nicht mit blanker Wut. Warum geriet Fuhrmann so aus der Fassung? Dicke Zwiebelschwaden durchzogen die Luft, sie ignorierte den fahlen Geschmack auf ihrer Zunge, zwang sich, gute Miene zum bösen Spiel machen. Wenn sie ihr Ziel erreichen wollte, musste sie diese Tirade über sich ergehen lassen.

»Ich möchte nicht zum Gespött der Mordkommission werden, nur weil eine meiner Inspektorinnen zu viel Fantasie hat.«

Und da war sie. Des Rätsels Lösung. Die Erklärung für Fuhrmanns Rage: Seine größte Angst war es, sich zu blamieren. Bloßgestellt zu werden. Als unfähig zu gelten. Das Einzige, was Chefinspektor Fuhrmann mehr hasste als Polizisten, die sich eigenständiges Denken erlaubten, waren *Polizistinnen*, die sich eigenständiges Denken erlaubten.

»Die Mitglieder des Landeskriminalamtes sind überheblich genug.« Er schnaubte verächtlich. »Wir brauchen ihnen nicht noch mehr Zündstoff zu liefern, indem wir einen Herzinfarkt als Mord präsentieren.«

Dorotheas Oberschenkel begannen zu schmerzen. Nach zwölf Stunden Dienst, einem anstrengenden Ball, einem

Toten und dem Wiedersehen mit Konstantin, das sie sich anders ausgemalt hatte, wollte Dorothea nur noch schlafen.

»An deiner Stelle würde ich zu Gott beten, dass es wirklich Gift war.« Fuhrmann trat ans Fenster, die Hände in den Hosentaschen. Die Beulen im Stoff verrieten, dass er sie zu Fäusten geballt hatte. Durch die halb geschlossenen Lamellenvorhänge beobachtete der Chefinspektor die Fahrzeuge auf der Kreuzung, ein schwarzer Mercedes blieb stehen, fuhr quietschend los. »Weißt du, wer bei diesem Ball war?«

Dorothea nickte. Viele unangenehme Mitglieder der Spezies *Homo sapiens*. Doch sie schwieg.

»Rechtsanwälte, Ärzte, die High Society von Kufstein.« Fuhrmann drehte sich zu ihr um. »Die Presse. Das Fernsehen. Der Bürgermeister, der Vizebürgermeister, Landtagsabgeordnete, sogar der Polizeipräsident.« Er zog ein riesiges Taschentuch aus seiner Hosentasche und wischte sich mit seinen Wurstfingern den Schweiß von der Stirn. »Wenn sich herausstellt, dass Vogel an einem Herzinfarkt gestorben ist, ist die Polizei auf viele Schlipse getreten und hat sich wieder einige Feinde gemacht. Und die Presse wird uns kreuzigen.« Er zerknüllte die karierte Baumwolle, stopfte sie zurück. »Dein vermeintliches Mordopfer war einer von diesen Aasgeiern. Wusstest du das? Sie werden einen Heidenspaß daran haben, uns in der Luft zu zerreißen.«

Es war kein Herzinfarkt. Du hast solch panische Angst vor einer Niederlage, dass es dir nicht mal in den Sinn kommt, dass ich recht haben könnte.

»Als ob wir nicht schon genug Probleme mit unserem Image hätten.« Der Chefinspektor wandte sich erneut ab, trat ans Fenster. »Für die Bevölkerung ist die Polizei rückständig, konservativ und ausländerfeindlich.«

Dorotheas Blick fiel auf die Fotos und Pokale auf dem Wandregal. Kegelklub, Männerstammtisch, Fußballklub, ein pausbäckiges Hausmütterchen, fünf Söhne im Fußballdress. Wenn man Fuhrmann ansah, war es kaum möglich, andere Adjektive als *konservativ* und *rückständig* zu benützen. Ein Schauer lief über ihren Rücken. Selbst das Attribut *ausländerfeindlich* traf auf einige ihrer Kollegen zu. Sie wartete und studierte die Härchen in Fuhrmanns Nacken.

Endlich ließ er sich wieder in seinem Drehstuhl nieder, wischte sich ein zweites Mal über das Gesicht. Er nahm eine Akte zur Hand. »Speckner hat auf dem Ball keine Spur von den Vandalen gesehen. Du?«

»Nein.«

»Schreib deinen Bericht!« Er widmete sich den losen Blättern, hob noch mal den Kopf, sah sie an. »Das nächste Mal rufst du *mich* an, bevor du eine solche Entscheidung triffst – selbst um vier Uhr morgens.« Sie war entlassen. »Lass die Tür offen, wenn du rausgehst, sonst ersticke ich.«

Dorothea blieb sitzen und pickte einen imaginären Faden von ihrer Uniformhose. Sie sehnte sich nach ihrem Bett, lechzte nach kaltem Wasser. Am liebsten wäre sie aufgestanden und hätte das Büro verlassen. *Du musst mit Fuhrmann reden. Du hättest es schon letzte Woche tun sollen.* Die innere Stimme nagte, nörgelte. Es stimmte. Sie hatte dieses Gespräch viel zu lang hinausgeschoben. Eine Welle der Müdigkeit überrollte sie. Ihr Timing war denkbar ungünstig. Das Letzte, was sie an diesem Morgen brauchte, war, auf Fuhrmanns Gnade angewiesen zu sein.

Dorothea räusperte sich.

»Ist noch was?«

»Ich hätte gern eine Woche frei.«

Das Scharlachrot kehrte zurück, Fuhrmann platzierte seinen Kugelschreiber sorgfältig neben der Akte, *zu* sorgfältig. Dorothea konnte förmlich sehen, wie sich sein Unmut zusammenbraute, sich die Rädchen in seinem Kopf drehten. »Wozu brauchst du eine Woche Urlaub?«

Fuhrmann hat es vergessen. »In zwölf Tagen ist die Prüfung für den dienstführenden Beamten.« Dorothea versuchte, sachlich zu klingen. »Ich habe mich angemeldet.«

Sie wartete. Fuhrmann war nicht der begnadetste Denker unter der Sonne, sie gab ihm Zeit, sich zu erinnern, zu orientieren.

»Du willst dich tatsächlich noch einmal für eine Stelle in der Abteilung Leib und Leben bewerben?« Er klang ungläubig. »Das halte ich für eine schlechte Idee.«

Keine Überraschung. Trotz mehrmaliger Bewerbungen hatte Fuhrmann es in seinen vierzig Dienstjahren nie weiter als zu der Position eines Postenkommandanten gebracht. Als er sich Anfang des Jahres geweigert hatte, Dorothea ein Empfehlungsschreiben zu geben, hatte ihr Vorgesetzter unbewusst sein Credo offenbart: Wenn *ich* es nicht erreiche, darf es auch niemand anderer tun. Schon gar keine Frau.

Dorothea schluckte. »Seit sechs Wochen hatte ich kaum einen freien Tag.« *Weil mein pseudosportlicher Kollege Gruber jeden Montag Fußball spielt, sich ständig Bänder und Sehnen reißt und nun den Fuß gebrochen hat.*

»Krankenstände kann ich nicht beeinflussen.« Fuhrmann zog eine Schublade auf. »So sehr es dir missfällt, im Moment bist du Teil meines Teams. Und das bedeutet, dass du manchmal auch für andere einspringen musst. Ich kann nichts dafür, wenn meine Mitarbeiter sich verletzen.« Er holte eine Mappe heraus und schlug sie auf. »Laut Dienstplan hast du morgen und übermorgen frei.«

»Gruber ist zurück im Dienst.« Dorothea versuchte es in beiläufigem Tonfall. »Und Vera macht bereitwillig Überstunden. Ich habe schon mit ihr gesprochen.«

»Diensteinteilung obliegt mir ... und nur mir.« Fuhrmann warf ihr einen scharfen Blick zu.

Schlechter Schachzug. »Natürlich.« Sie blickte auf ihre robusten Schnürschuhe, ließ ihre Stimme vor Unterwürfigkeit triefen.

Er gab vor, die Tabelle zu studieren. »Morgen und übermorgen frei, einen Tag Zeitausgleich, mehr kann ich dir nicht bieten.« Er klappte den Schnellhefter zu, ließ die Lade rasselnd zurollen und nahm seinen Kugelschreiber in die Hand. »Aber nachdem du ein Genie bist, wird das sicher reichen.«

Kapitel 3

Der Schrei des Journalisten hallte durch den Ballsaal und ging Dorothea durch Mark und Bein. Sie wollte zu dem Mann laufen, doch ihre Glieder wurden tonnenschwer, bleiern. Um sie brodelte es wie in einem Vulkan, ihre Uniform verwandelte sich in eine dampfige Decke. Wieder erklang der Laut, durchdringend, gellend, qualvoll ... wie in einem Albtraum.

Mit einem Satz erwachte sie. Warum war sie am frühen Nachmittag noch im Bett? Durch die Ritzen der Jalousien fiel grelles Sonnenlicht, in ihrem Schlafzimmer war es kochend heiß. Die Luft fühlte sich an wie aus einem Haartrockner. Es war, als ob sie nach zehn Minuten in der Hölle aus dem Schlaf gerissen worden wäre.

Benommen blinzelte sie. Die Zeiger ihres Weckers standen auf halb zwei. Zigarettenrauch zog von der Terrasse ihres Nachbarn herein, bei dem blauen Dunst drehte sich Dorotheas Magen um. Sie versuchte, sich zu orientieren, und mit einem Schlag kam die Erinnerung zurück.

Der Nachtdienst. Der Kufsteiner Charity-Ball. Der tote Journalist. Das Gespräch mit ihrem Vorgesetzten. Die Prüfung. Der Stapel Unterlagen, der auf sie wartete. Sie rechnete nach. Fünf Stunden Schlaf. Kein Wunder, dass ihre Augen brannten. Sie schloss ihre Lider, und der Journalist drohte abermals zu schreien. Dorothea fuhr auf. Es war nicht die verzweifelte Stimme eines Mannes, sondern der eindringliche Klingelton ihres Mobiltelefons, das irgendwo in der Wohnung lag.

Nach einer Schrecksekunde ließ Dorothea ihre Wange auf das Kissen sinken. Ihre Mutter. Es war Wochenende. Sonntags besuchte Dorothea sie meist oder rief sie an. Heute war sie zu erschöpft, zu ausgelaugt für eine Warum-kannst-du dir-nicht-einen-ungefährlicheren-Job-suchen-Predigt. Sie hatte keine Zeit, keine Lust. Ein weiterer gellender Ton.

Benebelt und genervt schlug Dorothea das Laken zurück. Sie zählte bis sieben, bis sie ihr Mobiltelefon auf der Biedermeierkommode fand.

Unbekannte Nummer. Nicht ihre Mutter.

»Hallo?« Ihr Puls hämmerte plötzlich gegen ihren Hals.

Stille.

»Hallo?« Sie merkte, dass sie den Atem anhielt.

Unbeholfenes Räuspern am anderen Ende der Leitung.

Dorothea atmete erleichtert aus. Ein Versehen. Sie nahm das Gerät vom Ohr.

»Frau Keusch?«

Ihr Finger stoppte mitten auf dem Weg zu dem roten Kreis.

»Spreche ich mit Dorothea Keusch? Sind Sie die Inspektorin?«

»Ja.« Sie trat an die Tür zur Dachterrasse, sah die Gießkanne. Ihre Pflanzen würden in der sengenden Sonne verenden. Sie legte ihre rechte Hand an den Hebel der Terrassentür.

»Ich muss dringend mit Ihnen reden.«

Die Männerstimme gehörte einer älteren Person. Dorothea seufzte innerlich. *Eine entlaufene Katze? Ein verloren gegangener Hund?* Mit einem Ruck drückte sie den Hebel nach unten, schob die schwerfällige Glastür zur Seite.

»Mit wem spreche ich?« Ein Schwall heißer Luft traf sie mitten ins Gesicht.

»Mein Name ist Erich Vogel. Chefinspektor Schmitt von der Mordkommission war heute Morgen bei mir. Mein Sohn wurde in der Nacht tot aufgefunden.«

Auf der Schwelle hielt Dorothea inne, unfähig, vorwärts oder rückwärts zu treten. »Das tut mir sehr leid«. Sie suchte nach weiteren Worten, ihr Gehirn war wie blockiert in der surrenden Hitze, mehr als die hohle Beileidsbezeugung fiel ihr nicht ein.

»Sie müssen sofort zu mir kommen, Frau Inspektorin.«

Was wollte der Vater des Journalisten? »Ich bin heute nicht im Dienst.« Sie musste sich von den Ermittlungen fernhalten. »Ich kann eine Kollegin des LKA zu Ihnen schicken.«

»Nein. Ich brauche Sie.«

»Warum gerade mich?« Irgendetwas war seltsam, surreal, regte sich dunkel in ihrem Hinterkopf. Sie wollte sich setzen, darüber nachdenken. Die Biedermeierstühle im Wohnzimmer waren meilenweit weg, die Sitzecke auf der Terrasse unerreichbar.

»Nicht am Telefon. Ich muss Sie persönlich sprechen.«

Mit einem Mal verstand Dorothea, was sie beunruhigte. »Woher haben Sie meine private Telefonnummer?«

»Ich erwarte Sie in einer halben Stunde.« Der Mann am anderen Ende der Leitung schien ihre Frage nicht zu hören. »Haben Sie etwas zum Schreiben? Notieren Sie sich meine Adresse.«

»Herr Vogel, das ist ein Missverständnis.« Endlich funktionierte Dorotheas Gehirn, sie trat auf die Holzdielen, nahm die Gießkanne. Das Metall war so heiß, dass sie zusammenzuckte. Sie zwang sich, höflich zu bleiben. »Ich bin kein Mitglied des Landeskriminalamtes.«

»Das weiß ich.« Erich Vogel klang ungeduldig. »Deshalb muss ich unbedingt mit Ihnen sprechen.«

Kapitel 4

Dorothea war unheimlich zumute. Der Vater des Toten hatte sie in eine Art Jagdhöhle geführt, gespickt mit Trophäen von Großwild. Dichte Vorhänge verhüllten Fensterluken, die Glut des Juninachmittags herrschte in einem anderen Universum. Grobe Steine an den Wänden und geschwärzte Deckenbalken suggerierten, dass sie sich in einer gespenstischen Felsengrotte befand. In den Lichtkegeln von Spots starrten Köpfe von Nashörnern und Schädel von toten Büffeln aus düstern Augenlöchern auf Dorothea herab. Fellhäute von Zebras auf dem rostroten Fliesenboden, ausgestopfte Löwen, Bären und Antilopen umzingelten sie, verbreiteten einen penetranten Geruch von gegerbter Haut und mottenbefallenem Fell, ließen Dorothea kaum atmen.

Sie fröstelte bei dem Gedanken an so viele Kadaver und all das sinnlose Morden um sie herum. Neben afrikanischen Masken und riesigen Stoßzähnen prangten Fotos von dunkelhäutigen Guides und dem selbstgefälligen Erich Vogel mit einem Gewehr in der Hand. Eine Hyäne stierte Dorothea drohend aus leblosen Glasaugen an. Irgendwo über ihr schlug unheilverkündend eine Tür, Dorothea bekam das Gefühl, in einem Horrorfilm zu sein, in dem das tote Tier auf dem Sprung dazu war, sich für seine Ermordung zu rächen.

»Setzen Sie sich!«

Zögerlich ließ sich Dorothea in dem Ledersessel nieder. Ihr Gegenüber erinnerte sie an einen amerikanischen Kriegsveteranen. Kurz geschorene weiße Haare, aufrechte Haltung, glatt rasiert. Sein Sohn war vor weniger als vierzehn Stunden tot aufgefunden worden, dennoch wirkte alles an Erich Vogel geordnet, streng, unnahbar. Die Kaki-Hosen und das kurzärmelige Hemd mit Brusttaschen und Schulterklappen waren frisch gewaschen und sauber gebügelt.

»Sie müssen mir helfen.« Aus einer Bar holte er eine Flasche und zwei Gläser, stellte sie auf dem niedrigen Mahagonitisch ab und setzte sich Dorothea gegenüber. Verstohlen beobachtete sie Erich Vogel. Das Schild an der Klingel hatte den Titel und den Beruf des Mannes genannt, der Ingenieur war sehr rüstig, nur die verzögerten Bewegungen ließen darauf schließen, dass er Ende siebzig war. Seine Hände zitterten leicht, als er goldbraune Flüssigkeit in einen geschliffenen Kristallschwenker goss. Er streckte den V. S. O.P Hennessy Dorothea entgegen, deutete auf das zweite Glas, und Dorothea verneinte. Sie brauchte Wasser, keinen brennenden Schluck Cognac.

Mit einem Quietschen drehte Erich Vogel den Korken zurück in den Flaschenhals. »Chefinspektor Schmitt hat mir berichtet, dass der Tod meines Sohnes genauer untersucht werden müsse.« Seine bebenden Finger umschlossen hart das Etikett. Dorothea öffnete ihre Lippen, doch Erich Vogel hob seine Hand. »Schmitt meinte, ich solle nicht beunruhigt sein, das LKA müsse alle Möglichkeiten prüfen.« Dorothea war überrascht darüber, wie sachlich die Stimme des Vaters klang. »Im Falle auch nur eines Hinweises muss die Abteilung Leib und Leben routinemäßig ermitteln.« Er presste die Lippen aufeinander.

Dorothea verstand. Sie gab ihrer Stimme einen wohlwollenden Klang. »Sie glauben nicht, dass Ihr Sohn ...?«

»... ermordet wurde?«, beendete der Vater den Satz für sie. »Nein, ich glaube es nicht.« Er sah sie direkt an, seine Augen waren stahlgrau und kalt. »Ich weiß es. Mein Sohn wurde Opfer einer Verschwörung.« Erich Vogel fixierte einen mottenzerfressenen Leoparden, der eine Antilope stellte. »Es war ein Attentat.« Er nippte an seinem Cognac. »Wie das Regenschirm-Attentat.«

Dorothea erschrak. Der Schein trog. Kein Wunder, dass der Mann so gefasst wirkte. Er war verwirrt. Fieberhaft überlegte sie. Wie konnte sie den Ingenieur beruhigen, das Gespräch so schnell wie möglich beenden und nach Hause kommen? Ärger stieg brodelnd in ihr auf. Warum war sie hierher gekommen? Neugier? Wichtigtuerei? *Du solltest zu Hause sitzen und lernen. Oder schlafen.* Schlaf. Allein der Gedanke daran ließ ihre Glieder schwer werden.

»Nein.« Die polternde Silbe riss sie aus ihren Überlegungen. »Ich bin nicht dement.« Erich Vogel hatte es in ihren Zügen gelesen. »Ich bin auch kein Alkoholiker.« Er deutete auf die braune Flüssigkeit in dem Glas. »Ich trinke genau zwei fingerbreit Cognac jeden Tag. Nicht mehr und nicht weniger.« Er sah auf die Uhr. »Und nie vor drei Uhr nachmittags.« Als wollte er seine Worte untermauern, nahm er einen Schluck. »Glauben Sie mir, Frau Inspektorin. Mein Sohn wurde Opfer einer Verschwörung. Wie dieser andere Journalist.«

»Sie meinen Georgi Markow?«

Fuhrmanns Worte kamen Dorothea in den Sinn: *Hast du zu viele Krimis gelesen?* Plötzlich erschien seine Reaktion verständlicher. So ähnlich musste für ihren Vorgesetzten ihre eigene Vergiftungstheorie geklungen haben.

Sie räusperte sich vorsichtig. »Herr Vogel«, sie sprach langsam und deutlich. »Georgi Markow war ein bulgarischer Schriftsteller. Er kritisierte öffentlich die kommunistische Führung seines Heimatlandes.« Sie hielt inne, stellte sicher, dass ihr Gegenüber sie verstanden hatte. »Wir leben in einem freien Land, nicht in einem Polizeistaat. Österreich ist eine Demokratie.« *Wenigstens theoretisch.* »Georgi Markow wurde von einem Agenten des bulgarischen Geheimdienstes ermordet. Das KGB lieferte die Kapsel und das Gift.«

»Behandeln Sie mich nicht wie einen debilen Greis.« Erich Vogel schlug mit der flachen Hand auf den Kaffeetisch, die Tumbler klirrten gefährlich. »Ich bin nicht senil. Ich habe lediglich einen Vergleich gezogen.«

Dorothea musterte den alten Mann, wartete.

»Richard wollte einen Polizeiirrtum berichtigen.« Er atmete schwer, auf seinen Knien waren die Finger nun zu Fäusten geballt. »Er wollte einem Opfer der Justiz helfen. Genau das hat er gesagt.«

»Wovon sprechen Sie?«

»*Man kann niemandem trauen* – das waren seine Worte.« Er schloss die Augen, legte Zeigefinger und Daumen an seine Nasenwurzel, als habe er Kopfschmerzen.

»Wann war das?«

»Vor einer Woche.« Der Ingenieur gab einen kehligen Laut von sich, von Neuem ballten sich seine Hände zu Fäusten. »Ich sehe ihn vor mir, als ob es vor einer Minute gewesen wäre. Er sagte, er würde Zorn heraufbeschwören und eine Karriere zerstören, aber er müsse es tun.«

»Haben Sie Chefinspektor Schmitt von Ihrer Vermutung berichtet?«

»Hören Sie mir nicht zu?« Jäh wandte sich der Mann an Dorothea. »Oder sprechen Sie kein Deutsch?«

Worauf wollte Erich Vogel hinaus? Warum war er so wütend? Dorothea betrachtete die makabren Tierpräparate rund um sich herum, schloss ihre Augen. *Richard wollte einen Polizeiirrtum berichtigen.* Wie bei einem 3-D-Bild nahm etwas Gestalt an und traf sie wie ein Schlag in die Magengrube. »Sie glauben, dass ein Polizist Ihren Sohn ermordet hat?« Sofort verwarf sie die absurde Idee. »Das kann ich mir nicht vorstellen.«

»Haben Sie noch nie etwas von JFKs Ermordung gehört?«

Dorothea konnte die Logik des Ingenieurs nicht nachvollziehen, ihr Bedarf an Verschwörungstheorien war jedoch weit über das Maß hinaus gedeckt. »Ich verstehe Ihre Besorgnis. Aber die Mitglieder der Mordkommission sind äußerst kompetent und vertrauenswürdig.« Sie konzentrierte sich darauf, höflich zu bleiben. »Und durchaus in der Lage, objektiv zu ermitteln.«

»Soweit ich weiß, leitet Chefinspektor Schmitt die Ermittlung.« Erich Vogel blickte sie an, erst jetzt fiel ihr auf, wie scharf seine Augen wirkten. »Er ist der Sohn des letzten Polizeichefs. Und sein Großvater stammt aus Kufstein. Ich kann mir schwerlich vorstellen, dass er unbefangen ist.«

Dorothea biss sich auf die Lippen. Der Vater des Journalisten war gut informiert.

Er schien ihre Gedanken zu erahnen. »Ich lese Zeitungen, ich sehe mir Nachrichtensendungen an. Und hier in Kufstein kennt man sich, wenigstens dem Namen nach.«

»Ich bin ebenfalls Polizistin. Woher wollen Sie wissen, dass Sie mir vertrauen können?«

»Sie haben bei einem vermeintlichen Selbstmord ermittelt. Sie waren die Einzige, die Zweifel an dem offiziellen Urteil hatte.« Sein Blick über Dorotheas beige Baumwollhose und ihr graues Top zeigte, dass er sie sich anders vorgestellt hatte. »Sie haben schließlich den wahren Täter gefunden. Sie sind unbescholten.«

»Woher haben Sie diese Information?« Dorothea vernahm den entgeisterten Ton in ihrer eigenen Stimme. Ihre Rolle in der Aufklärung des Todes eines jungen Mädchens war nie publik geworden, nie in der Presse Thema gewesen. »Wer hat Ihnen meine Telefonnummer gegeben?« Eine wegwerfende Geste. Sie musste Härte zeigen, um das Gespräch wieder unter Kontrolle zu bringen. »Es tut mir leid, ich kann Ihnen nicht helfen.«

Erst als Dorothea aufstand, fest entschlossen, den Raum zu verlassen, hob er beschwichtigend die Hand. »Frau Kettner.«

Dorothea stutzte. Daniela Kettner. Die Mutter eines jugendlichen Neonazis, der in den Fall der toten Schülerin verwickelt gewesen war. Eine winzige Wohnung, ein gewalttätiger Ehemann, das zweite Kind im Kindergartenalter, die sanfte Wölbung, die verraten hatte, dass ein drittes unterwegs war. Dorothea rechnete nach. Die Frau musste etwa im siebten Monat schwanger sein.

»Sie hat das Kind verloren, als ihr Mann sie halb totgeprügelt hat. Sie wohnt mit dem Kleinen in einer Gemeindewohnung. Sie putzt für mich, wäscht meine Wäsche.«

Dorothea ließ sich zögerlich nieder, während Erich Vogel berichtete.

»Als sie das erste Mal meine Hemden bügelte, fragte ich nach ihrer Familie. Sie erzählte von dem kleinen Tobias. Von ihrem Sohn Roman. Von dem Tod der Schülerin. Davon, dass Schmitt ermittelte und der Tod der Jugendlichen als Selbstmord deklariert wurde. Frau Kettner meinte, dass Sie als Einzige Zweifel hatten und eigenständig Nachforschungen anstellten.«

Dorothea schwieg. Es war Konstantin gewesen, der ebenfalls Bedenken gehabt hatte, der sie gebeten hatte zu recherchieren. Konstantin, der mit ihr zusammengearbeitet hatte. Aber das wusste nur ein sehr enger Personenkreis.

»Sie irren sich.« Sie musste diese Konversation beenden. »Chefinspektor Schmitt ist ein sehr guter Ermittler. Er wird den Tod Ihres Sohnes aufklären.«

»Im Fall von Elena Goldschmied lag er falsch.«

Sie drehten sich im Kreis, Dorothea fühlte sich machtlos.

Der Vater des Toten spürte ihre Unsicherheit. »Ich habe Sie angerufen, weil ich weiß, wie wichtig die ersten achtundvierzig Stunden in einer Mordermittlung sind.« Er zog einen zusammengefalteten Bogen aus seiner Hemdtasche und legte ihn auf den Tisch. »Ich habe den Namen seines Schulfreundes aufgeschrieben. Richard und er kannten sich seit ihrer Kindheit. Er ist der Rektor der Fachakademie für Wirtschaftswissenschaft in Kufstein.« Der Vater war stolz auf den bedeutenden Freund seines Sohnes. »Sicherlich weiß Günther Schall mehr.«

Fast gegen ihren Willen entfaltete Dorothea das Blatt Papier. Es war säuberlich mit Tinte beschrieben, in gestochener Handschrift. Gegen ihren Willen las sie den Namen, die Adresse.

»Mein Sohn hatte auch eine ...«, er zögerte, »Freundin. Aber ich weiß ihren Namen leider nicht mehr.«

»Herr Vogel, ich darf nicht ermitteln. Ich würde damit meinen Job aufs Spiel setzen. Ich bin mir sicher, dass Sie das verstehen.«

»Nein. Ich verstehe es nicht. Immerhin haben Sie schon einmal eigenmächtig gearbeitet.«

»Das war etwas anderes.«

»Inwiefern? Ist der Tod eines siebzehnjährigen Mädchens wichtiger als der eines ...«, er hielt inne, »... zweiundvierzigjährigen Journalisten?«

Die Pause mutete Dorothea seltsam an. Welches Wort war dem Vater auf der Zunge gelegen? »Wenn Sie der Polizei nicht trauen, können Sie einen Privatdetektiv engagieren.«

»Es geht um einen Mordfall. Nicht um Ehebruch. Privatdetektive haben keinen Zugriff auf die Polizeiakte.«

»Ich ebenfalls nicht.« Sie drehten sich im Kreis. Es kostete Dorothea viel Überwindung, ihre Hände nicht vor Frustration in der Luft zu werfen. »Sobald ich im Computer irgendetwas in Verbindung mit dem Tod Ihres Sohnes recherchiere, wird mein Vorgesetzter davon erfahren.«

»Das hat Sie im Jänner auch nicht davon abgehalten, es zu tun.«

Ich habe beinahe meinen Job verloren. Der wütende Schrei steckte in Dorotheas Kehle. Doch sie schwieg. Irgendetwas sagte Dorothea, dass Erich Vogel dieses Argument nicht gelten lassen würde. Sie beschloss, eine andere Strategie anzuwenden. »Herr Vogel, die Obduktion muss erst durchgeführt werden, der toxikologische Bericht ist noch nicht erstellt. Es könnte sein, dass Ihr Sohn eines natürlichen Todes gestorben ist.«

»Glauben Sie das?

Dorothea zögerte. *Sag Ja. Steh auf! Verlass endlich diese beklemmende Höhle.* »Nein.«

Der Großwildjäger nickte. »Mein Sohn hat sein Leben dafür eingesetzt, Gerechtigkeit für andere zu erlangen.« Er erhob sich. »Ich erwarte, dass Sie dasselbe für ihn tun.«

Kapitel 5

Pornografische Darstellung minderjähriger Personen ... Freiheitsstrafe von sechs Monaten bis zu fünf Jahren.

Auf der Dachterrasse verschwammen die Zeilen des Paragrafen in der brütenden Nachmittagssonne vor Dorotheas Augen, selbst unter dem weißen Sonnensegel drückten die hohen Temperaturen gegen ihre Schläfen, ihre Finger um den Bleistift fühlten sich glitschig an. Es war viel zu heiß, um Gesetzestexte auswendig zu lernen, viel zu heiß, um überhaupt irgendetwas zu tun.

Der Geruch von vertrocknetem Gras und ausgedörrter Erde lag in der Luft. Dorothea strich sich mit den Händen über das Gesicht, lehnte sich auf der niedrigen Bank aus Teakholz zurück, streckte ihre Beine aus, spürte die erwärmten Fliesen unter ihren Fußsohlen, die harte Wand in ihrem Rücken. Seit einer Stunde versuchte sie, sich auf die Unterlagen zu konzentrieren, doch immer wieder kehrten ihre Gedanken zu dem Vater des Toten zurück. *Richard wollte einen Polizeiirrtum berichtigen.*

Sie lauschte. Weit unter ihr ließ Frau Webers Tochter Geschirrtücher durch die Luft schnalzen, bevor sie sie auf die Wäschespinne hängte. Jedes Wochenende kam sie und half der alten Frau, die Hausarbeit zu erledigen. Schuldbewusst dachte Dorothea an ihre eigene Mutter und schob den Gedanken schnell wieder beiseite. Sie wollte sie heute einfach nicht anrufen.

Eine Stunde nach ihrem Gespräch mit Erich Vogel wanderte die Sonne bereits Richtung Westen, die Luft über den Gleisen weit unter ihr sirrte trotzdem vor Hitze. Eine Elster im hohen Kirschbaum beäugte Dorothea misstrauisch. Der Vogel der germanischen Todesgöttin Hel, ein Unheilsbote. Hexentier und Galgenvogel im Mittelalter. Reiner Aberglaube.

Sie schob die unsinnigen Gedanken beiseite, kippte den letzten Schluck ihres Eistees hinunter. Er schmeckte, als ob sie ihn mit Spülwasser aufgegossen hätte. Als sie das Skript wieder in die Hand nahm, kam es ihr unendlich schwer vor. Sie las den nächsten Paragrafen. Nach zwei Sätzen merkte sie, dass sie kein Wort behalten konnte.

Konstantin ist ein guter Ermittler. Er übersieht nichts, er wird alle Möglichkeiten in Betracht ziehen. Warum kannst du dich nicht auf deine Unterlagen konzentrieren?

Wie tausend Ameisen verteilte sich die Unruhe in ihrem Köper. Seufzend nahm sie den leeren Glaskrug, ging in die Küche, goss schwarzen Tee in das Gefäß und presste eine Zitrone aus. Sie roch an dem Blatt Zitronenmelisse, lauschte dem leisen Knacken der Eiswürfel und versuchte, die Anspannung zu verscheuchen.

Erich Vogel und seine Theorie.

Das bohrende Gefühl verschwand nicht. Irgendwas an den Aussagen des Vaters ließ sie nicht los. Sie nahm ihr Mobiltelefon zur Hand.

»Möchtest du reinkommen?« Dorothea versuchte, so beiläufig wie möglich zu klingen, als sie die Tür öffnete. Die Sonne erhitzte immer noch die Dachgeschosswohnung, der Luftzug aus dem Treppenhaus brachte wenig Linderung. Selbst nun, um halb sechs Uhr abends, war jede Bewegung beschwerlich.

Dorothea hatte der Versuchung widerstanden, eine Stunde im Bad zu verbringen und sich ewig vor dem Spiegel zu überlegen, was sie anziehen sollte, fest entschlossen, sich nicht für Konstantin chic zu machen. Eine kalte Dusche. Ihr Tunika-Kleid aus grauer Rohseide. Das musste reichen.

Konstantins Outfit ließ sie ihre Entscheidung wieder überdenken. Sein hellblaues Hemd wirkte auf wundersame Weise leger und elegant zugleich, er roch nach Aftershave und Duschgel. Sofort fühlte sie sich zerdrückt, wie aus einem Schläfchen gerissen. Wie konnte Konstantin nach einem Tag Ermittlungsarbeit bei 32 Grad im Schatten so taufrisch aussehen?

»Reinkommen?« Der Chefinspektor stutzte gespielt verwirrt. »Wer bist du, und was hast du mit Dorothea Keusch gemacht?«

Er zwinkerte ihr frech zu. Es war dieses Blinzeln, an das sie in den letzten Monaten immer wieder gedacht hatte. *Es ist schön, dich zu sehen.* Sie biss sich auf die Lippen. Sie wollte Konstantin nicht zeigen, wie surreal berauschend es für sie war, ihn bei sich zu haben.

Er grinste. »Normalerweise muss man drei Rätsel lösen, bevor man dein geheimes Reich betreten darf.« Dorothea wurde mulmig zumute. Konstantin kannte sie besser, als sie gedacht hatte. Instinktiv hatte er erraten, dass etwas nicht stimmte. *Ich brauche deine Hilfe.* Dies war der Zeitpunkt, ihm mitzuteilen, dass sie einen bestimmten Grund dafür hatte, ihn hereinzubitten.

»Die Reservierung ist erst für sieben Uhr«, sie sprach schnell. »Wir haben noch genügend Zeit.«

Konstantin warf einen verwirrten Blick auf seine Polar-Sport-Uhr, dann betrat er die Wohnung in gewohnter Weise, so, als ob er hier wohnen würde.

»Möchtest du ein Glas Wein?« Schon auf dem Weg in die Küche drehte Dorothea sich zu ihm um, sah seinen Gesichtsausdruck und biss sich auf die Zunge. *Er trinkt keinen Alkohol. Schon vergessen?* Ein Stich traf sie bei dem Gedanken daran, warum das so war. »Eine Tasse Kaffee?« Hastig fuhr sie fort.

»Hast du Dorothea gefesselt und in den Schrank gesperrt?« Nun lachte er aus vollem Hals. »Bis jetzt musste ich mit Zähnen und Klauen darum kämpfen, dass du mir was anbietest.«

Dorothea sah zu ihm auf, ihr Körper begann zu kribbeln. Konstantin lächelte sie an, vergnügt und kokett, eine Ewigkeit lang. Dorotheas Haut prickelte vor Aufregung.

Ihr Gehirn setzte ein, und über ihre Zähne kroch ein widerwärter Geschmack. Das schlechte Gewissen nagte an ihr. *Leg die Karten auf den Tisch. Erzähl ihm von den Bedenken des Vaters.* »Espresso?«

»Hast du deinen italienischen Kaffeekocher noch?«

»Ja.«

Konstantins Grinsen wurde breiter. »Ich hatte befürchtet, dass du ihn in den letzten vier Monaten verschenkt hast.«

Die Tassen und Gläser klirrten leise, während Dorothea das Tablett an Konstantin vorbeibalancierte. Er war damit beschäftigt, einen ihrer Miniaturelefanten zu inspizieren.

»Der hier ist neu.« Konstantin beäugte das golden verzierte Tier. »Woher kommt der?«

Dorotheas juckte es in den Fingern, ihm die Figur aus der Hand zu nehmen, doch sie unterdrückte den Impuls, darauf fokussiert, mit dem Teetablett nicht über die Schwelle zu stolpern. Die Dielen der Dachterrasse knarrten, sie stellte es auf dem niedrigen Tisch aus Teakholz ab.

»Aus Moskau?« Er hatte die kyrillischen Schriftzeichen und die Übersetzung entziffert. »Die Verzierung sieht aus wie die auf diesen Dekorationsgegenständen. Auf den Fabergé-Eiern.«

Dorothea nickte. »Peter Fabergé war ein russischer Goldschmied und Juwelier.«

»Ah.« Konstantin tippte seinen Zeigefinger an die Stirn. »Was heißt hallo auf Russisch?«

»Zdrastvuytye.«

»Zdrastvuytye.« Er nickte dem Elefanten übermütig zu. »Wann warst du in Russland?«

Dorothea atmete auf, als er die filigrane Figur in die Vitrine stellte und hinter ihr die Dachterrasse betrat.

»Ich hatte vergessen, was für einen tollen Ausblick du auf die Kufsteiner Festung hast.« Konstantin wandte sich zu ihr um. Sein Blick glitt über ihr Tunika-Kleid und ihren blonden Zopf, und in seinen grauen Augen funkelten die goldbraunen Pünktchen. »Ich habe … Kufstein vermisst.«

Feenstaub rieselte über Dorotheas Rücken. *Ich habe dich auch vermisst.* Sie holte tief Luft, dann nippte sie an ihrem Schwarztee.

Anstatt sich auf die Bank zu setzen, umrundete Konstantin ihre Dachterrasse, schiffte durch das Labyrinth ihrer Terrakottatöpfe, strich über die Weinreben, roch an ihren Kräutern und kommentierte jede einzelne Pflanze. »Basilikum, Oregano, rote Rosen, Bambus, Efeu, ein Olivenbäumchen.« Er pflückte einen Lavendelstängel, zerrieb die lila Blüten. »Ich wusste nicht, dass du Pflanzen so magst.«

»Nur pflegeleichte.« Manchmal erinnerte Konstantin sie an ein Kleinkind, das alles anfassen musste. »Und nur auf der Terrasse.«

Sie überlegte fieberhaft, wie sie das Gespräch geschickt auf den Mord lenken konnte. »Gibt es Neuigkeiten im Fall des toten Journalisten?« Ihre Lippen schienen eigene Pläne zu haben, die nichts mit Feingefühl und Takt gemein hatten.

»Nach sechzehn Stunden noch nicht viel.« Endlich ließ er sich auf einem der fliederblauen Sitzkissen nieder. »Merkwürdige Ungereimtheiten. Die Armbanduhr des Journalisten fehlt. Laut Zeugen trug er sie am Ball noch. Hat er sie verloren? Wurde sie gestohlen, nachdem er schon tot war? Wir wissen es nicht.«

Einem toten Mann die Armbanduhr abnehmen? Dorothea dachte an die Vandalen, die in Kufstein ihr Unwesen trieben.

»Außerdem wurden bei der Veranstaltung zwei Kerzenständer entwendet.« Verwirrt schüttelte Konstantin den Kopf. »Das passiert laut den Mitgliedern des Charity-Klubs jedes Jahr. Die Ergebnisse der Gerichtsmedizin liegen noch nicht vor. Aber ich gehe davon aus, dass du recht hast und Richard Vogel vergiftet wurde.« Er betrachtete Dalís *Die Beständigkeit der Erinnerung* auf seiner Tasse, dann nippte er vorsichtig an seinem Espresso.

»Gibt es bereits Verdächtige?«

»Nein.«

Dorothea versuchte, ihrer Stimme einen leichten Klang zu geben. »Außer mir und Speckner war noch der Polizeipräsident auf dem Ball.«

Konstantin schüttelte den Kopf. »Ich habe ihn schon gefragt. Martin hat nichts gesehen.«

Martin. Wie eine Glastür, an der man sich die Nase blutig schlug. Benommen hob Dorothea den Kopf. »Du kennst den Polizeipräsidenten persönlich?«

»Er und mein Vater sind befreundet.« Konstantin sah sie erstaunt an. »Er ist mein Taufpate.«

Sag ihm, worum es hier geht. Wie? *Es ist wunderschön, dich zu sehen. Ich habe dich vermisst. Aber ganz nebenbei wollte ich dich noch fragen, ob dein Patenonkel etwas mit dem Mord an dem Journalisten zu tun hat.* Dorothea trank eine Schluck Tee. »Deutet irgendetwas auf«, sie zögerte, »eine Verschwörung hin?«

»Was meinst du damit?«

»Geheime Recherchen?« Dorothea kam sich lächerlich vor, hölzern und unbeholfen.

Konstantin zuckte die Schultern. »Richard Vogel war Journalist. Er hat an verschiedenen Storys gearbeitet.«

»Irgendwelche, die besonders ins Gewicht fallen? Polizeiliche Ermittlungen etwa?«

»Das wissen wir noch nicht, unsere IT-Fachleute sind dabei, seinen Computer zu untersuchen. Aber dazu müssen Sie zuerst sein Passwort knacken. Worum geht es hier, Dorothea?«

Sie erschrak. *Du bist zu weit gegangen. Und Konstantin ist ein ausgezeichneter Beobachter.* »Nur Neugierde.« *Ablenken.* Sie deutete Richtung Vitrine, in der sich der neue Elefant an seine Artgenossen gewöhnte. »Ich war im April in Russland.«

Konstantin studierte eines der Patchwork-Kissen aus violett eingefärbter Jute. »Meine Liebe, ich habe kein Doktoratsstudium so wie du. Bin kein Herr Professor, aber ich bin nicht dumm. Was steckt hinter deinen Fragen?« Er wandte seinen Kopf, sah in ihre Augen.

Einige Sekunden lang hielt sie seinem Blick stand. Schließlich gab sie es auf, schloss kurz ihre Lider. »Erich Vogel hat die Theorie, dass ein Polizeibeamter seinen Sohn umgebracht hat. Er hat mich kontaktiert, weil er Angst hatte, dass du befangen bist.«

Konstantin starrte sie an. »Ich Idiot.«

»Wie bitte?« Dorothea hatte nicht damit gerechnet, dass Konstantin so schnell auf die Theorie eingehen würde. »Gibt es irgendwelche Hinweise auf einen Täter in Polizeikreisen? Waren Polizisten auf dem Ball?«

»Ich hätte es wissen müssen.« Er schob die Tasse von sich und stand auf.

»Du hältst die Theorie also für möglich? Du wirst sie überprüfen?« Sie wartete auf das erlösende Wort, darauf, dass ihr ein Stein vom Herzen fiel. Vergeblich. Irgendetwas war befremdlich.

»Natürlich.« Sein Ton alarmierte sie. »Natürlich werde ich überprüfen, ob Martin den Journalisten auf dem Charity-Ball mit Taxin vergiftet hat. Oder irgendein anderer Polizist.« Er hielt sich am Türrahmen der Terrassentür fest. »Und selbstverständlich werde ich auch kontrollieren, ob der Mann im Mond Richard Vogel umgebracht hat.«

Dorothea folgte ihm ins Wohnzimmer. Sie brauchte einige Sekunden, um das Gehörte zu verarbeiten. »Wovon sprichst du?«

»Die Inspektorin Keusch, die ich kennengelernt habe, hätte ihre Quellen überprüft, bevor sie Hirngespinste in die Welt setzt.«

»Was meinst du damit?«

»*Du* bist die Frau Doktor. Finde es heraus. Ich bin nur der Schulabbrecher, der seinen Abschluss am Gymnasium nie geschafft hat, der nur einen Job bei der Mordkommission bekommen hat, weil sein Vater ihm dazu verholfen hat.«

»Konstantin, bitte warte!«

Erst im Vorzimmer drehte er sich um, die Türklinke bereits in der Hand. »Ich bin der, der deiner Meinung nach nicht weiß, wie man eine Mordermittlung führt, der nicht alle Möglichkeiten in Erwägung zieht, der nicht unabhängig ist.«

»Das habe ich nicht gesagt. Ich wollte ...«

»Wer hatte Angst, dass ich voreingenommen bin? Der Vater des Toten? Oder du?«

»Erich Vogel.«

»Du hast mich also nicht angerufen, weil du Informationen brauchst? Weil ein verrückter alter Mann dir gesagt hat, dass man mir nicht trauen kann?«

»Nein.« *Warum hast du ihm nicht gleich die Wahrheit gesagt?* Dorotheas innere Stimme war wutentbrannt.

»Lass mich das zusammenfassen: Anstatt mir am Telefon zu erklären, worum es geht, lässt du mich den ganzen Weg von Innsbruck nach Kufstein kommen.«

Dorothea biss sich auf die Lippen. Konstantin hatte geflunkert, er war doch schon zu Hause gewesen. *Er ist nach Kufstein gekommen, nur um mit dir zu Abend zu essen.*

»Du legst die Reservierung im Restaurant eine halbe Stunde später, weil du mich in deiner Wohnung ungestört aushorchen möchtest. Bietest mir, ganz gegen deine Gewohnheit, einen Kaffee an. Sagst nichts, als ich deine heiligen Elefanten näher begutachte.« Er schnaubte. »Normalerweise bist du außer dir, wenn ich das mache.«

»Es ist nicht so, wie du denkst.«

»Nein? Dann beantworte mir diese Frage: Hast du mich vor einer Stunde als Konstantin angerufen oder als Chefinspektor Schmitt, der Teil der Mordermittlung ist?«

Dorothea musterte ihre Hände.

Konstantin öffnete die Tür, drehte sich aber noch einmal um. »Weißt du, was das Schlimmste ist? Ich hatte mich darauf gefreut, mit dir über den Fall zu sprechen.«

»Konstantin, ich …«

»Bemüh dich nicht. Ich finde den Weg hinunter selbst. So viel Ermittlergespür habe ich. Meine Menschenkenntnis dagegen lässt leider zu wünschen übrig.« Er sah ihr in die Augen. »Grüß Dorothea von mir, die kluge, die ehrliche – falls sie irgendwann im Spiegel wieder auftaucht.«

Kapitel 6

Die Tür krachte hinter Konstantin ins Schloss. Regungslos blieb Dorothea auf ihrer Dachterrasse in der Abendwärme sitzen. Das Aroma aus Aftershave und gemahlenen Bohnen hing höhnisch in der Luft. Weit unter ihr kam ein Zug pfeifend auf den Gleisen in die Gänge. Von innen hämmerte ein wütender Schwarm Hornissen gegen ihre Stirn.

Sie suchte ihr Mobiltelefon, legte es wieder weg, ging zurück auf die Terrasse. Nach zehn Minuten holte sie das Gerät und setzte sich auf ihre Dachterrasse. Zitternd wählte sie Konstantins Nummer. *Leider bin ich im Moment beschäftigt. Versuchen Sie es später noch einmal, oder hinterlassen Sie mir eine Nachricht.* Seine Stimme auf der Mailbox war heiter, zwanglos. »Konstantin, ich …« Verzweifelt drückte sie auf den roten Knopf und legte auf.

Pornografische Darstellung minderjähriger Personen … Freiheitsstrafe von sechs Monaten bis zu fünf Jahren. Sie hob den Stapel an Unterlagen an, aber ihre Gedanken wirbelten qualvoll im Kreis. *Jetzt konzentrier dich!* Es nützte nichts. Sie fühlte sich zermartert, fahrig, konsultierte tausendmal das Display. Kein Rückruf. Keine Nachricht. Als der Klingelton endlich erschallte, sprang sie vor Erleichterung und Freude von dem Holztisch auf.

Nicht Konstantin. Die Enttäuschung über den Namen, der aufleuchtete, traf sie wie ein Schlag gegen die Brust. Dann seufzte sie. Immerhin eine Verbündete.

»Guten Abend, Vera.«

»Willst du mit mir zur Tischofer Höhle wandern?«

Dorotheas Körper wollte nirgendwohin gehen, schon gar nicht bei 30 Grad die 285 Stufen ins Kaisertal erklimmen. »Ich kann nicht. Ich muss mich auf die Prüfung vorbereiten.«

»Komm schon, der Archäologin in dir muss bei der Aussicht auf eine vorgeschichtliche Fundstätte doch das Herz aufgehen.« Dorotheas Herz war zum Weinen zumute, doch das konnte sie Vera nicht erzählen. Ihre Kollegin hasste Konstantin aus einem nachvollziehbaren Grund. »Die Archäologin in mir hat ihr Doktoratsstudium schon längst abgeschlossen, und die Polizistin hat kein Bedürfnis nach Höhlenmenschen.«

»Sicher hast du stundenlang gebüffelt.« Wenn Vera sich etwas in den Kopf gesetzt hatte, konnte sie hartnäckig sein. »Es ist schon nach sechs Uhr. Heute passt in dein phänomenales Gehirn nichts mehr rein.«

Dorothea seufzte. Sie hatte am heutigen Tag kaum Material durchgearbeitet. Dennoch. *Heute passt in dein Gehirn wirklich nichts mehr rein.* Vera hatte den Nagel auf den Kopf getroffen.

Fünfzehn Minuten später wölbte sich das Blätterdach des Kaiseraufstiegs über Dorothea. Hinter Vera und ihrem Terriermischling stapfte sie entlang von Felswänden über die Erdstufen empor – Holzpfähle, die von Steinbrocken gestützt in den Boden gegraben waren. Die Buchen, Eichen und Eschen konnten der unbarmherzigen Sonne nicht trotzen, selbst gegen Abend war die Luft flirrend heiß. Unter Dorotheas Sonnenbrille bildete sich umgehend ein feuchter Film. Der Schwarztee mit Milch trocknete noch immer ihren Gaumen aus. Du hättest noch ein Glas Wasser trinken sollen. Sie war froh, wenigstens einen Rucksack und eine Trinkflasche mitgenommen zu haben.

Warum hast du dich auf eine Wanderung eingelassen? Warum hast du Vera nicht zu dir auf die Terrasse eingeladen? Obwohl ihre Freundin Raucherin war und wie eine alternde Rock-Diva wirkte, hüpften die rot-schwarz gefärbten Haare im Pferdeschwanz energisch auf und ab. Im perfekt abgestimmten Sportoutfit bewältigte sie die Stufen mühelos, während ihr herbes Parfüm der Waldluft eine exquisite Note verlieh.

Dorothea dagegen fühlte sich bereits nach wenigen Metern ausgelaugt, ihre Glieder schienen bei jedem Schritt ein Kilo Gewicht zuzunehmen. Die Wurzeln an der sandigen Böschung, der Efeu, der sich über den Boden zog, alles wirkte staubig und dürr in der Abendsonne. Unter ihren Sandalen knirschten und krachten Kiesel und Kiefernzapfen. Es war, als ob sie nicht an einem Sonntagabend in Kufstein, sondern in der Mittagshitze im Süden Italiens einen Berg erklomm. Ihre Oberschenkel in den Wandershorts schmerzten bei jedem Schritt, plötzlich fühlte sie sich unendlich frustriert. *Du solltest mehr Sport treiben.* Die nörgelnde Stimme meldete sich sofort. Warum waren alle in diesem Bewegungswahn? *No sports.* Niemand hielt es mehr mit Winston Churchill.

Vera riss sie aus ihren Gedanken. »Fuhrmann hatte dich zum Dienst beim Charity-Ball eingeteilt?«

»Ja.«

»Wegen der ... Vorfälle?«

Dorothea nickte einem Baum zu, der vollständig mit Moos bewachsen war.

»Gab es irgendwelche Spuren der ... Rowdys?«

Dorothea hob überrascht den Kopf. Veras Ton war beiläufig. Zu beiläufig.

»Nein.« Ein Surren um Dorotheas Unterschenkel klang verdächtig nach einer Bremse. Blindlings schlug sie nach dem Insekt und beobachtete mit Genugtuung, wie der winzige Kadaver zu Boden taumelte. »Sie sind entweder sehr klug oder sehr vorsichtig.«

»Speckner führt die Ermittlungen?«

»Ja.« Missmutig betrachtete Dorothea einen Zitronenfalter, der den steilen Pfad hinauffliegen konnte. »Wer denn sonst?« Ihr Kollege war strohdumm, chauvinistisch und Fuhrmanns Liebkind.

Veras Miene war ernst. »Keine Spur von Verwüstungen, dafür aber ein toter Journalist?«

Elektronisches Piepen wies darauf hin, dass Vera eine Nachricht empfangen hatte. Während ihre Freundin das Display überprüfte, verfinsterte sich ihre Miene, ihre Schritte wurden noch schneller.

»Schwierigkeiten mit ...« Wie hieß Veras neueste Errungenschaft noch? »... Dietmar?«

Vera stapfte grimmig weiter. »Nein, er ist ein Schatz. Seit drei Wochen trägt er mich auf Händen. Das ist es nicht.«

Das sagst du jedes Mal, und dann betrügen sie dich oder stehlen dein Geld. Mitfühlend betrachtete Dorothea ihre Freundin. Wie konnte Vera eine gute Polizistin und gleichzeitig so eine schlechte Beobachterin bei Männern sein? Doch Dorothea hütete sich, ihre Gedanken zum Thema Männer preiszugeben. »Was dann?«

Vera hielt einen Moment inne, brach ein Stück von einem morschen Strunk. »Nichts. Alles bestens.« Sie wog das von Wurmlöchern zersetzte Holz in ihrer Hand. »Aber überleg dir gut, ob du jemals Kinder willst.«

Philipp und Patrick. Achtzehn und zehn. Was haben sie angestellt? Dorothea beschloss, sich nicht mit Vermutungen in die Nesseln zu setzen.

Minutenlang schleppte sie sich stillschweigend hinter ihrer Kollegin die Treppen hinauf. Endlich wurde der Pfad flach. Froh darüber, durchatmen zu können, las Dorothea die Inschriften auf den Marmortafeln, die an der Felswand angebracht waren.

ZUM GEDENKEN AN DEN GYMNASIASTEN
ARNO MEYRL
GEBOREN 1963
TÖDLICH ABGESTÜRZT AM
25. OKTOBER 1977
+ + +
SEINE MITSCHÜLER

Sie dachte an den vierzehnjährigen Jungen, an all die Abenteuer, die er nie erlebt hatte, an seine Klassenkameraden, die nun Mitte fünfzig waren. Als sie den Kopf wandte, war Vera bereits fünf Meter vor ihr. Irgendetwas stimmte nicht.

»Vera?« Sie musste laut rufen. Und ihre Kollegin blieb stehen. Atemlos kam Dorothea bei ihr an. »Willst du mir nicht sagen, was los ist? Geteiltes Leid ist halbes Leid.«

»Es …«, eine Sekunde traf Veras verlorener Blick Dorothea, dann senkte ihre Freundin den Kopf, »… ist nichts.«

»Warum wolltest du, dass ich mitkomme?« Dorothea gab ihrer Stimme einen sanften Klang. »Normalerweise geht dir nichts über deine einsamen Spaziergänge mit Sam.«

Vera zuckte ausweichend ihre Schultern, antwortete nicht, sondern tätschelte den Kopf des Hundes. »Da hat sie recht, mein Lieber. Du bist die einzige Kreatur, die mich seit Jahren abgöttisch liebt und mich noch nie enttäuscht hat.«

Neapelbank. Erschöpft linste Dorothea auf das Schild über einer einfachen Holzbank. Ihr fiel ein Stein vom Herzen, als Vera sich unter der philosophischen Aufschrift niederließ und eine rote Packung Gauloises aus der Hosentasche fischte.

»Neapelbank?« Vera kramte in ihrem türkisen Rucksack, suchte nach ihrem Feuerzeug. »Jedes Mal, wenn ich hier vorbeikomme, frage ich mich, was das heißen soll.«

»Es ist eine Anspielung auf eine neapolitanische Weisheit, die Goethe in seiner *Italienischen Reise* erwähnt.« Dorothea lächelte. »*Neapel sehen und sterben*. Wenn man die italienische Stadt in ihrer Pracht und Schönheit gesehen hat, kann man getrost aus dem Leben scheiden.«

»Oder wenn man das Kufsteiner Panorama hier vom Kaisertal aus gesehen hat.« Veras Feuerzeug klickte unbeeindruckt. »Ich verstehe. «

Dorothea richtete sich auf und blickte über die Berge hinweg, erleichtert darüber, dass eine leichte Brise aufgekommen war.

»Nein. Nicht Kufstein. Nicht Neapel. Australien sehen.« Vera nahm einen tiefen Zug. »Surfen lernen. Für immer dortbleiben. Dann getrost sterben.«

»Mit ... Dietmar?« Dafür, dass Vera mit ihrer frischen Bekanntschaft nach Australien übersiedeln wollte, wirkte sie nicht sehr verliebt.

»Nein.«

»Mit den beiden Jungs?«

»Nur ich. Ganz allein.«

Ohne Philipp und Patrick? Dorothea war verwundert. Als Mutter von zwei Jungs hatte ihre Freundin bizarre Tagträume.

»Was steht auf deiner Liste? Und bitte sag jetzt nicht: *bei der Mordkommission arbeiten.* Das weiß ich schon.«

Mit Konstantin einen Sonnenuntergang sehen. Dorothea erschrak und schob die Vorstellung schnell beiseite. Sie lauschte dem Rauschen der Blätter. *Mit ihm arbeiten. Einen Fall klären. Mit Konstantin nach Kambodscha fahren. Nach Island.* »Die Tempel von Ankor Wat sehen. In einem Geysir baden.« Sie ließ sich neben ihrer Kollegin auf den Brettern nieder und trank einen Schluck Wasser. In der Stahlflasche war es warm und schal geworden.

»War es wirklich Mord?«

»Ich denke schon.«

Sam hatte eine Eidechse aufgestöbert und beäugte das grün schimmernde Tier halb ängstlich, halb verspielt. Vera klopfte die Asche ab und ignorierte die bösen Blicke, die ihr ein älteres Ehepaar mit metallisch klappernden Wanderstöcken zuwarf.

»Habe gehört, Schmitt war auch da?« Ein neugieriger Seitenblick.

Woher hatte Vera nur die Fähigkeit, den Finger genau in die Wunde zu legen? Dorothea lauschte dem aufdringlichen Zirpen der Grillen, dem Zwitschern einzelner Vögel und schwieg.

»Komm schon, Dorothea, warum muss man dir alle Details aus der Nase ziehen?« Vera nahm einen weiteren Zug. »Ich erzähl dir immer alles.«

Es stimmte. Vera war sehr offen, wenn es um ihr Liebesleben ging. Auf prekäre intime Details hätte Dorothea ab und an gern verzichtet.

»Du hast Schmitt seit Februar zum ersten Mal auf dem Charity-Ball wiedergesehen?« Vera sah sie von der Seite an. »In den vier Monaten hat er sich nie gemeldet?«

Dorothea gab sich geschlagen. Sie hatten erst ein Viertel der Strecke bewältigt, und Vera würde so lange nachbohren, bis sie alles in Einzelheiten erfuhr. »Er rief an, als er seinen Bericht schreiben musste. Er hatte Details vergessen.«

»Und ich bin mir sicher, dass du sie ihm genauestens nennen konntest.«

»Was soll der sarkastische Unterton?«

»Schmitt ist Chefinspektor bei der Mordkommission. Glaubst du wirklich, dass er Einzelheiten einfach so vergisst?«

Dorothea zuckte mit den Achseln. »Möglich.«

»Welchen Vorwand hatte er beim zweiten Mal?«

Dorothea war verblüfft. »Woher weißt du, dass es ein zweites Mal gab?«

»Weil ich eine gute Polizistin bin. Und um einiges mehr weiß über Männer als du.«

Dorothea bezweifelte den zweiten Teil der Aussage, gab dennoch klein bei. »Er brauchte Hilfe bei einem anderen Fall.«

»Und du? Denkst du oft an Schmitt?«

»Selten.« *Nur wenn ich aufwache. Und wenn ich einschlafe. Und fast jede Sekunde dazwischen.*

Vera warf den ausgetretenen Zigarettenstummel in den Mülleimer, erhob sich. »Und weiter?«

Dorothea seufzte. Während sie widerwillig aufstand, um die abschüssigen Serpentinen hinunter zu der Tischofer Höhle zu bewältigen, vorsichtig darauf bedacht, nicht auszurutschen und sich das Bein zu brechen, begann sie, von ihrem Nachmittag zu erzählen.

Sie nahm ihre Sonnenbrille ab, strich sich die Strähnen aus der Stirn und betrachtete ehrfürchtig das immense Portal. Kühle Luft aus der riesigen Urzeithöhle streifte ihre Wangen, im Inneren der Felsengrotte tropfte es leise und rhythmisch. Auf einer Schautafel las sie die Zeilen über die vorgeschichtliche Fundstätte, die fossilen Tierfunde, die menschlichen Skelettteile, die Pfeilspitzen aus Knochen. Dann betrat sie das Halbdunkel, es war wie das Tor zu einer Urzeitwelt. Sie fühlte sich wie eine Forscherin, abenteuerlustig und mutig.

»Lass mich das zusammenfassen.« Veras Stimme hallte laut, ohne Achtung vor der archäologischen Stätte riss sie Dorothea aus ihrer Trance. »Du hast Schmitt zweimal abgewimmelt. Und nach dem Tag, an dem ein Mord in Kufstein passiert ist, rufst du ihn an und bittest ihn um ein Treffen?«

Dorothea betrachtete die neolithische Feuerstelle. Sie wollte die Atmosphäre des urzeitlichen Lebensraumes auf sich wirken lassen, nicht ihre Situation mit Konstantin analysieren.

Veras Interesse an der Bronzezeit oder der Frühgeschichte im Allgemeinen hielt sich in Grenzen. »Dann bittest du Schmitt herein und versuchst, so viele Auskünfte wie möglich zu erhaschen, bevor ihr in ein öffentliches Lokal gehen könnt?«

Dorothea ging tiefer in die Höhle, Wasser rieselte über ihre Wange. »Du bist die wahrscheinlich intelligenteste Frau, die ich kenne. Und gleichzeitig die naivste.« Ihre persönliche Rachegöttin folgte ihr unerbittlich. »Schmitt war vielleicht schockiert, weil du den Täter in Polizeikreisen vermutest. Aber er ist wütend, weil ihm klar geworden ist, dass es dir nicht um ihn als Person, sondern um die Mordermittlung ging. Weil du ihn als Informationsquelle anzapfen wolltest.« Im Halbdunkel baute Vera sich vor Dorothea auf. »Und weil du ihm nicht vertraust.«

Von einem Höhlenbären zerfleischt zu werden konnte nicht schlimmer sein. Die Zusammenfassung, die Vera lieferte, war fast identisch mit der von Konstantin. Die Dorothea aus beiden Erzählungen klang kalt, berechnend, unausstehlich.

»Du hast Panik, noch einmal verletzt zu werden. Das ist verständlich. Aber sich nicht zu verlieben, weil man Angst hat, verletzt zu werden, ist, als ob man aufhört zu leben, weil man Angst hat zu sterben.«

»Wo findest du nur solch alberne Sprüche?« Dorothea verschränkte ihre Arme.

»Was muss ein Mann tun, um endlich dein Misstrauen zu zerstreuen?« Vera ließ sich nicht beirren, sie war bei ihrem Lieblingsthema angelangt. »Sieh es ein! Die Geschichte mit deinem Ex war ein Einzelfall.«

Julius. Wie ein wiederkehrendes Motiv tauchte er in jeder einzelnen ihrer Konversationen auf.

»Du hast dem Vater gesagt, dass du nicht ermittelst?« Vera hatte ihre Frustration gesehen, änderte die Strategie.

Dorothea nickte.

»Aber eigentlich bist du dir nicht ganz sicher?«

Sollte sie ehrlich sein? »Nein.«

»Du willst schon wieder eigenmächtig ermitteln? Bist du wahnsinnig?« Vera musterte sie ungläubig. »Nur weil ein betagter Herr andeutet, dass er einen Verdacht hat – keine konkreten Beweise, nicht einmal echte Anhaltspunkte?« Ihre Freundin hob vielsagend ihre Augenbrauen. »Verwarnung, Suspendierung, Kündigung? Kommt dir das bekannt vor? Ich dachte, du vertraust Schmitt? Gib ihm eine Chance!«

Vera verteidigte Konstantin? Die Welt geriet aus den Fugen.

»Was willst du, Dorothea? Du willst zur Mordkommission? Den Tod deines Vaters aufklären?« Veras Ton wurde weich. »Dann bereite dich auf dein Examen vor.« Vera pfiff nach Sam, der die benachbarte Hyänenhöhle spannender fand. »Den Mord an dem Journalisten überlässt du Schmitt und seinem Team.« Vera hakte die Leine in das Halsband, kraulte Sams Ohren und schüttelte ungläubig den Kopf. »Wie kann man sich nur freiwillig Schwierigkeiten schaffen?«

Diesmal war es Dorotheas Telefon, das piepte. Konstantin? Ihre Finger waren geschwollen und klobig. Es dauerte eine Ewigkeit, bis sie das Gerät in ihrem Rucksack ertastete.

Ich muss dich dringend sehen. Bitte komm morgen nach Innsbruck. Liebe Grüße, Mama.

Dorothea seufzte. Sie suchte keine Probleme. Die Probleme fanden sie ganz von selbst.

Kapitel 7

»Tatjana stiehlt wie eine Elster.«

Dorothea versuchte, den Missmut zu unterdrücken, den die unverfrorene Behauptung ihrer Mutter am Frühstückstisch in ihr verursachte. Vergeblich. Heiß und sprudelnd wie die Morgenhitze in der verwitterten Laube im Garten ihres Elternhauses breitete sich der Ärger in ihr aus. Sie widerstand dem Drang, die Knöpfe der zerknitterten Karobluse ihrer Mutter richtig zu knöpfen, das wirre graue Kurzhaar glatt zu streichen und ihrer Mutter zu sagen, dass der bunt gestreifte Wollrock viel zu heiß für diese tropischen Temperaturen war.

Stattdessen schloss sie ihre Lider und lehnte sich in dem ausgebleichten Blumensofa zurück. Die rostigen Federn knarzten. *Schlaf.* In der Nacht war Dorothea immer wieder aufgewacht. Der Gedanke an das Gespräch mit ihrer Freundin und der penetrante Gestank eines Fliederbusches pochten gegen ihre Schläfen. Sie wollte schlafen. Tief und fest.

Das aggressive Surren und ein Streifen an ihrer Wange ließen Dorothea erschreckt auffahren. Sie unterdrückte den Impuls, in wilder Panik um sich zu schlagen.

»Es ist nur eine Wespe.« Dorotheas Mutter wedelte mit ihrer Hand, vertrieb das Insekt von der Orangenmarmelade und ignorierte zwei weitere grellgelbe Angreifer, die

Sekunden später das Glas attackierten. »Benimm dich nicht wie ein kleines Kind.«

Während sie tief durchatmete, sah Dorothea verstohlen auf ihre Armbanduhr. Zehn nach neun. Noch keine Viertelstunde mit ihrer Mutter, und Dorothea war zumute wie bei ihrem letzten Besuch in einer Sauna. Sie fühlte sich wie im Fegefeuer, fragte sich, warum sie die Qual auf sich genommen hatte, und zählte die Sekunden, bis sie entkommen konnte.

»Ich sage dir, Dorothea, Tatjana ist eine Diebin. Immer, wenn sie kommt, verschwinden wertvolle Gegenstände.«

Es war zum Verzweifeln. Seit sie ihre Mutter im Februar endlich dazu hatte überreden können, eine Putzfrau in ihr Haus zu lassen, hatten vier unterschiedliche Reinigungsdamen versucht, den Ansprüchen der Siebzigjährigen Genüge zu leisten. Ohne Erfolg. Die Begründungen klangen wie die von Goldlöckchen im Haus der drei Bären. Die erste war Dorotheas Mutter zu langsam gewesen, die zweite zu unpünktlich, die dritte zu unhöflich, die vierte hatte zu grobe Hände gehabt. Nun hatte ihre Mutter einen neuen Grund gefunden.

Dorothea war fest entschlossen, die lächerliche Anschuldigung gegen die junge Russin keiner Antwort zu würdigen. Demonstrativ sah sie sich um. »Du könntest die Gartenlaube diesen Sommer erneuern lassen.«

In ihrer Kindheit war das Häuschen eine magische Stätte gewesen, ein Ort für Abenteurer und Entdecker. Obwohl ihr Vater kein geschickter Handwerker gewesen war, hatte er es aus weiß gekalkten Brettern und Fensterläden für Dorothea gebaut und mit ausrangierten pastellfarbenen Vintagemöbeln aus der Fünfzigerjahre-Villa ihrer Großmutter bestückt. Ein geblümter Armsessel, Stühle in Mintgrün, Bonbonrot, Sorbetgelb, Patchworkdecken, ein schmiedeeiserner Tisch. Orchideen, ein Vogelkäfig, ein verschnörkelter Spiegel. Geheimnisvolle Gegenstände aus allen Zeiten und Kontinenten. In ihrer Fantasie war die Laube ein französisches Schloss gewesen, ein englisches Landhaus, Orte, an denen Dorothea glücklich gewesen war, fernab der Mitschüler, die sie drangsaliert und ihr das Leben zur Hölle gemacht hatten.

»Dorothea, hörst du mir überhaupt zu?«

Wie schon so oft versuchte Dorothea sich zu erinnern. Hatte sich ihre Mutter nie für den Garten interessiert oder nach dem Ableben ihres Ehemannes jegliche Lust am Grün verloren?

Fast zwei Jahrzehnte nach dem Tod ihres Vaters war der nostalgische Glanz ihres Zufluchtsortes vollkommen verblasst. Die furnierten Möbel aus den Fünfzigerjahren wellten sich grau und abgewetzt, die geblümten Stoffe waren ausgebleicht, zwei Fensterscheiben zerbrochen, die Farbe war abgeblättert, das Dach erstickt und wild überwuchert von Efeu, die Ecken verhangen von Spinnweben. Eine verwahrloste Gartenlaube inmitten von Ackerwinden, Brennnesseln und Disteln. Die Welle von Schuldgefühlen, die sich jedes Mal einstellte, wenn sie sich in ihrem Elternhaus befand, schwappte über Dorothea hinweg.

»Dorothea.« Der schroffe Ton riss sie aus ihren Überlegungen. »Meine Putzfrau bestiehlt mich!«

Dorothea blieb hart. »Mama, die Stauden müssen gebändigt, die Hecke muss geschnitten, das Unkraut vernichtet werden.« Sie nahm sich vor, selbst einen Gärtner anzuheuern. Vorerst aber würde sie frühstücken. Sie goss Milch in ihren Schwarztee, nahm einen Schluck aus der Porzellantasse und musste sich fast übergeben. Angeekelt betrachtete sie die gelblichen Flocken in der schwarzen

Flüssigkeit. *Warum hast du nicht überprüft, ob die Milch sauer ist?*

»Ich glaube, Tatjana kann gar nicht anders.« Ihre Mutter war nicht gewillt aufzugeben. »Sicher ist sie eine Kleptomanin.« Psychologische Kriegsführung war ihre Spezialität. »Ich muss die Polizei rufen.«

Dorothea strich missmutig eine Knitterfalte in ihrer olivgrünen Leinenhose glatt. »Mama, deine neue Reinigungsdame wurde mir von der Agentur wärmstens empfohlen. Sie hat ausgezeichnete Referenzen.«

Die Butter wies ebenfalls eine seltsame dunkelgelbe Farbschattierung auf. Dorothea entschied sich für eine trockene Brotschnitte.

Als ihre Mutter sich nach vorn beugte, wackelte der schmiedeeiserne Tisch gefährlich. »Glaub mir, Dorothea, immer wenn Tatjana kommt, verschwinden Bücher.«

»Welches Buch hat sie denn deiner Meinung nach gestohlen?« Dorothea verabscheute Wetten, dennoch hätte sie ein Jahresgehalt darauf gesetzt, dass das vermeintliche Diebesgut im Haus zu finden war. Versteckt und vergessen zwischen all den vergilbten Magazinen und zerfledderten Zeitschriften.

»Meine Erstausgabe von *The Moonstone*. Ich habe am Freitag darin gelesen, heute ist sie nicht mehr da.«

»Es liegt in der Küche auf der Bank. Es ist mir aufgefallen, als ich die Tassen geholt habe.«

Mehrere Minuten lang herrschte Stille. *Wann kann ich endlich fliehen?*

»Warum bist du gestern nicht gekommen, Liebes?« Ihre Mutter strich das ranzige Fett auf eine Brotscheibe und biss ungerührt hinein.

»Ich bereite mich auf eine Dienstprüfung vor.« Dorothea dachte an den Stapel an Akten, der darauf wartete, durchgearbeitet zu werden, und in ihrem Magen bildete sich ein Klumpen.

»Damit du dich für die Mordkommission bewerben kannst?«

Unausweichlich ... zielsicher. Wie hatte ihre Mutter es innerhalb von wenigen Minuten geschafft, den wunden Punkt zu treffen? Ein Gespräch über die Zuverlässigkeit von Reinigungskräften schien plötzlich um einiges angenehmer zu sein.

»Ja.« Dorothea wollte die üblichen Belehrungen nicht hören. *Bewirb dich an der Uni. Als Polizistin setzt du dein Leben aufs Spiel. Versuch nicht, Papas Mord zu untersuchen. Sieh dich nach einem netten Mann um.* Sie presste die Lippen zusammen.

»Warum bist du so einsilbig? Bedrückt dich etwas?«

Dorothea war fest entschlossen, das Frühstück so schnell wie möglich zu beenden und ihrer Mutter nichts von ihren Problemen zu erzählen. Nichts vom Tod des Journalisten. Nichts von ihrer Diskussion mit Fuhrmann. Nichts von ihrem Streit mit Konstantin. Oder überhaupt der bloßen Existenz Konstantins.

»Geht es um Richard Vogel? Um den Tod des Journalisten? Oder hast du Liebeskummer?«

Dorothea seufzte. Die vermeintlich stehlende Putzfrau war nur ein Vorwand gewesen. Ihre Mutter konnte es nicht ertragen, dass ihre Tochter siebzig Kilometer entfernt wohnte, ohne dass sie wusste, was im Leben ihres einzigen Kindes vor sich ging. Sie ärgerte sich. *Warum hast du nicht wenigstens daran gedacht, frisches Brot mitzubringen?* »Woher weißt du vom Tod des Journalisten?«

»Ich lese Zeitung.« Ihre Mutter klang indigniert. »Höre Radio. Ich habe einige seiner Reportagen gelesen. Er hat immer wieder Skandale aufgedeckt. Ab und an eine Gastkolumne verfasst. Er hat den Tirol Award für Journalismus gewonnen. Für seine Story über faule Baugeschäfte in Tirol.«

Dorothea war erstaunt. Alle schienen Zeitungen zu lesen. Alle außer ihr. Zugegeben. In letzter Zeit hatte sie die *Tiroler Tageszeitung* nach Nachrichten über Konstantin Schmitt durchsucht. Sonst aber hielt sie sich fern von Printmedien und Nachrichtensendungen. Tagespolitik erinnerte sie an ein ewig gleichbleibendes Marionettentheater, das nach der ersten Wiederholung seine mild komische Wirkung verlor.

»Richard Vogels Vater will, dass ich eigenständig ermittle.« Dorothea war erschrocken über ihre eigene Aussage. »Er glaubt, dass die Mordkommission voreingenommen ist.«

»Das verstehe ich.« Ihre Mutter nickte resolut.

Dorothea konnte nicht entscheiden, was sie mehr entsetzte: die Tatsache, dass sie ihren Vorsatz gebrochen und ihrer Mutter von dem Gespräch mit Erich Vogel berichtet hatte, oder deren Reaktion darauf. Verzweifelt versuchte Dorothea, ihre Welt wieder zurechtzurücken. »Wie bitte?«

Ihre Mutter antwortete nicht, mied Dorotheas Blick und konzentrierte sich auf den letzten Bissen. Dorothea wartete geduldig. Ihre Mutter würde die Stille nicht aushalten.

»Vielleicht hast du recht, Dorothea. Ich sollte das Gartenhäuschen erneuern lassen.«

»Mama! Versuch jetzt nicht, das Thema zu wechseln.«

Ihre Mutter senkte den Blick. »Als dein Vater starb, kam mir derselbe Gedanke.«

»Dass die Mordkommission voreingenommen ist?« Dorothea fiel aus allen Wolken. »Das hast du mir gegenüber nie erwähnt.«

»Ich habe nie etwas gesagt, weil ich wusste, wie du reagieren würdest.« Ihre Mutter seufzte. »So wie jetzt.«

»Wie kommst du zu diesem Schluss?«

»Wie kann man sich sonst erklären, dass der Tod deines Vaters nie aufgeklärt wurde?«

»Mangelnde Beweise, fehlende Zeugen, es gibt Tausende Gründe.« Dorothea rang noch immer mit ihrer Überraschung.

»Dein Vater war Richter. Vielleicht wollte Chefinspektor Grazer einfach nicht, dass sein Tod aufgeklärt wurde.«

»Grazer? Martin Grazer?« Der Boden unter Dorotheas Füßen schwand.

Ihre Mutter nickte. »Er ist der aktuelle Polizeipräsident.«

»Wie konntest du mir so etwas verschweigen?« Dorothea schnappte nach Luft. »*Papa hatte Vertrauen in unser Rechtssystem. Und ich habe es auch.* Das waren deine Worte. Du hast immer gesagt, dass keine Mordermittlung Papa wieder lebendig machen kann.«

»Dorothea, beruhige dich!« Die Stimme ihrer Mutter wurde streng.

»Gab es konkrete Anhaltspunkte für deine Vermutung?«

Ihre Mutter zögerte den Bruchteil einer Sekunde zu lang, ehe sie den Kopf schüttelte. »Es war nur eine Art Bauchgefühl.«

»Mama, ich kann sehen, dass du mir etwas verschweigst.«

»Nein.« Ihre Mutter verschränkte die Arme. »Ich bin mir sicher, dass ich falsch lag.« Dorothea wusste, dass ihre Mutter die unbedachte Äußerung bereute. Sie würde keine weiteren Details preisgeben. »Ich will nicht, dass du eine Mordermittlung führst.« Die knochigen Finger zitterten, als sie nach der Teetasse fassten. »Ich verstehe den Mann. Das ist alles. Sein *Sohn* wurde ermordet.«

Dorothea schloss genervt ihre Augen. Sie wusste, was jetzt folgte.

»Du verstehst das nicht. Du hast noch keine Kinder. Kinder verändern alles.«

Wie das Amen im Gebet. Dorothea zählte die Risse in den Planken des Gartenhäuschens und versuchte, die kommende Predigt auszublenden. Historische Funde veränderten die Welt, wissenschaftliche Erkenntnisse, fundamentale Erfindungen. Winzige Menschen, die nicht reden oder schreiben, nicht einmal ihre eigenen Körperfunktionen kontrollieren konnten ... Wie sollten sie die Welt in ihren Wurzeln erschüttern?

»Ich will mir nicht vorstellen, wie es wäre, dich zu verlieren. Dorothea, ich bitte dich, komm nicht auf dumme Gedanken.« Schriller und schriller wurde der Tonfall ihrer Mutter. »Bitte vergiss, was ich gesagt habe.«

Eine Welle von Übelkeit umspülte Dorothea wie nach einer Fahrt in einer Achterbahn, aus weiter Ferne drangen die Worte an ihr Ohr.

»Die Mordkommission wird den Täter finden. Ich habe in der Zeitung über den Fall gelesen. Ein Chefinspektor Schmitt leitet die Ermittlungen, nicht wahr?« Dorothea zuckte zusammen, als ihre Mutter ihr übers Haar strich. »Er klingt sehr kompetent, Liebes. Sicher wird er den Fall lösen.«

Dorothea schluckte hart. Sie war sich nicht mehr sicher.

Kapitel 8

»Ich kann immer noch nicht glauben, dass Richard tot ist.« Der Mann starrte in seine Espressotasse. »Er war mein ... Freund.« Günter Schall legte seine modische Brille auf dem schwarz glänzenden Tisch ab, lehnte sich in dem Korbsessel zurück und strich sich mit Daumen und Zeigefinger über die Lider.

Dorothea gab dem Rektor der Fachakademie auf der Terrasse des *Hotel Stadt Kufstein* einen Augenblick Zeit. Während die Tatortgruppe in der nächsten Straße damit beschäftigt war, das Rathaus zu untersuchen, ging das Leben am Arkadenplatz weiter. Mütter schoben in der gleißenden Sonne Kinderwagen über den Platz, aus der *Vollwertbäckerei Hauber* zog der Duft von frischem Brot und ließ Dorotheas Magen knurren.

Dorothea betrachtete die riesigen Palmen, die das Café umrandeten, und wiederholte lautlos ihr Mantra: *einen Tag, nur heute.*

Auf der Fahrt von Innsbruck nach Kufstein hatte sie einen Entschluss gefasst. Vierzehn Stunden lang, bis Mitternacht, würde sie sich mit dem Fall des toten Journalisten auseinandersetzen. Nur um dem Vater berichten zu können, dass sie es versucht hatte. Nur, um das nagende Gefühl in ihrer Magengrube loszuwerden. *Einen einzigen Tag.*

Sie sah sich unter den quadratischen Sonnenschirmen um. Das Café am Kufsteiner Arkadenplatz war an diesem Montagvormittag gut besucht, bevölkert von Gästen, deren Roben der des Rektors glichen: Anzüge mit Nadelstreifen, elegante Hemden, Seidenkrawatten, teure Lederschuhe. Der exquisite Duft von Aftershave hing in der Luft.

Günther Schall war das Ebenbild des Karrieretypen, nicht nur seine Kleidung, auch sein Körper strahlte Erfolg aus. Der Mittvierziger war groß, schlank, muskulös, das kantige Gesicht glatt rasiert, seine noch immer hellbraunen Haare waren kurz, eine einzelne Welle mit Gel aus der Stirn gehalten. Obwohl er sich bemühte, gefasst zu wirken, waren die Trauer und die Erschütterung dem Mann unverkennbar ins Gesicht geschrieben. Zu Dorotheas Erleichterung hatte Günther Schall ihren Ausweis kommentarlos begutachtet.

Er will seinen Kummer in Arbeit ertränken. Die geschwätzige Sekretärin der Fachakademie hatte ihr berichtet, dass der Rektor wie jeden Tag zur Arbeit erschienen, wie jeden Tag auf einen Espresso ins *Hotel Stadt Kufstein* gegangen und dort auch zu finden sei. Dunkle Schatten unter seinen Augen zeugten jedoch davon, dass die Strategie, seine Emotionen mit Beschäftigung zu unterdrücken, nicht gewirkt hatte.

»Entschuldigen Sie.« Er zitterte, als er seine Brille wieder aufsetzte. »Er war mein ...«, Günther Schall räusperte sich, nahm einen Schluck Wasser, »... mein bester Freund. Unser Trauzeuge.« Er griff in die Seitentasche seines Sakkos und nahm ein abgegriffenes Foto aus der Brieftasche. Günther Schall im Frack und seine bildhübsche blonde Braut, umringt von Trauzeugen – Richard Vogel, jung und attraktiv. Der Hochschulleiter strich über die Aufnahme, ehe er sie wieder einsteckte.

»Hatte Richard Feinde?«

»Wie ich Ihren Kollegen schon gesagt habe.« Die Hand mit der Espressotasse blieb in der Luft hängen.

Dorotheas Finger kribbelten unangenehm. Die Mordkommission hatte den Leiter der Fachakademie schon befragt.

»Richard hatte viele Gegner. Er war Enthüllungsjournalist.« Er nahm einen Schluck seines Kaffees. »Die meisten seiner Artikel behandelten illegale Geschäfte. Richard hatte es sich zum Ziel gesetzt, das Unrecht in der Welt zu bekämpfen. Nicht in Kairo oder Peking, sondern in Österreich, Tirol, hier in Kufstein. Korruption, Bestechung, Amtsmissbrauch.«

»An welchen Storys hat ihr Freund aktuell gearbeitet?«

»Das weiß ich nicht genau.« Günther Schall runzelte die Stirn. Wieder eine Frage, die schon gestellt worden war. »Typische Kufsteiner Themen. Die Verbauung des Kaisertals? Die Asbest-Deponie? Sexuelle Belästigungen von Sängerinnen bei Festspielen? Vermutlich kann Ihnen Andrea Untermüller helfen. Die Herausgeberin der *Kufsteiner Kaiserin*. Dieses Jahr hat sie eine Reportage über Flüchtlinge geschrieben, die sogar für den Tiroler Journalismus-Preis nominiert wurde.«

Dorothea seufzte innerlich. Sie war nicht an der Kufsteiner Tagespolitik interessiert.

Günther Schall strich sich mit dem Daumen übers Kinn. »Richard beschäftigte sich auch mit Staatsfeinden, Verschwörungstheoretikern, Impfgegnern.«

Verschwörung. Dorotheas Fingerspitzen kribbelten noch immer. *Ihr Stichwort*. »Hat Richard jemals einen Polizeiirrtum erwähnt?«

Der Direktor stutzte, sah mit einem Mal unendlich müde aus. »Nein.« Er schüttelte energisch den Kopf.

Natürlich nicht. Dorotheas Blut pulsierte dumpf.

»Das wüsste ich. Richard kannte die Machenschaften aller Kufsteiner, vielleicht aller Tiroler. Aber er hat nie einen Polizeiirrtum zur Sprache gebracht.« Schalls Espressotasse klirrte auf dem Untersetzer. »Er erhielt immer wieder Drohbriefe. ›Wenn ich keine Drohbriefe bekomme, habe ich meinen Job nicht richtig gemacht‹ – das war sein Motto. Aber ich hätte nie gedacht ...« Seine Finger ballten sich zu einer Faust.

»Wer hat ihm Drohbriefe geschickt?«

»Das weiß ich leider ebenfalls nicht.« Er hob entschuldigend die Hände.

»Hat Richard sich seiner Partnerin anvertraut?«

»Partnerin?« Die Augen des Rektors verengten sich, als sie Dorothea wie mit einem Röntgenblick scannten. »Ich nehme an, Sie sprechen von Marion Arte. Aber ich bezweifle, dass sie Ihnen weiterhelfen kann.«

»Sind die beiden erst seit Kurzem ein Paar?«

Sie konnten Günther Schalls Ausdruck nicht deuten. *Überraschung? Verwirrung? Misstrauen?* Dorothea beugte sich über ihren Schwarztee, überlegte fieberhaft. Erich Vogel hatte von einer Freundin gesprochen. Vor dem Gespräch mit Günther Schall hatte sie versucht, online über den Journalisten Informationen zu sammeln. Doch Richard Vogel hatte einem Personenkreis angehört, der in der digitalen Welt sehr vorsichtig war. Sein Familienstand war nirgends erwähnt worden. Plötzlich ahnte Dorothea, welchen Fehler sie gemacht hatte. Noch ehe sie ihn korrigieren konnte, sprach der Rektor der Fachakademie weiter.

»Richard war nicht an Frauen interessiert.« Er redete klar und deutlich wie mit einem Kind. »Zumindest nicht in sexueller Hinsicht.«

Richard Vogel war homosexuell. Dorothea biss sich auf die Zunge, verstand das Misstrauen. Zweifelsohne fragte sich der Mann, warum sie diese Information nicht hatte. Was für ein Fauxpas. Warum hatte Erich Vogel nicht erwähnt, dass sein Sohn homosexuell war? *Ist der Tod eines jungen Mädchens wichtiger als der eines ...* Der Vater hatte das Wort nicht über die Lippen gebracht.

Dorothea legte ihre Handflächen auf die Knie, um zu verbergen, dass ihre Finger bebten. *Du hast dir in die Karten sehen lassen. Im besten Fall wird er dich als homophob und konservativ einstufen, im schlechtesten Fall setzt er sich mit Fuhrmann in Verbindung.*

»Das war mir entfallen.« Dorotheas Versuch war kläglich und schlug fehl, Günther Schalls Miene sprach Bände. »Marion Arte war seine Freundin, seine Vertraute?«

Günther Schalls Augen verengten sich erneut, ehe er es bejahte. »Marion ist Yogatrainerin.« Er öffnete seine Lippen, schloss sie wieder.

Dorothea wartete.

»Richards Herz schlug für Glamour, Glanz, extravagante Partys. Und natürlich für Bälle. Daran zu denken, dass er ausgerechnet auf dem Charity Ball ...« Seine Stimme verebbte.

»Ihr Freund besuchte gern gesellschaftliche Veranstaltungen?«

»Ja.« Günther Schall nickte. »Obwohl meist die Hälfte aller Ballgäste ein Motiv hatte, ihn umzubringen.«

Kapitel 9

»Ich bin mir sicher, Richard ist jetzt an einem wunderschönen Ort.« Eine Träne lief über das hübsche Gesicht, und Marion Arte zog ihre Beine auf dem safrangelben Sofa in einen Schneidersitz. Der Chihuahua sprang in ihren Schoß, sie umschloss ihn mit zierlichen Armen. »Richards Seele ist jetzt im Nirwana.«

Nicht sehr wahrscheinlich. Dorothea biss sich auf die Lippen, um den Gedanken nicht laut auszusprechen. Man musste ein ausgezeichnetes Karma haben, um die Erleuchtungsstufe zu erreichen. Außerdem war das Nirwana kein Ort, sondern ein Zustand. Sie grub ihre Finger in den Goldbrokat des Ohrensessels. *Vergiss es. Du bist nicht hier, um die Frau wegen ihres Halbwissens zu tadeln.*

Wie der Rektor es vorausgesagt hatte, hatte Dorotha die junge Yogatrainerin in ihrer Altbauwohnung angetroffen. Durch hohe Fenster fiel die Mittagssonne auf einen Mahagoniboden und erhellte eine merkwürdige Mischung aus indischem Ashram und buddhistischem Kloster: dunkle Möbel, türkise, pinke und grüne Kissen, Vasen, Tücher, seidene Vorhänge, opulente Teppiche, Mandala-Muster, Tigerstatuen, Duftlampen, prunkvolle Verzierungen, Windlichter, Traumfänger, Klangschalen, Mörser und exotische Zimmerpflanzen in Feuerrot. Ein Bücherbord war gespickt mit esoterischer Lektüre. Das Wohnzimmer war glutheiß, die Mittagshitze ließ Dorothea kaum atmen. Der Qualm von Räucherstäbchen hing bleiern in der Luft.

Leise indische Musik durchzog den Raum, auf einer prunkvoll verzierten Kommode aus Eichenholz war ein Schrein arrangiert, das Foto des toten Journalisten, umringt von brennenden Kerzen. Dorothea fühlte sich wie ein Eindringling. Hatte sie die junge Frau bei einer Art Meditation gestört?

Obwohl Marion Arte in Dorotheas Alter sein musste, wirkte sie jung und naiv, nicht Anfang dreißig, sondern so, als ob sie den Teenagerjahren gerade entwachsen war. Sie und ihr Hündchen ähnelten sich, ihr zartes, herzförmiges Gesicht und die riesigen samtbraunen Rehaugen unter dem brünetten Pony erweckten selbst bei Dorothea einen Beschützerinstinkt.

Trotz ihres Make-ups sah die junge Frau erschöpft aus. Sie nippte an ihrem Wasserglas, setzte es ab, nahm ihr Mobiltelefon vom Couchtisch und warf einen nervösen Blick zur Tür. Wen hatte Marion Arte erwartet, als sie mit hoffnungsvoller Miene die Tür geöffnet hatte, nur um einen enttäuschten Blick auf Dorotheas Dienstausweis zu werfen?

»Im Hinduismus wird der Tod nicht als etwas Schreckliches angesehen.« Marion Arte zupfte an ihrem weißen Rüschenkleid. »Man kleidet sich nicht in schwarzer, sondern in weißer Farbe, wenn jemand stirbt. Nicht so wie in Europa.«

Dorothea seufzte innerlich. Weiß als Trauerfarbe war keine asiatische Erscheinung, auch in Europa hatten die Trauernden Weiß getragen, bis sich im 19. Jahrhundert die Mode des weißen Brautkleides durchgesetzt hatte. Sie schob die Überlegung beiseite, räusperte sich, gab ihrer

Stimme einen sanften Klang. »Sie waren Richards beste Freundin?«

»Ich denke schon.« Marion Arte beugte sich vor und rückte das Wasserglas zurecht. »Natürlich ist Günther Richards ältester Freund. Die beiden waren seit ihrer Kindheit ein Team.« Sie zog ein Taschentuch aus einer Box mit filigranen Einlegearbeiten und zerknüllte es. »An einem Abend, als Richard zu viel Whisky getrunken hatte, hat er mir viel erzählt. Die beiden wohnten in derselben Straße. Richards Vater hat ihn immer stundenlang in den dunklen Keller gesperrt, wenn er als Junge vor etwas Angst hatte. Um ihn abzuhärten.« Sie berührte ihren Hals. »Günthers Vater war Alkoholiker. Er verprügelte seine Frau und seine Kinder, wenn er vom Wirtshaus nach Hause kam.«

Minutenlang schwieg Marion Arte. Dorothea wartete. Sie war gekommen, um die Antwort auf eine einzige Frage zu erhalten.

Endlich begann die junge Frau, wieder zu sprechen. »Seine Liebe zu Männern musste Richard vor seinen Eltern verbergen.« Ein erneuter Blick auf das Mobiltelefon. »Seine Mutter war erzkatholisch, ging jeden Sonntag in die Kirche. Der Vater assoziierte Homosexualität mit Stricherjungs, Aids und Drogen. Als sie davon erfuhren, drohte ihm Erich Vogel, ihn zu enterben, und seine Mutter betete jeden Sonntag in der Kirche dafür, dass er *normal* werde. Nach dem Tod seiner Mutter hatte Richard lange keinen Kontakt mehr zum Vater. Erst in den letzten Wochen hat er sich wieder mit ihm getroffen.«

Dorothea blickte erstaunt auf. Die sexuelle Neigung seines Sohnes. Die Tatsache, dass sie jahrelang nicht mehr miteinander gesprochen hatten. Was hatte ihr der Vater des Journalisten noch verborgen?

Zu spät merkte sie, dass Marion Arte bereits weitergesprochen hatte. »Ich glaube, der Wunsch, sich ein besseres Leben aufzubauen, hat Günther und Richard verbunden. Und *sie* haben es geschafft.« Der bittere Unterton war nicht zu überhören. »Günther ist der Rektor der Fachakademie. Nächstes Jahr wird er im März für die Wahl zum Bürgermeister kandidieren.« Mit zitternden Fingern berührte sie ihre Halskette. »Mit einer innovativen Partei, einer eigenen Liste.« Ihre Hand glitt zu ihrem Ohrring. »Und Richard war ein ausgezeichneter Journalist. Er hätte für jede Zeitung schreiben können, aber er wollte unabhängig bleiben.« Sie drehte an einem Ring an ihrem linken Mittelfinger.

Die Schmuckstücke wiesen ein verschnörkeltes Muster auf, das an die chinesischen Symbole Yin und Yang erinnerte. Aus Weiß- und Gelbgold gefertigt. Kostspielig, so wie die gesamte Wohnung und ihre Einrichtung. Entweder war Marion Arte als Yogatrainerin sehr erfolgreich, oder sie stammte aus reichem Elternhaus.

»Richard liebte es, Theater zu spielen. So haben wir uns kennengelernt.«

Dorothea hob fragend die Augenbrauen.

»Als Hobbyschauspieler. Wir sind beide Mitglieder der Kufsteiner Stadtbühne. Wir spielten Oscar Wilde: *The Importance of Being Earnest.* Das war vor fünf Jahren. Heuer inszenieren wir Shakespeare. Auf der Festung. The Scottish Play.«

Macbeth. Beinahe hätte Dorothea über den alten Aberglauben gelacht. Schauspieler weigerten sich, den Namen des Stückes auszusprechen, aus Angst, Unglück heraufzubeschwören.

»Ich gebe die weibliche Hauptrolle.« Marion Arte richtete sich stolz auf. »Lady Macbeth.« Dorothea hatte Probleme, sich die grazile Frau als machthungrige Ehefrau eines schottischen Königs vorzustellen. »Richard hatte das erste Mal eine Hauptrolle …« Erneut liefen Tränen über ihre Wangen.

Dorothea hatte genug gehört, sie beschloss, die Tortur für sich und die junge Frau zu beenden. »Hat ihr Freund jemals mit Ihnen über einen Justizirrtum gesprochen?«

»Einen Justizirrtum?« Die Augen der jungen Frau wurden weit. »Sie meinen, dass die Polizei einen Unschuldigen verurteilt hat? Nein. Nichts dergleichen. Er wollte einen Artikel über eine besondere Jugendliche schreiben.«

Ein Hauch von Unmut, Eifersucht war zu hören. Dorothea schloss ihre Augen. Mit einem Mal kam ihr ihr eigenes Handeln absurd vor, wahnwitzig. *Was machst du hier? Anstatt auf deine Prüfung zu lernen, stellst du halbherzige Ermittlungen an, positionierst dich gegen Konstantin. Im Grunde deines Herzens weißt du, dass er ein ausgezeichneter Ermittler ist. Dass er nichts übersehen wird.*

Schalls Aussage war klar gewesen: Bei einem Justizirrtum hätte Richard ihn um Rat gebeten. Martin Grazer? Natürlich war er beim Tod ihres Vaters der Ermittler gewesen. In Tirol gab es nur wenige Polizisten, die es zum LKA in die Abteilung Leib und Leben schafften. Der Fall ihres Vaters war ein High-Profile-Fall gewesen, ein Fall, um den sich ehrgeizige Karriere-Menschen rissen.

»Vielen Dank für Ihre Hilfe.« Dorothea erhob sich. »Es tut mir leid, dass Sie Ihren Freund verloren haben.« Sie stand auf, rückte den Sessel zurecht und wandte sich Richtung Tür.

Das Telefon auf dem Couchtisch begann zu vibrieren, Marion Arte griff blitzschnell danach, aufgeregt las sie die Botschaft. Es schien nicht der Inhalt zu sein, den sie erhofft hatte, ihr ganzer Körper begann zu schlottern. Dorothea war so überrascht über den plötzlichen Gefühlsausbruch, dass sie einen Moment lang unbeweglich verharrte.

»Haben Sie jemals in Ihrem Leben etwas zutiefst bereut?« Die Frau presste ihre Hand auf den Mund, ihre Stimme war erstickt.

Dorothea beäugte die Yogatrainerin, sie hoffte, dass es eine rhetorische Frage war.

»Und nun ist Richard nicht mehr da.« Marion Arte schloss verzagt ihre Lider.

Geh zur Tür! »Vielleicht kann ich Ihnen helfen.« Dorothea ignorierte ihre innere Stimme und ließ sich wieder in dem Ohrensessel nieder.

»Ich wäre jetzt gern allein.« Unschlüssig, zögernd, ein verzweifelter Ausdruck in den braunen Augen.

Dein Stichwort. Erneut erhob sich Dorothea.

»Warten Sie.«

Dorothea schaffte es nur bis zur Tür.

»Mir ist etwas eingefallen.«

Aus den Augenwinkeln sah Dorothea, wie die junge Frau aufsprang. Der Chihuahua landete murrend auf dem Boden. »Richard hat bei unserem letzten Gespräch irgendetwas Seltsames über Bäume gesagt. Es schien wichtig zu sein.«

Dorothea hob die Augenbrauen. »Eiben?«

»Nein. Kiefern?«

Nicht sehr hilfreich. »In welchem Zusammenhang?«

»Ich war mit meinen eigenen Problemen beschäftigt.« Die Yogatrainerin biss sich auf die Lippen. »Ich habe nur mit halbem Ohr zugehört.«

»Konzentrieren Sie sich!«

»Mut. Er hat außerdem von Mut gesprochen.«

Mut? Dorothea holte tief Luft, atmete vorsichtig wieder aus.

»Er hat sich mit einer Voodoo-Frau getroffen.« Marion Arte ließ sich auf die Couch fallen, sprach bedächtig, so, als müsse sie nach jedem Wort in ihrem Gedächtnis suchen. »Er sagte, er müsse Abbitte leisten.«

Dorothea zwang sich, ruhig zu bleiben. Als Zuhörerin war die Yogatrainerin offensichtlich nicht sehr erfolgreich. »Versuchen Sie, sich zu erinnern.«

»Ich denke, es ging um Sterbehilfe. Oder einen Mord.« Die junge Frau schloss theatralisch die Augen. »Und es stand im Zusammenhang mit einer Kolumne, die er geschrieben hatte.«

»Über einen Mord?« Dorothea hob erstaunt den Kopf.

»Nein, doch keinen Mord.« Marion Arte schüttelte den Kopf, legte ihre Stirn kunstvoll in Falten. Dann nickte sie eifrig. »Richard hat eine Frau im Altersheim in Kufstein besucht.«

»Wen? Eine Verwandte?«

»Keine Ahnung.«

Die Informationshappen, die ihr die Yogatrainerin bot, waren wie das Sortiment in einem Tante-Emma-Laden. Beliebig, ungeordnet, teils veraltet. Dorothea notierte sich das Sammelsurium auf ihrem Notizblock. »Können Sie sich an irgendetwas Konkretes in dem Gespräch erinnern? Einen Namen? Eine Adresse?

»Er hat die Tiroler-Siedlung erwähnt. Eine Susanne Klein ... Krumm? Oder so ähnlich?« Marion Arte blickte Dorothea zweifelnd an. »Er wollte mit ihr reden?«

Dorothea schloss erneut die Augen. Sie hoffte, dass irgendjemand dem Journalisten aufmerksamer zugehört hatte als seine beste Freundin.

Kapitel 10

In den Gelben Seiten fand Dorothea keine Frau Klein, aber eine Susanne Kurz in der Tiroler-Siedlung. Sie kannte das Eck. Niedrige Bauten, lang gezogen, trostlos, mehr als ein halbes Jahrhundert alt, mit winzigen Fenstern, düsteren Gängen, klobigen Steinböden, knarrenden Holzstiegen, klapprigen Fensterläden, abgeblätterter Farbe. Die Siedlung lag in dem Stadtteil von Kufstein, in dem Dorothea am öftesten zu Einsätzen gerufen wurde. Messerstechereien zwischen Drogensüchtigen, Schlägereien von Alkoholikern. Senioren, die die Polizei alarmierten.

Nummer 20 unterschied sich nicht von den anderen. Ein staubiger Vorhof, verrostete Bierbänke, eine Mülltonne, die in der flimmernden Mittagshitze zum Himmel stank, bröckelnde Betonstiegen. Die Eingangstür stand offen, eine gebrechliche Frau, die an ihrem Krückstock zittrig über die Schwelle humpelte, beäugte Dorothea argwöhnisch. Der Jugendliche, der sich über die knarzende Treppe aus dem Haus stahl, bemerkte sie nicht. Trotz der 38 Grad trug er einen schwarzen Pullover, die Kapuze hatte er tief in die Stirn gezogen. Top 3 lag im ersten Stock.

»Frau Kurz?«

Durch den Türspalt warf die Frau einen misstrauischen Blick auf Dorotheas Ausweis. Ihr Gesicht war aufgedunsen, der Hals unter einem Dreifachkinn begraben, wasserstoffblonde Haare mit einem dunklen Nachwuchs von fast zehn Zentimetern, fettig glänzend, hingen schlaff und ungepflegt bis zu den massiven runden Schultern. Selbst durch den schmalen Spalt konnte Dorothea erkennen, dass die Leibesfülle der Frau enorm war. Unter dem weiten T-Shirt fehlte der Büstenhalter, ihre Brüste hingen schlaff bis zu den überdimensionalen Bauchwülsten. Der Gestank, der Dorothea entgegenschlug, zeugte davon, dass sich die ungepflegte Frau tagelang, ja, wochenlang nicht mehr gewaschen hatte.

Dorothea stutzte. »Sind Sie Susanne Kurz?«

Feindliches Nicken.

»Darf ich kurz reinkommen?«

»Ralph wohnt nicht mehr hier.« Die Frau beäugte Dorothea von oben bis unten, betrachtete feindselig ihre olivgrüne Leinenhose und ihre beige Bluse. Stumpfer Hass – sie sprach offensichtlich von einem Lebensgefährten. »Versuchen Sie es bei einem seiner Flittchen.«

Dorothea schluckte. Es würde schwer werden, in diese Wohnung zu gelangen. Verzweifelt stemmte sie ihre Hand gegen das Holz. »Ich würde gern mit *Ihnen* sprechen.«

»Warum?« Zwischen den aufgequollenen Lidern blitzte Entsetzen auf. Metallisches Scharren ließ die Frau zusammenfahren. Der Greis aus Top 4 versuchte nicht, seine Genugtuung zu verbergen. Mit höhnischem Blick fixierte er Susanne Kurz.

Dorothea trat einen Schritt nach vorn, gab ihrer Stimme einen wohlwollenden Klang. »Ich werde Sie nicht lange aufhalten.«

»Ich kann heute keine Besucher empfangen.« Die Furcht verschwand nicht. »Vielleicht ein anderes Mal.«

Susanne Kurz warf einen angsterfüllten Blick über ihre Schulter, presste die Lippen zusammen.

Dorothea zog das Bild des Journalisten aus der Tasche. »Kennen Sie diesen Mann?«

Die Frau kniff ihre Augen zusammen, betrachtete Richard Vogel, ihr Gesicht entspannte sich. »Nein.« Kein Flackern. Kein Zaudern. Nichts. Susanne Kurz sagte die Wahrheit.

»Das ist Richard Vogel. Ein Enthüllungsjournalist. Hat er Sie besucht, Sie angerufen, mit Ihnen gesprochen?«

»Nein.«

Das klang unbeteiligt. Erleichtert. Sie kannte ihn nicht, das Gespräch war beendet. Einen Moment erwog Dorothea, sich den Zugang zu der Wohnung mit ihrem Ausweis zu erzwingen. *Aber wie willst du das Fuhrmann erklären?* »Wissen Sie etwas über einen Polizeiirrtum?«

»Nein.«

Die Tür fiel ins Schloss, verschluckte die Silbe. Hatte Susanne Kurz die Frage überhaupt gehört? Dorothea war sich nicht sicher. Erneut klingelte sie, doch ein zweites Mal machte die Frau nicht den Fehler, die Tür zu öffnen. Dorothea seufzte. Was verbarg Susanne Kurz? Eine Hanfplantage? Ein Drogenlabor? Ein Waffenarsenal? Was auch immer es war, es hatte wohl nichts mit dem Tod des Journalisten zu tun.

Kapitel 11

»Ja, dieser Mann letzte Woche waren bei Frau Tamböck.«

Im zweiten Altersheim hatte Dorothea Glück. Die Pflegerin war jung und sprach mit einem rumänischen Akzent, ein rotbrauner Pagenkopf fiel bis zu ihren runden Schultern. Sie nickte zu dem Bild von Richard Vogel. »Er iste nicht mit Frau Tamböck verwandt. Ich weiße nicht, wer ist.« Zweifelnd betrachtete sie Dorotheas Ausweis. »Vormittag besser zu kommen. Nachmittag ist alte Frau manchmal verwirrt.«

Dorothea zwang sich, die pausbäckige Frau anzulächeln. »Es wird nicht lange dauern.«

Hoffentlich. Dorotheas Kehle war eng. *Stell dich nicht so an. Es ist kein Krankenhaus.* Doch die Pflegerin in Weiß und die Mischung aus Desinfektionsmitteln und Bohnerwachs brachten die Erinnerung zurück, unbarmherzig, gnadenlos. An die letzten Stunden ihres Vaters. Die verzweifelte Hoffnung. Die schreckliche Gewissheit.

Dorothea fuhr sich über die Lippen. Die Sonne war verschwunden. Sie existierte in einem anderen Kosmos, nicht in dem schmalen Gang, erleuchtet von künstlichem Licht, in dem die gelblichen Wände den Schall der schnalzenden Schuhe zurückwarfen. Sie schloss die Augen. *Nur ein kurzes Gespräch.*

»Ihr Enkel kam sie manchmal besuchen.«

Dorothea merkte, dass die mollige Pflegerin munter weitergeplaudert hatte, während sie auf eine weiße Tür zusteuerten.

»Immer wenn Geld brauchen. Wollte Haus. Frau Tamböck ihm nicht gegeben.« Sie blieb vor einer der Türen stehen. »Das Einzige, was noch geblieben, sie mir gesagt.«

»Worüber hat Frau Tamböck mit dem Journalisten gesprochen?«

»Ich weiße nicht.« Sie sah seufzend in die Richtung eines Zimmers. »Musste ich Milli baden ... Hat sie wieder in Windeln gemacht ...«

»Frau Tamböck, können Sie sich an Richard Vogel erinnern?«

Die Neunzigjährige hob den Blick von einem Fotorahmen in ihren krummen Fingern, sah Dorothea an einer Orchidee vorbei unverwandt an, doch sie antwortete immer noch nicht. Ihre faltigen Wangen waren trocken, die grauen Augen hinter den aus der Mode gekommenen Brillen hart. Außer dem in der Hand der Frau waren nirgends Bilder zu entdecken.

»Ich spreche von dem Journalisten, der Sie letzte Woche besucht hat.«

Keine Antwort. Die Augen in weiter Ferne ... kühl. Dorotheas seufzte innerlich.

Das Zimmer im Altersheim ging nach Westen, durch die weißen Gardinenvorhänge fiel das Nachmittagslicht auf die alte Frau. In ihrem dunkelblauen Blumenkleid mit gestärktem Kragen, den blau-weißen Haarwellen, gewaschen, geföhnt und sorgsam um ihren Kopf gelegt, wirkte sie streng, gerüstet für ein Empfangskomitee. Nichts an ihr wies darauf hin, dass sie im Zimmer eines Altenwohnheims saß, auf einer karierten Eckbank, an einem schlicht geschmückten Tisch mit schneeweißer Spitzendecke.

»Frau Tamböck, ich bitte Sie, sprechen Sie mit mir.«

Vielleicht versteht sie dich nicht.

»Versuchen Sie, sich zu erinnern. Es ist sehr wichtig, dass Sie mit mir reden.«

»Er hat mir das Blaue vom Himmel versprochen. Ich hätte ihm nie glauben sollen.« Die farblosen Lippen bebten verbittert und empört.

»Richard Vogel?« Dorothea war verblüfft, ihr Gehirn begann zu flimmern. Was hatte der Journalist der Frau versprochen?

»Trauen Sie nie einem Mann!«

Dorotheas Kopfhaut spannte. Wovon sprach die alte Frau?

»Vater hat getobt. Mutter hatte kein Mitleid. ›Ich habe es dir immer gesagt. Jetzt sieh zu, wo du bleibst.‹«

Es dauerte einen Moment, bis Dorothea begriff, was Helga Tamböck erzählte. Ihre eigene Geschichte. Eine Familiensaga. Sie musste sich zwingen, nicht auf ihre Armbanduhr zu blicken. Mit einem Mal fühlte sie sich erschöpft, ausgezehrt. Sie würde in dem sterilen Altenheim keine schnellen Antworten auf ihre Fragen bekommen. Sie lächelte höflich, mechanisch.

»Er war stattlich in seiner Uniform. Und charmant. Ich war so stolz, dass er sich mich ausgesucht hatte, nicht die hübsche Leni aus dem Nachbarhaus. Aber eines Tages war er weg. Ohne eine Zeile.« Erst jetzt sah Dorothea, dass es die Fotografie eines Mannes in Uniform war – ein Soldat mit einem Stahlhelm und einem Orden auf der Brust –, die Helga Tamböck in ihren Fingern hielt.

»Frau Tamböck, ich bin gekommen, um ...«

»Was hätte ich tun sollen?« Die Greisin beachtete Dorotheas Einwurf nicht. »Ich musste es meinen Eltern sagen. Er war nicht mehr da. Hat sich nie verabschiedet.« Ihre Augen fixierten Dorothea, schienen ihre innersten Gedanken zu erraten. »Hätte ich mich doch nie mit ihm eingelassen.« Sie lehnte sich auf dem harten Sessel zurück, seufzte. »Heute haben es die Mädchen einfach. Es gibt die Antibabypille. Kliniken. Aber ich hatte kein Geld für die Engelmacherin. Woher hätte ich es nehmen sollen? Mit einer Stricknadel die Fruchtblase aufstechen? Das wollte ich ja.« Die ausgezehrten Finger strichen über die Tischkante, sie waren trocken wie Papier. »Aber ich musste immer an Dora denken. Ihre Mutter hat sie gefunden. Auf dem Dachboden. Sie war verblutet.«

Selbstabtreibungen mit Stricknadeln, mit Kleiderbügeln aus Draht. Dorothea versuchte verzweifelt, den Brechreiz zu bezwingen, die Übelkeit loszuwerden. Nicht an den Zeitungsartikel zu denken, den sie vor Jahren gelesen hatte, das Bild, das sich in ihr Gehirn gebrannt hatte. Gerri Santoro. Nackt, kniend, auf dem Boden eines Hotelzimmers kollabiert, blutige Handtücher zwischen ihren Beinen. Eine junge Frau, die nach einem illegalen Schwangerschaftsabbruch allein in einem Hotelzimmer in Connecticut gestorben war.

»›Nun sieh zu, wo du bleibst.‹« Helga Tamböck hob ihre Stimme, zeternd. »›Wer soll dich jetzt noch nehmen, mit einem ledigen Kind? Es ist nicht so, dass du hübsch bist. Oder reich.‹« Helga Tamböck drückte ihre Haarwellen zurecht. »Ich habe einige Jahre als Näherin in der Fabrik gearbeitet. Edith war bei meinen Eltern. Aber einer hat mich dann doch genommen. Ludwig Tamböck. Er war zwanzig Jahre älter als ich, als Kind habe ich mich vor ihm gefürchtet. Er war nicht im Krieg. Er hinkte, hatte ein krummes Bein. Und einen Herzfehler. Aber er hatte ein Haus. Mehr noch. Ein Anwesen. Und einen sicheren Beruf. Er roch streng. Nach Fäulnis.«

Aber er hatte ein Haus. Dorothea unterdrückte den Brechreiz. Sie wollte das Zimmer, das Altersheim verlassen. Ihre Hände schmerzten, sie merkte, dass sie ihre Nägel in ihre Handflächen gebohrt hatte.

»Er hat nie verstanden, warum ich mich mit einem Franzosen hatte einlassen können. ›Der Feind‹, hat er gesagt. ›Wie konntest du dich mit dem Feind einlassen‹.« Die alten Hände zitterten. »Für ihn war Edith die Tochter des Teufels. Sie war ein schwieriges Kind. Trotzig. ›Hol mir den Teppichklopfer!‹ Wie oft hat er mir das befohlen. Ich sehe ihn noch heute, wie er auf der Ofenbank saß. ›Kinder müssen gezüchtigt werden, sonst wird nichts aus ihnen‹.« Sie strich über die Häkeldecke. »Er wollte einen Sohn. Wir haben es versucht. Aber der Arzt hat ihm gesagt, dass er keine Kinder zeugen könne. Und ich war froh, dass es nicht mehr Mäuler zu stopfen gab.«

Das beklemmende Gefühl war in jeder Faser ihres Körpers, trostlos, dumpf. Dorothea hatte genug gehört. »Frau Tamböck, ich bin gekommen, um mit Ihnen über den Journalisten zu sprechen, der Sie letzte Woche besucht hat.«

»Journalist? Welcher Journalist?« Die alte Frau legte ihre Hand an ihre Perlenkette, die Finger waren knotig vor Arthritis. Sie sah Dorothea misstrauisch an. »Wer sind Sie? Was wollen Sie von mir?«

Kapitel 12

»Jenny, wo sind die Fotos der Geliebten?« Die silbernen High Heels der blondierten Schönheit um die fünfzig hämmerten auf den Holzboden, während sie aus dem Redaktionsbüro an Dorothea vorbeirauschte. Der Ventilator auf der Theke blieb mit leisem Surren unbeeindruckt von der schroffen Tonlage, doch Jenny, die junge Sekretärin, zuckte zusammen, als sich ihre Chefin vor ihrem Schreibtisch auftürmte. »Ich brauche die Abzüge.«

Die Herausgeberin der Kufsteiner Kaiserin kann Ihnen vielleicht helfen. Susanne Kurz und die Dame im Altersheim waren ein Irrweg gewesen. Nun hatte Dorothea beschlossen, Marion Artes mysteriöse Hinweise zu ignorieren und dem Rat des Rektors zu folgen. Nach einer halben Stunde Wartezeit kamen ihr nun Zweifel an ihrem neuen Plan. Ein Schwall *Jean Paul Gaultier* umhüllte Andrea Untermüller, stand in der stickigen Nachmittagsluft wie eine Mauer vor dem Besucherstuhl im Vorzimmer, doch die Herausgeberin der *Kufsteiner Kaiserin* beachtete Dorothea nicht.

Makellos getrimmte Figur, schulterlange geglättete Haare, vollendet gestraffte Haut, trainierte Oberarme in dem zitronengelben Seidentop, die Beine in der farbig abgestimmten Hose. Alles an der Editorin des Kufsteiner Trendmagazins schrie Beauty und Sex-Appeal. Ihre Stimme strafte den Eindruck Lügen, demonstrierte schneidende Kontrolle und Macht. »Ohne die Fotos kann ich die Story über die Affäre des Bürgermeisters nicht veröffentlichen.«

Jenny linste unsicher zu Dorothea und nahm die Hand vom Hörer, sie musste die Besucherin ihrer Vorgesetzten direkt präsentieren. »Die junge Dame wartet auf Sie. Sie möchte ...?«

»Nicht jetzt.« Andrea Untermüller würdigte Dorothea keines Blickes.

Dorothea seufzte.

»Wo sind die Bilder?« Mit dunkelrot lackierten Fingernägeln trommelte Andrea Untermüller auf die Oberfläche der Theke.

Die junge Frau schluckte. »Taler hat die Fotos noch nicht geschickt.«

»Zwei Tage bis Redaktionsschluss.« Andrea Untermüller schlug mit der flachen Hand auf die Platte, ein Ring traf mit hartem Krach auf das Holz. »Ich bringe den Stümper um.«

»Ich habe bereits versucht, ihn zu erreichen.« Die Assistentin hob den Kopf, räusperte sich. Ein Feuermal in der Form der USA, mitten auf ihrer Wange, wurde dunkelrot, begann zu leuchten. Es war klar, Eskapaden dieser Art gehörten für das Mädchen zur Tagesordnung. Die Anwesenheit der Polizei eher nicht. Dorothea bemerkte den warnenden Blick, den Jenny ihrer Chefin zuwarf, die Redakteurin jedoch war nicht empfänglich für subtile Botschaften.

»Versuch es weiter. Und wenn du ihn erreichst, kannst du ihm gleich sagen, dass es das letzte Mal ist, dass ich eine Story von ihm nehme.« Ihre Stimme war unerbittlich. »Es gibt Tausende nutzlose Schreiberlinge wie ihn, die sich alle zehn Finger nach diesem Job ablecken würden.«

Die hohen Absätze hämmerten an Dorothea vorbei auf dem Weg zurück ins Redaktionsbüro, ohne anzuhalten. »Sie wollen als Praktikantin bei uns arbeiten?«

Ehe Dorothea etwas sagen konnte, intervenierte Jenny. »Nein ...«

Mit einer raschen Handbewegung brachte Andrea Untermüller ihre Assistentin zum Schweigen. »In diesem Outfit betreten Sie mein Büro nicht. Kommen Sie wieder, wenn Sie sich etwas zum Anziehen gekauft haben. Und werfen Sie Ihre Kleidung weg. Nicht in die Altkleidersammlung. In die Mülltonne. Niemand will Vorhänge anziehen, auch Obdachlose nicht.«

Dorothea erhob sich von dem Besucherstuhl, zeigte ihren Ausweis. »Inspektorin Keusch.«

»Inspektorin?« Die Journalistin blieb so abrupt stehen, dass Dorothea befürchtete, die Frau würde in ihren hohen Absätzen auf dem gebohnerten Parkett umkippen. Doch die Blondine hielt die Balance, wich einige Schritte zurück, riss Dorothea ihre Identifikationskarte aus der Hand. »Schon wieder die Exekutive?« Zornige Röte stieg in ihr Gesicht. »Das ist Belästigung.«

Dorothea erschrak. *Konstantin und sein Team haben die Journalistin bereits befragt.* Sie kam sich plötzlich nackt vor, schutzlos. Trotz der Hitze in dem Gebäude fühlte sie kalte Tropfen in ihrem Nacken.

»Richard war *nur* ein Kollege.« Zum ersten Mal hörte Dorothea jemand den Namen des toten Journalisten voller Hass aussprechen. »Und ein arroganter obendrein.« Andrea Untermüller gab die Identifikationskarte zurück. »Ich habe Ihnen schon alles gesagt, was ich weiß.« Ihr Körper bebte vor Zorn.

»Es haben sich einige neue Fragen ergeben.«

»Innerhalb von zwei Stunden?« Sie strich über ihre Haare, warf sie nach hinten. »Polizei Kufstein? Fuhrmanns Schergen?« Sie trat näher an Dorothea heran, beäugte sie genau. Dorothea spürte, wie das Blut aus ihren Wangen wich. »Ist die Mordkommission nicht fähig, ihre Fälle selbst zu lösen? Wenn ich so arbeiten würde wie diese Truppe, gäbe es nur alle zwei Jahre eine Ausgabe der *Kaiserin.*« Ihre rechte Schulter zuckte, und Dorothea fragte sich, was die Frau zu verbergen suchte. »Mein Magazin wäre schon längst pleite gegangen.«

»Worauf wartest du?« Sie wandte sich an ihre Sekretärin, schnippte mit ihren Fingern. »Ruf den verdammten Fotografen an!«

Ohne sie eines Blickes zu würdigen, ging Andrea Untermüller an Dorothea vorbei. »Fünf Minuten.«

Kapitel 13

Die Aufschrift *Kufsteiner Kaiserin* bebte gefährlich, als Andrea Untermüller die Glastür zu ihrem Büro hinter Dorothea ins Schloss warf. Möbel aus Stahl und Chrom brüteten vor einer Fensterfront in der Sonne, Dorothea bekam das Gefühl, nicht einen Geschäftsraum, sondern eine Sauna betreten zu haben. Es roch nach verbrannten Bohnen, eine verkrustete Espressotasse und eine halb aufgegessene Box mit Sushi standen auf der Schreibtischplatte.

An den Wänden hingen die glänzenden Cover des Magazins, jeweils gespickt mit den Fotos glamouröser Models. *Fashion. Beauty. Lifestyle. People. Events.* Ein privates Porträt. Vater, Mutter, zwei Kinder. Die perfekte Familie. Andrea Untermüller und ihr Mann schmunzelten gekünstelt in die Kamera, ein pummeliges Mädchen und ein schlaksiger Teenager zierten sich erkennbar.

Sie wartete darauf, dass sich Andrea Untermüller an den Schreibtisch setzte, ihr einen Stuhl anbot, stattdessen trat die Frau an ein quadratisches Regalsystem, das mit neun minutiös geschnittenen Bonsai-Bäumchen bestückt war.

»Ich habe eine Deadline.« Andrea Untermüller nahm eine schmale silberne Schere von dem Regal. »Muss ein Magazin herausbringen.« Sie untersuchte die Krone des obersten Miniaturbaumes. »Daran ändert auch ein toter Berufskollege nichts.«

Dorothea betrachtete die winzigen Landschaften in den Schalen. Sie wusste, dass viele Menschen Bonsais mit japanischer Tradition verbanden. Doch die Tradition des Bäume-Gestaltens stammte aus China. Die chinesische Sage kam Dorothea in den Sinn. Der Legende nach war es der böse Zauberer Jiang-Feng, der auf seinen Reisen durch das Land Felsen, Wasser, Pflanzen, Tiere und Mensch verzauberte.

»Der große, mächtige Vogel.« Andrea Untermüller kappte mit einem abrupten Griff einen jungen Trieb und zerdrückte ihn in ihrer rechten Hand. Die Venen auf dem Handrücken der Frau traten hervor, leberfarben, wurmartig, bestrebt, das wahre Alter ihrer Haut zu verraten.

»Er fühlte sich überlegen, hielt sich für etwas Besseres. Enthüllungsjournalismus. Kein Klatsch und Tratsch. Kein wer mit wem. *Der Informant.*« Die Journalistin schnaubte. Feindselig, wütend. Der Hass auf den toten Journalisten saß tief. »Schon der Titel klingt lächerlich. Wie der eines Grisham-Romans.«

Grishams Romane haben Auflagen in Millionenhöhe. Dorothea verbannte den Gedanken sofort wieder. Andrea Untermüller noch weiter gegen sich aufzubringen war das Letzte, was sie wollte. Sie schwieg und wartete beharrlich, bis die Frau weitersprach.

Teenage Dirtbag. Der Handy-Jingle schallte durch das heiße Büro wie eine Alarmglocke. Andrea Untermüller hielt nur eine Sekunde lang inne, taxierte das Smartphone neben dem Computer, als wollte sie das Gerät durch Telepathie abstellen.

Dorothea betrachtete die Titelseiten der *Kufsteiner Kaiserin* an den Wänden. »Ist die Stadt groß genug für zwei Magazine?«

»Natürlich.« Ein schneller Griff, ein weiterer Spross verlor seinen Kopf. »Wir konzentrieren uns auf Soft-News, unsere Klientel sind hauptsächlich Frauen. Der werte Herr Vogel fand, dass er das Monopol auf Enthüllungsstorys hatte.«

»Wer führt nach seinem Tod das Magazin weiter?«

»Was geht mich das an?« Sie biss sich auf die Lippen, die winzige Schere bebte. »Das sind keine neuen Fragen. Sie verschwenden meine Zeit.« Irgendetwas in dem zornigen Blitzen unter den blauschwarzen Wimpern sagte Dorothea, dass es nicht nur reiner Konkurrenzkampf war, den die Journalistin gegen Richard Vogel aufgebracht hatte.

We Found Love. Ein neuer Anruf, ein neuer Song. Auch diesen ignorierte die Journalistin.

Dorothea beschloss, zur Sache zu kommen. Neue Strategie. »Richard Vogel hat im Fall eines Polizeiirrtums recherchiert.« *Dafür gibt es keine Indizien.* Dorothea ignorierte die murrende Stimme. »Wissen Sie etwas davon?« Sie kam sich lächerlich vor, wie eine Lehrerin, die immer dieselbe Frage stellte, auf die es keine richtige Antwort gab.

»Nein.«

In den letzten sechs Stunden hatte sie dieses Wort öfter gehört als ein Priester das Amen in der Kirche. *Du hast die Antwort auf deine Frage. Du kannst gehen.* Aber Dorotheas Beine waren wie festgeklebt. »Sind Sie sich sicher?«

»Ich sagte *Nein.*« Andrea Untermüller presste ihre Lippen zusammen.

»Haben Sie von einem Fall in Zusammenhang mit Martin Grazer gehört?«

»Eine Story über den Polizeipräsidenten?« Dorothea wartete auf ein Zucken, auf das Flackern von Angst, aber es kam nicht, die Schere bewegte sich unentwegt weiter. »Nein.«

Wieder schrillte ein lauter Ton vom Schreibtisch, diesmal die Gegensprechanlage. Andrea Untermüller schnaubte, warf die Triebe in den Papierkorb, nahm mit der rechten Hand den Hörer, die Schere immer noch in der anderen. »Was gibt's?«

Dorothea konnte nur den vorsichtig überredenden Ton hören, den die Sekretärin anschlug.

»Mein Handy funktioniert, ich *wollte* nicht abheben.«

Der Ton der Assistentin wurde eindringlicher, flehender.

»Ich habe eine Deadline.« Die Redakteurin blieb hart. »Die ist wichtig.«

Vorsichtiges Murmeln.

»Nein. Sie ist kein Baby. Wie soll ich ein Magazin herausbringen, wenn ich eine elfjährige Heulsuse vom Turnunterricht abholen muss. Bewegung hat noch niemandem geschadet. Vor allem nicht meiner Tochter. Frau Professor Gerste ist nicht sadistisch. Sie hat eine strenge Linie. Daran stirbt man nicht.« Sie knallte den Hörer auf das Gerät.

Frau Professor Gerste. Haferstute. Das Sebastianum. Mit Schaudern dachte Dorothea an den kalten Jännermorgen, an dem sie die schroffe Sportlehrerin des katholischen Gymnasiums befragt hatte.

Der Blick der Journalistin fokussierte sich wieder auf Dorothea. »Hören Sie, ich muss weiterarbeiten.« Andrea Untermüllers Geduldsfaden war gerissen, die Journalistin wollte Dorothea loswerden. »Richard war immer schon überheblich und selbstgefällig. Aber seit einigen Wochen hielt er sich für Gott persönlich. Für den ultimativen Richter über Gut und Böse. Er war der Meinung, über das Leben anderer bestimmen zu dürfen.«

»Was genau meinen Sie damit?«

Endlich setzte sich die Reporterin an den Schreibtisch, schob den Plastikbehälter mit dem halb gegessenen Sushi von sich.

»Nichts. Fragen Sie Vogels Liebhaber. Er weiß bestimmt mehr.«

Es dauerte einige Sekunden, bis Dorothea die Bedeutung der Worte begriff. »Richard Vogel hatte einen Liebhaber?«

»Mit Sicherheit.« Die Reporterin nickte.

»Woher wissen Sie das?«

Andrea Untermüller öffnete die Lippen, besann sich und zuckte die Schultern. »Nur so ein Gefühl.«

Ein Ablenkungsmanöver? Wovon? *Versuch es anders.* »An welchen Recherchen hat Richard Vogel gearbeitet?«

»An einer Story über illegale Bankgeschäfte?« Es klang nach einer Frage, Andrea Untermüllers Augen fegten über ihren Bildschirm, sie klickte mit der Maus.

»Korruption?« Dorothea war verwirrt. »Oder Geldwäscherei?«

»Geldwäscherei. Illegale Spekulationen. Insider Trading. Veruntreuung.« Die Reporterin hob genervt ihre Hände. »Keine Ahnung. Letzte Woche habe ich ihn jedenfalls mit Bankdirektor Bunt von der Volkskasse gesehen. Ich konnte nicht hören, was geredet wurde, aber es sah nach einem ernsten Gespräch aus. «

»Sie glauben, der Bankdirektor war ein Whistleblower?«

»Hören Sie, ich weiß es nicht, und ich habe auch keine Zeit für Spekulationen. Fragen Sie Christoph Bunt selbst. Seine pompöse Luxusvilla liegt kurz vor dem Parkplatz zum Kaiserlift. Nicht zu übersehen.« Edelsteine an ihrer Armbanduhr blitzten in einem Sonnenstrahl, als die Reporterin einen Blick auf das Ziffernblatt warf. »Vielleicht erwischen Sie ihn auch noch im Büro. Die Volkskasse ist nur drei Minuten von hier entfernt.«

Kapitel 14

Zwei Minuten später war Dorothea auf dem Weg zur Volkskasse. Als sie an der gleißenden, rot-weißen Polizeiabsperrung vor dem Kufsteiner Rathaus vorbeikam, fühlte sie sich in der Nähe des Tatorts unwohl. *Hoffentlich ist Konstantin nicht hier.* Ihre Schläfen pochten. Die Luft war flirrend heiß und roch nach verbranntem Teer, von den Mitgliedern der Tatortgruppe war niemand zu sehen, bei 35 Grad im Schatten war der Obere Stadtplatz wie ausgestorben. Hoch über ihr begann die Uhr des Kirchturms zu schlagen. Viertel vor vier.

Dorotheas Fußsohlen schmerzten. Altstadt. Tiroler-Siedlung. Altersheim. Seit sechs Stunden marschierte sie in der glühenden Hitze kreuz und quer durch Kufstein, doch niemand hatte ihr einen konkreten Hinweis auf einen Polizeiirrtum geben können. Verzweifelt ordnete Dorothea ihre Gedanken, suchte die Gespräche, die sie geführt hatte, nach Hinweisen ab. Marion Artes wirres Sammelsurium. Die Familiengeschichte der alten Frau. Nichts davon brauchbar. Illegale Finanzgeschäfte? Ein Liebhaber?

Die Sohlen ihrer hellgrauen Schnürschuhe quietschten auf dem Kopfsteinpflaster, und sie merkte, dass sie den Weg nach Hause eingeschlagen hatte. Schatten, ihre Wohnung, eine kalte Dusche, eine Portion Spaghetti. Es war, als könnte sie sich auf nichts anderes mehr konzentrieren. Sie kapitulierte. *Du bereitest dich auf deine Prüfung vor. Konstantin soll den Mord an dem Journalisten aufklären.* Sie würde den Vater des Toten anrufen. Es gab keinen Polizeiirrtum.

»Gute Arbeit, Anna!«

Der Klang der vertrauten Stimme traf Dorothea mitten ins Herz. Sie wusste nicht, was sie sich mehr wünschte: dass Konstantin zufällig nach oben sah und sie bemerkte oder dass er es nicht tat und sie fliehen konnte.

»Vanille, Mango oder vielleicht Schokolade?«

Konstantin wandte seinen Kopf nach unten, zwinkerte der dunkelhaarigen Schönheit zu. Sein Grinsen war frech und charmant, Dorothea konnte sich nicht erinnern, wann er ihr das letzte Mal so zugezwinkert hatte.

Einen Augenblick lang hegte sie Bedenken, dass ihre Beine unter ihr nachgeben könnten. Sie hatte befürchtet, Konstantin bei einer ihrer Befragungen über den Weg zu laufen. *Beim Eisessen mit seiner Kollegin?* Sie schnappte nach Luft, aber kein Sauerstoff gelangte in ihre Lunge.

Diese Anna lächelte zu Konstantin hinauf. »Wir haben keine Zeit für einen Nachtisch.« Sie klang frustriert. »Bis jetzt haben wir nichts. Außer zweihundert Verdächtigen.«

»Mordfälle wie dieser sind sehr schwer aufzuklären.« Konstantin näherte sich der Eisdiele. »Unzählige Verdächtige, keine konkreten Anhaltspunkte.«

»Wir wissen noch nicht mit hundertprozentiger Sicherheit, dass es ein Mordfall ist.«

»Glaub mir, Anna, Richard Vogel wurde vergiftet.«

»Warum bist du dir so sicher?«

Verzweifelt überlegte Dorothea, wie sie ungesehen an den beiden vorbeikommen konnte. Ohne zu überlegen, machte sie ruckartig kehrt.

»Dorothea?«

Ihr Atem setzte aus.

»Chefinspektorin Anna Lercher ist seit Anfang März Mitglied der Mordkommission.« In Dorotheas Anwesenheit war Konstantins Charme verschwunden.

Anfang März. Der Schock traf Dorothea wie ein Schlag ins Gesicht. Die Stelle bei der Abteilung Leib und Leben. Die Position, die sie ebenfalls im Sinn gehabt hatte. *Sie wurde bereits nachbesetzt* – das waren Fuhrmanns Worte gewesen. Dass es eine Frau war, hatten weder ihr Vorgesetzter noch Konstantin erwähnt.

Ihr blieb nichts anderes übrig, als die grazile Hand zu schütteln und die Polizeibeamtin verstohlen zu mustern. Aus nächster Nähe wirkte Anna Lercher weniger hübsch und älter, vielleicht Ende dreißig. Mit langen dunkelbraunen Haaren und ebenso dunkelbraunen Augen glich sie einer italienischen Filmschauspielerin, ihre Züge waren jedoch leicht asymmetrisch, ihre Nase zu spitz. Trotzdem. Perfekt gebräunte Haut, eine Figur, die kein Gramm Fett aufwies, und ein modisches Kleid – hellrosa, wie angegossen – kaschierten den Makel. Rot lackierte Fußnägel in zierlichen Sandalen vollendeten das Bild.

Dorothea wäre am liebsten im Boden versunken. *Werfen Sie Ihre Kleidung weg. Niemand will Vorhänge anziehen, auch Obdachlose nicht.* Ihre eigene Leinenhose war verwaschen und ausgebeult, Haarsträhnen hatten sich aus ihrem Zopf gelöst, die blasse Bluse zwickte plötzlich an allen Nähten. Wie konnte Anna Lercher bei den Hochsommertemperaturen so dynamisch aussehen?

Kein Wunder, dass Konstantin mit ihr geflirtet hatte. *Hast du vergessen, was für ein Casanova er ist?* Brodelnd stieg die Überlegung in ihr auf. *Du hast ihn vor den Kopf gestoßen. Was erwartest du? Dass er mit keiner anderen redet? Nicht jeder verkriecht sich in einem Mauseloch, nur weil er enttäuscht worden ist.* Sie konnte Veras nüchternen Kommentar hören.

»Wir gönnen uns eine kurze Pause.«

Selbst das Lächeln der Feindin war einnehmend. *Feindin? Du kennst sie nicht mal.* Mit Konstantin zu arbeiten ist kein Verbrechen. Dorotheas Gehirn funktionierte nicht mehr, Small Talk war noch nie ihre Stärke gewesen. Erst nach einigen unangenehmen Sekunden kam ihr die Erleuchtung. »Ich hoffe, die Ermittlungen gehen gut voran.«

»Leider nicht.« Anna Lercher seufzte.

»Ich bin mir sicher, Inspektorin Keusch hat eine erstklassige Theorie. Nicht wahr, Dorothea?«

Seine Mitarbeiterin schien ihn nicht zu bemerken, aber Dorothea hörte den sarkastischen Unterton. Konstantins Stolz war verletzt.

Für den Bruchteil einer Sekunde überlegte Dorothea, ihm ihre Informationen zu geben. *Welche Informationen? Du hast nichts. Was willst du ihm sagen? Dass du unerlaubt fünf Personen befragt hast, weil du an der Theorie festhältst, dass die Polizei einen Fehler gemacht hat? Dass du herauszufinden versuchst, was ein Polizeiirrtum mit dem Tod des Journalisten zu tun hat? Dass du wegen einer unbedeutenden Bemerkung deiner hysterischen Mutter nun doch seinen Ermittlungen in die Quere kommst?*

Dorothea sehnte sich danach, sich ihm anzuvertrauen. Den Mord an dem Journalisten mit Konstantin zu erörtern. Unter vier Augen. So, wie den Fall der toten Schülerin im Jänner. Seine Worte kamen ihr in den Sinn: *Weißt du, was das Schlimmste ist? Ich hatte mich darauf gefreut, mit dir über den Fall zu sprechen.*

Dorothea öffnete den Mund, aber Konstantin kam ihr zuvor. »Wir müssen los, Anna.« Demonstrativ sah er auf seine Sportuhr und wandte sich zum Gehen. Das Eis war vergessen. »Wir haben noch ein ausgedehntes Arbeitspensum.«

Regungslos blieb Dorothea stehen. Und nun? Gedankenfetzen stürmten auf sie ein. *Elf Tage bis zu deiner Dienstprüfung. 325 Seiten, die du durchackern solltest.* Der tote Journalist. *Konstantin, wütend, trotzig. Was ist eigentlich los mit dir? Wofür setzt du dein Ziel, deine Karriere aufs Spiel? Niemand weiß etwas von einem Justizirrtum.*

Sie sah auf die Uhr, dachte an ihr Mantra. Noch acht Stunden. Wen hatte Andrea Untermüller erwähnt? Christoph Bunt. Die Bank schloss um 16:00 Uhr. Schokolade. Stracciatella. Amarena. Ihr Blick pendelte zwischen dem Schild *Volkskasse* auf der anderen Seite des Platzes und der Aufschrift *Udos Eisparadies* direkt vor ihr.

Kapitel 15

»Frau Bunt is in town shopping.«

Elegante Marmorsäulen, pompöse Balkone. Die Villa der Familie Bunt glich so sehr dem Weißen Haus, dass es Dorothea nicht wunderte, als ein erdbeerblondes Au-pair-Mädchen mit amerikanischem Akzent die Eingangstür öffnete. »Aber Mr. Bunt is in der ... library. Ich werde Ihnen hinbringen.«

Dorothea nickte erleichtert und sah auf ihre Armbanduhr. Viertel vor fünf. *Kurz vor dem Parkplatz zum Kaiserlift* hatte Andrea Untermüller gesagt. Wütend dachte sie an die Wegbeschreibung zum Kufsteiner Sessellift, die ihr eine gertenschlanke Bankangestellte der Volkskasse übereifrig gegeben hatte. *Höchstens fünfzehn Minuten Gehzeit.* Gehzeit für wen? Eine Giraffe?

Nach einer halben Stunde Marsch in der prallen Sonne war Dorothea erschöpft, atemlos. Ihre Beine fühlten sich zittrig an. *Warum hast du dir nicht eine Flasche Wasser statt einer Kugel Schokoladeneis als Proviant besorgt?*

»Are you alright?« Wieder entfernte die junge Amerikanerin ihren Ohrstöpsel für einen Moment.

Dorothea stemmte eine Hand gegen die Mauer, sog gierig den Schatten und die kühle Brise ein, die aus dem Haus zog. Sie sehnte sich nach eiskalt prickelndem Zitronenwasser. Nach ihrem Bett, kühlen Laken. Sie schloss kurz die Augen. *Sei froh, dass du der surrenden Hitze und den bissigen Insekten entfliehen kannst.*

In der imposanten Empfangshalle war alles still, von Kind oder Kegel keine Spur. Auch in dem glanzvollen Foyer wurde Dorothea den Eindruck nicht los, sich auf dem Anwesen eines Staatsmannes zu befinden.

Ihr gegenüber gab eine Flügeltür den Blick ins Wohnzimmer frei. Ein exquisiter Parkettboden, der Teppich mit Rosenmuster in Blau, Creme und Altrosa, dazu passende Ohrensessel und Kissen. Ein Kristalllüster, der von der Stuckdecke hing, drei riesige Spiegel über dem Mantelsims. Ausladende Terrassentüren, halb verdeckt von Brokatvorhängen, verhängt mit weißer Spitze. Auf dem dünnen Stoff zeichneten sich die Umrisse einer Skulptur im Garten ab: ein Adonis.

»Bitte folgen Sie mich.«

Hinter der jungen Amerikanerin hallten Dorotheas Schritte auf dem Schachbrettboden des Foyers, doch schon der cremefarbene Läufer auf der geschwungenen Treppe verschluckte das Geräusch. Ein Blick durchs Fenster im ersten Stock präsentierte den Garten: Selbst der Rasen, der in anderen Gärten bereits verdorrte, war saftig grün, dicht und penibel gestutzt. Ein Marmorbrunnen und ein Zierteich trotzten tapfer der Hitze, und Dorothea war, als hätte sie das beständige Murmeln im Ohr.

»Mr. Bunt wollte nicht disturbed werden.« Ungerührt pochte das Mädchen an die Eichentür am Ende des Ganges, wartete die Antwort nicht ab, und drückte die Klinke nach unten.

»In dem Gespräch mit Herrn Vogel ging es nicht um illegale Machenschaften.«

Die Stimme des Bankdirektors zitterte. Aus Empörung? Oder aus Angst? Dorothea konnte es nicht feststellen. Sie stand mitten in der klassischen Bibliothek, direkt vor dem fein gearbeiteten Schreibtisch, einem luxuriösen Möbelstück aus Kirschholz. Christoph Bunt hob nicht einmal seinen Kopf, während er mit ihr sprach. Stattdessen wischte er sich mit dem Zeigefinger über die Augen und versuchte hartnäckig, im Lichtkegel der Leselampe ein winziges Zahnrad in das Gehäuse einer Taschenuhr zu setzen.

Der Bankdirektor war schlank und feingliedrig. Haselnussbraunes Haar. Ein glatt rasiertes Kinn. Wie ein Elfenkönig, der in einen dreiteiligen Anzug gesteckt worden war.

Schmale, erstaunlich elegante Finger langten nach der Pinzette, dem winzigen Hammer, den filigranen Utensilien, um die Taschenuhr auf der Ledereinlage gewissenhaft zu reparieren. Obwohl ihm das winzige Rädchen an diesem Nachmittag wieder und wieder entglitt, bot Christoph Bunt dennoch das perfekte Bild eines Uhrmachers. Dorothea fragte sich, ob der Direktor der Volkskasse seinen Beruf verfehlt hatte.

Sie verharrte, sah sich in der Büchersammlung um. Abgegriffene Atlanten in gewichtigen Einbänden. Erlesene Uhren hinter Glas. Der Geruch von alten Büchern und edlem Holz. Die gedämpften Klänge von Mozarts *Requiem in d-Moll.* Alle Vorhänge waren zugezogen, von dem brütenden Juninachmittag war nichts zu spüren. Eine Stimmung wie zu Allerheiligen durchflutete das Lesezimmer, suggerierte einen düsteren Abend im November.

Endlich räusperte sich der Bankdirektor, Dorotheas Geduld hatte sich gelohnt. »Ich habe keine Gelder veruntreut.« Die Finger des Bankdirektors bebten, das Rädchen widerstand allen Bestrebungen des Mannes. »Und ich bin kein Whistleblower.« Erneut versuchte er, das Zahnrad zu montieren, aber es gelang ihm nicht, die Uhr blieb kaputt. Nach fünf weiteren Versuchen gab er es auf, legte die Pinzette beiseite, nahm das Monokel aus seinem Auge und transferierte die kaputten Teile der Taschenuhr vorsichtig in eine Schatulle.

»Stop all the clocks, cut off the telephone.« Er erhob sich, blickte einen Moment auf das Etui in seinen Fingern und legte es behutsam zu den Taschenuhren und Armbanduhren in dem Glasregal an der Wand.

Dorothea zählte sechzehn Sammlerstücke. Sie schätzte den Gesamtwert der Vitrine auf fünfzigtausend Euro.

Sie war überrascht, als der Bankdirektor sie heranwinkte, zögerlich folgte sie seiner Aufforderung. Christoph Bunt legte eine schwarze Armbanduhr in ihre Handfläche, das Lederband lag geschmeidig in ihren Fingern.

Er deutete auf die goldenen Flügel im schwarzen Ziffernblatt. »Die Breitling Navitimer. Ein Fliegerchronograf.« Seine Stimme war nun erstaunlich tief, fest und sicher, stolz. »Sie wurde bereits 1950 von etlichen Fluggesellschaften offiziell als Pilotenuhr eingesetzt.« Vorsichtig nahm er das erlesene Stück wieder entgegen.

»Jaeger-LeCoultre Reverso.« Das nächste Armband war aus hellem Leder. »Eine 1931 für Polo spielende britische Offiziere in Indien erfundene Wendeuhr.« Seine Augen hingen an dem Ziffernblatt. »Sie ist bis heute das bekannteste Modell der traditionsreichen Manufaktur.«

Dorothea drehte die Uhr, fand eine Gravur auf der Rückseite. Bevor sie diese ausmachen konnte, öffnete sich polternd die schwere Eichentür.

Kapitel 16

»Christoph, hast du unserem Gast nichts angeboten?«

Die Worte schrillten durch die Bibliothek, noch ehe Dorothea die Frau sehen konnte. Grelle Nachmittagssonne durchstach das Dämmerlicht in dem abgedunkelten Raum, lautes Klirren und das Klappern von Absätzen zerstörten die leisen Mozart-Klänge.

»Um Gottes willen, hier sieht es aus wie in einer Totengruft.« Mit drei schnellen Schritten stellte die Frau ihr Tablett auf einem Glastisch zwischen zwei ledernen Ohrensesseln ab und riss alle Vorhänge auf, bis harte Sonnenstrahlen den Raum überfluteten und winzige Staubteilchen vehement durcheinanderwirbelten. Dorothea bekam das eigentümliche Gefühl, in einen Orkan geraten zu sein. Die Frau in dem Kostüm trug von allem zu viel: zu viel Parfum, zu viel Make-up.

»Bitte entschuldigen Sie die Manieren meines Mannes.« Aus dem Krug mit Zitronen und Gurkenscheiben goss die Ehefrau Wasser in eines der zwei Gefäße, streckte es Dorothea entgegen. *Riedel.* Dorothea las den geschwungenen Firmennamen der exquisiten Kufsteiner Glasbläserei. Es war ein handgefertigtes Glas. Vorsichtig nahm sie einen Schluck, sie musste sich zwingen, das kühle Nass nicht sofort hinunterzukippen.

»Mit wem habe ich die Ehre?« Frau Bunt ließ die Augen nicht von Dorothea, während sie ihrem Mann das zweite Glas reichte.

»Gabi, das ist Inspektorin Keusch von der Kufsteiner Stadtpolizei.«

»Polizei?«

Dorothea befürchtete, dass die Gastgeberin ihr das Getränk wieder aus der Hand reißen würde. Doch der Unmut wich aus dem zu stark geschminkten Gesicht, es blieb nur ein wacher Ausdruck in ihren Pupillen.

»Warum verkriechst du dich in der Bibliothek?« Gabriele Bunt wandte sich an ihren Mann. Es war ein Vorwurf, keine Frage. »Warum ist eine Polizistin hier?« *Polizistin.* Die Ehefrau des Bankdirektors sprach das Wort aus, als ginge es um eine Kakerlake.

»Wo sind Julia und Maximilian?« Christoph Bunt trat zu seiner Frau, legte einen Arm um ihre Schultern. Es war eine sanfte Geste, beruhigend.

»Maximilian ist in der Klavierstunde.« Mechanisch kam die Antwort. »Julia beim Reitunterricht.« Die Gedanken der Frau waren nicht bei ihren Kindern, ein anderes Problem beschäftigte sie. Ihre Augen schossen unruhig zwischen Dorothea und ihrem Mann hin und her.

»Es geht um den Tod von Richard Vogel.« Dorothea beobachtete die Frau des Bankdirektors genau.

»Die Polizei muss etwas unternehmen.« Gabriele Bunt trat einen Schritt auf Dorothea zu. »Man kann sich des Lebens nicht mehr sicher sein, wenn ein Serienmörder sein Unwesen in Kufstein treibt.« Sie war nun in ihrem Element. »Es hätte uns alle treffen können, alle, die wir auf dem Ball waren, Günther Schall, Andrea Untermüller, ihren Mann. Oder meinen Mann. Er ist einer der wichtigsten Personen dieser Stadt. Er hat diese Villa von seinem

Großvater geerbt, stammt aus einer Dynastie von Bankdirektoren.«

Am Standesamt promoviert. Gabriele Bunt erinnerte Dorothea an die Art Frauen, die darauf beharrten, beim Bäcker mit ihrem angeheirateten Doktortitel angesprochen zu werden. Christoph Bunt zupfte unruhig an seinem Kinn.

»Offenbar versucht ein Wahnsinniger, die Elite der Stadt auszurotten.« Die Frau wurde immer eifriger.

»Gabriele.« Der Bankdirektor hob beschwichtigend die Hände. »Bitte beruhige dich. Richard Vogel«, er schluckte, »ist gestorben. Es ist nicht sicher, ob er ermordet wurde.«

»Natürlich wurde er ermordet.« Gabriele Bunt klang ungeduldig. »Deshalb ermittelt die Polizei ja.«

Das Ehepaar blickte fragend auf Dorothea.

Dorothea nickte. »Vieles deutet darauf hin, dass Richard Vogel eines unnatürlichen Todes gestorben ist.«

»Wenn ich das gewusst hätte, wäre ich nie auf diesen Ball gegangen.« Die Sensationsgier in ihrer Stimme war nicht zu überhören. »Das Event war eine Katastrophe. Das Personal war unglaublich unhöflich.« Gabriele Bunt zeigte sich empört. »Ich weiß nicht, wo die Cateringfirma diese Leute her hatte.«

»Es gab keine Cateringfirma. Unser Motto war ›all hands on deck‹.« Christoph Bunt klang müde, resignierend. »Das Ball-Komitee hat das Personal persönlich ausgesucht. Günther und Andrea haben die Kellner eingeteilt.«

»Einer war ausgesprochen rüpelhaft.« Seine Ehefrau verschränkte die Arme. »Besonders gegenüber Richard Vogel.«

Starallüren. Dorothea schloss kurz die Augen. *Komm zum Abschluss.* »Hat der Journalist Ihnen gegenüber einen Polizeiirrtum erwähnt?«

Ein lauter Knall erklang, winzige Teilchen flogen durch die Luft. Es dauerte den Bruchteil einer Sekunde, bis Dorothea sich orientieren konnte. Das Glas des Bankdirektors war auf dem Parkettboden zerschellt, Christoph Bunts Hose bis zu den Knien mit Wasserspritzern übersät.

Mit zwei Sätzen hetzte Gabriele Bunt zur Tür. »Michelle, bringen Sie einen Besen und eine Schaufel.« Ihre Stimme gellte durch den Gang. »Einen Polizeiirrtum? Nein. Aber ich kann Ihnen sagen, wer Richard ermordet hat. Diese Verrückte. Diese Mörderin. Sie muss sich auf den Ball geschlichen haben. Er hat mir von ihr erzählt. Er hatte einen Artikel über sie geschrieben. Über das Recht auf Leben.

»Sie ist keine Mörderin.«

»Natürlich ist sie das.« Hysterisch wandte sich die Ehefrau ihrem Mann zu.

»Wovon sprechen Sie?« Dorothea unterdrückte die Aufregung in ihrer eigenen Stimme.

»Christoph, wie hieß Sie noch?«

»Schatz, ich weiß es nicht.«

»Es war ein Name mit R. Nein, mit B. Birgit? Nein. Brigitte. Das war es. Brigitte Eifler. Günther hat …«

»Ich bin mir sicher, dass wir der Polizei mit wilden Spekulationen nicht weiterhelfen.« Schamesröte stieg in die Wangen des Bankdirektors, er unterbrach seine Frau. »Frau Inspektorin, leider können wir Ihnen nicht mehr dazu sagen.« Der ernste Ton des Mannes duldete keinen Widerspruch. »Lassen Sie uns Ihre Karte hier, wir rufen Sie an, falls uns noch etwas einfällt.«

Kapitel 17

Nach dem siebten Läuten meldete Vera sich an ihrem Mobiltelefon. »Sei froh, dass du nicht hier bist. Hier im Büro ist die Hölle los.«

Im Hintergrund vernahm Dorothea geschäftiges Murmeln und das Scharren von Stühlen. »Ständig rufen irgendwelche Spinner an, die was gesehen haben wollen.« Vera lachte nicht, klang grimmig. »Die Mordkommission hat drei Hauptverdächtige übersehen: einen Werwolf, einen Vampir, einen Yeti.«

»Und noch einen vierten. Frankensteins Monster.« Dorothea fühlte mit ihrer Freundin. Sie kannte den Sturm an Anrufen, der nach jedem Verbrechen über die Polizeidienststelle hereinbrach. Dicht neben ihr raste ein Auto vorbei, es wirbelte knirschend eine Staubwolke auf, die Dorothea einhüllte. Sie hustete.

»Wo bist du?« Veras Frage kam scharf. Gehetzt.

»In Kufstein.« Den vertrockneten Feldern nach zu urteilen hätte Dorothea auch in der Savanne sein können. Es würde eine halbe Stunde dauern, bis sie wieder im Zentrum war. Selbst am späten Nachmittag war die Sonne brütend, und die Luft flimmerte, erinnerte Dorothea an eine Fata Morgana. Es roch nach verbranntem Teer. Das Mobiltelefon an Dorotheas Ohr fühlte sich glitschig an. »Vera, kannst du kurz aus dem Büro gehen?«

Zaudern. »Ich versuch es. Moment.«

Dorothea vernahm das leise Rollen von Metall auf Metall. Die Schublade in Veras Schreibtisch. Ihre Zigaretten. Dorothea wartete geduldig, bis die Hintergrundgeräusche nachließen, eine Tür sich schloss.

»Was gibt's?« Das Klicken eines Feuerzeugs.

»Ich bin da auf etwas gestoßen.«

»Wovon sprichst du?« Es gab keinen Zweifel, in Veras Stimme lag eine Mischung aus Unruhe und Angst.

»Ist bei dir alles in Ordnung?« Dorothea stutzte. Was war nur mit Vera los? Warum war ihre Freundin so aufgewühlt? »Du klingst seltsam.«

»Habe nur schlecht geschlafen.«

Ihre Kollegin atmete so tief durch, dass Dorothea es selbst über den Äther hören konnte.

»Kein Wunder, bei all den Zombies, die in der Stadt ihr Unwesen treiben.«

Gegen ihren Willen musste Dorothea lachen. Sie mochte Veras trockenen Humor. Das Surren einer Klimaanlage. Vera hatte den Raucherplatz auf der schmutzigen Hintertreppe eines Restaurants erreicht.

»Was wolltest du mich fragen?« Leises Scharren, Vera ließ sich auf den Stufen nieder.

»Sagt dir der Name Brigitte Eifler etwas?«

»Die Staatsfeindin?« Vera zog an ihrer Zigarette.

Warum klang ihre Freundin unheimlich erleichtert? Kurz streifte der Gedanke Dorothea, ehe ihre Kopfhaut zu kribbeln begann. *Staatsfeindin.* Richard Vogel hatte sich für Staatsfeinde interessiert. Für Verschwörungstheoretiker.

»Ich kann mich an den Fall erinnern.« Ungerührt sprach Vera weiter. »Sie und ihr Lebensgefährte waren Anhänger einer dieser staatsfeindlichen Organisationen. Österreichischer Staatenbund.«

»Staatenbund Österreich.« Automatisch kam Dorothea die Korrektur über die Lippen. Eine Staatsverweigerin? Die Anhänger des Staatenbunds Österreich sahen sich nicht als Bürger der Republik, betrachten den Staat als Firma, mit der sie nichts zu tun haben wollten. »Was weißt du über sie?«

»Sie unterrichtete an der Fachakademie. Ihr Lebensgefährte war verurteilt worden ... wegen Fahrlässigkeit. Konnte die Geldstrafe nicht bezahlen. Die beiden schickten einen Brief an eine Richterin des Bezirksgerichtes. Drohten, vier Millionen Dollar auf ihren Namen ins Pfandregister der USA eintragen zu lassen, sollte sie das Exekutionsverfahren nicht einstellen.«

Dorothea schauderte innerlich. Was wie ein schlechter Scherz klang, war schon einigen Beamten zum Verhängnis geworden. Sie lauschte Veras Ausführungen, obwohl sie das Problem kannte. »Einträge ins US/UCC-Schuldenregister in Washington werden nicht hinterfragt, praktisch jeder kann das veranlassen, sogar mit fiktiven Zahlen. Wenn du ins Schuldenregister eingetragen bist, darfst du nicht mehr in die Vereinigten Staaten einreisen oder wirst dort festgehalten.« Ein weiterer Zug an der Zigarette. »Das Irrwitzige war, dass es einige Zeit dauerte, bis wir Brigitte Eifler fanden. Sie hielt uns zum Narren, hat sich immer wieder geschickt gerichtlichen Vorführungen entzogen. Wenn Beamte zu ihr kamen, war sie nicht zu Hause, offiziell war sie nirgendwo mehr gemeldet. Ein Journalist hat der Polizei schließlich einen Hinweis gegeben. Sie wohnte bei ihrem Lebensgefährten in einer Hütte am Waldrand, er betrieb eine Art Voodoo-Shop. Brigitte Eifler wurde verhaftet, ihr Lebensgefährte war längst über alle Berge. Sie kam glimpflich davon. 500 Euro Strafe und eine Verwarnung.«

Dorotheas wechselte das Ohr, fächelte sich mit ihrer Bluse Frischluft zu. Ein Journalist. Ein Voodoo-Shop. Das Blut pulsierte in ihren Wangen. »Hat sie einen Mord verübt?«

»Mord?« Vera klang verwirrt. »Ach ja.« Sie hatte das Interesse verloren.

»Wen hat sie umgebracht?« Dorotheas warf einen Blick auf die Festung, die sich unerreichbar fern über die Stadt erhob. Ihre Unterschenkel schmerzten. »Online kann ich nichts finden. Ich bin nicht im Büro, kann nicht recherchieren.«

»*Recherchieren?* Es geht um den toten Journalisten, nicht wahr?«

Dorothea konnte Veras Nasenflügel vor sich sehen, die sich vor Verdruss blähten.

»Willst du wieder suspendiert werden?«

Dorothea strich sich eine Strähne aus der Stirn und überlegte verzweifelt, was sie sagen sollte. »Ich bin es Erich Vogel schuldig.«

»Nein.« Vera klang entnervt. »Du bist es niemandem schuldig. Nicht dem toten Journalisten. Nicht dem Vater des Toten. Nicht deinem Vater. Nicht deiner Mutter. Es gibt keinen Polizeiirrtum.« Sie zog an ihrer Zigarette. »Und darum geht es dir auch gar nicht.« Vera war frustriert, wie Dorothea sie selten erlebt hatte. »Es geht nur um deinen Ehrgeiz. Um deine Karriere. Du willst irgendeine Spur finden. Du willst Schmitt beeindrucken.«

Vera hat recht. Die innere Stimme meldete sich laut, doch Dorothea brachte sie rasch zum Schweigen. »Richard Vogel hat einen Artikel über Brigitte Eifler geschrieben.«

»Dir ist wirklich nicht zu helfen.«

»Vera. Es ist wichtig.«

»Offenbar viel bedeutender als dein Job.«

»Wen hat Brigitte Eifler ermordet?«

»Aber komm nicht zum mir, wenn dich Fuhrmann suspendiert.«

»Vera, bitte.«

»Wie du willst. Es ist dein Kopf in der Schlinge, nicht meiner.« Ihre Kollegin gab sich geschlagen. »Ihre Tochter. Sie hat ihre Tochter getötet.«

Kapitel 18

Eine Kindsmörderin. Dorothea lief es kalt über den Rücken. Warum war Vera so gelassen, gelangweilt? Was veranlasste eine Mutter dazu, ihr Kind umzubringen? Dorothea durchsuchte ihr Gehirn. Fausts Gretchen. Wahnsinn. Medea. Eifersucht.

Weit vor ihr erhob sich die Kufsteiner Festung in der sirrenden Hitze, an der Landstraße roch es plötzlich nach verrottetem Fleisch. Eine Maus hatte es nicht rechtzeitig auf die andere Seite geschafft, platt und verdorrt klebte der Kadaver auf der Landstraße. Ein Auto rauschte an Dorothea vorbei, sie trat einen Schritt zurück, hielt im verdorrten Gras inne. »Hat Brigitte Eifler ihr Baby erstickt? Ist sie mit ihrem Kind aus dem Fenster gesprungen?«

»Sie hat das Mädchen vergiftet. Aber ...«

»Ein großer Mordprozess?«

»Nein. Richard Vogel muss einer der wenigen gewesen sein, die berichtet haben. Man wollte großes Medieninteresse vermeiden. Der Fall war so schon prekär genug.«

War das der Polizeiirrtum, von dem Erich Vogel gesprochen hatte? »Wurde sie für den Mord verurteilt? Hatte sie die Tat geplant?«

»Kannst du mir einfach zuhören?« Vera war meist zermürbt, aber irgendetwas hatte sie den Rest ihrer Kräfte gekostet. »Was ist denn mit dir los? Normalerweise bringt man keine fünf Wörter aus dir raus.«

Einige Sekunden lang herrschte Stille. Ein Moped tuckerte an Dorothea vorbei, neben ihr surrten Bienen rund um einen penetrant riechenden Busch.

Dorothea schluckte. »Der Vater des toten Journalisten hat von einem Justizirrtum gesprochen.«

»Es gab keinen Zweifel.« Vera räusperte sich, Dorothea konnte hören, wie sie den letzten Zug ihrer Zigarette nahm, den Stummel auf den Boden warf und austrat. »Brigitte Eifler war eine Staatsfeindin, sie hatte Vorstrafen, deshalb fiel das Urteil so hart aus.«

Immer noch hatte Dorothea keine Ahnung, wovon Vera sprach, dennoch breitete sich in ihren Gliedmaßen ein unangenehmes Kribbeln aus, das nichts mit der Hitze zu tun hatte. »Das Mädchen war neunzehn Jahre alt. Lymphdrüsenkrebs im Endstadium. Ihre Mutter hat ihr ein Schmerzmittel und irgendeine tödliche Pflanze verabreicht.«

Kapitel 19

Es war dämmerig, als Dorothea die Hütte der *Staatsfeindin* endlich entdeckte. Selbst um neun Uhr abends war die Luft aufgeheizt von dem glühenden Junitag, und Dorothea war hungrig, erschöpft und genervt. Ewig war sie durch den Wald geirrt, die verfallene Hütte, die schließlich vor ihr auftauchte, wirkte von Weitem wie aus einem Horrorfilm. Umgeben von einer Aura des Bösen.

Sei nicht so theatralisch. Woher willst du das wissen? Du siehst dir keine Horrorfilme an. Liest nicht einmal Bücher von Leuten wie Stephen King. Sie straffte ihre Schultern, während sie sich der Behausung näherte, doch das mulmige Gefühl in ihrer Magengrube bohrte hartnäckig weiter.

Alraunes Hexenshop – neben dem Messingschild schaukelte eine einsame Lampe auf der Veranda. Nachtfalter und Mosquitos stießen gegen das Glas, verbrannten in dem trügerischen Feuer der Glühbirne. Die silbernen Röhren eines Windspiels klimperten, als wollten sie Dorothea warnen, das Häuschen zu betreten.

Schwaches Licht fiel aus den bleiverglasten Fenstern, es warf einen geisterhaften Schatten auf die Schemen der umliegenden Bäume, aber keine Klingel war zu entdecken. Vorsichtig klopfte Dorothea an die Holztür, sie vernahm ein Scharren, das klang, als ob jemand über den Boden schlurfte. Sie lauschte angespannt, doch die Tür blieb verschlossen. Vorsichtig drückte sie die schmiedeeiserne Klinke nach unten.

Der Geruch, der Dorothea entgegenschlug, begierig, ins Freie zu entweichen, war eine seltsame Mischung aus Räucherstäbchen und Kerzenwachs. Er erinnerte sie an die Totenfeier in einer Kirche.

»Frau Eifler?«

Dorothea betrat den niedrigen Raum, und bekam das Gefühl, ihren Fuß in einen okkulten Voodoo-Shop in New Orleans zu setzen. Im Lichtschein unzähliger Kerzen quoll der Raum über von mystischen Gegenständen: In Silber gefasste viktorianische Hasenpfoten, Wunschknochen, Nazar-Amulette, Fatima-Hände, Pentagramme, dämonische Masken, Holzmännchen mit erigierten Penissen, Horus-Augen, eine Hühnerkralle mit roten Federn, Tarotkarten, Voodoo-Stäbe aus Holz, Hahnenfedern, Voodoo-Nadeln mit Totenschädeln, Kerzenständer aus Skeletten – der Laden glich einem Gruselkabinett.

»Frau Eifler?«

»Diesen Namen hat mir ein Staat gegeben, den ich nicht anerkenne.«

Die Frau, die dabei war, an einem niedrigen Holztisch Tinkturen zu mischen, entsprach überhaupt nicht dem, was Dorothea erwartet hatte. *Wie hast du dir eine Staatsfeindin vorgestellt?* Dorothea errötete innerlich über ihr eigenes Vorurteil. *Eine schmuddelige rothaarige Alte mit Hakennase? Eine knochendürre Hexe, grauhaarig, gebeugt, vergrämt?*

Brigitte Eifler war in keiner Weise auffällig. Sie war hausbacken, aber nicht mollig, ihre Haare waren nicht blond, nicht braun, hatten irgendeine Farbe dazwischen und fielen lasch bis zu ihren Schultern, nicht gelockt, aber auch nicht glatt. In ihrem farblosen Leinenkleid wirkte sie nicht hässlich, nicht hübsch, eher nichtssagend. Ein Passant auf der Straße hätte sie nicht bemerkt oder ihren Anblick nach zwei Sekunden aus dem Gedächtnis gelöscht.

Sie hob ein kleines Fläschchen, im dämmrigen Licht konnte Dorothea die Worte *Come to me* ausmachen. Weitere Fläschchen boten mysteriöse Lösungen für jedes verborgene Begehren: *Arabian Nights – Magisches Verführungsöl, Evil Eye – Zur Abwehr von bösen Geistern, Money drawing – Geldmagie.* Abgegriffene Bände mit vielversprechenden Titeln taten das Übrige: *Ritualanleitung für Todes- und Liebeszauber, Puppenmagie und Figurenzauber, Die kleine Voodoo-Fibel, Praxis der Voodoo-Magie.* Die benötigten Utensilien reihten sich daneben auf: Voodoo-Puppen aus altem, verwittertem Holz und Lumpen mit gestickten X-Augen, Särge mit winzigen Figuren, Stecknadelköpfe aus Gold, verziert mit Totenschädeln.

»Sie brauchen einen magischen Liebeszauber.« Brigitte Eifler klang energisch.

Zuerst einen Versöhnungszauber. Dorothea dachte an Konstantin und schüttelte den Kopf. Sie zuckte zusammen, als dicht neben ihr etwas Schwarzes bedrohlich auf den Boden polterte. Sie bückte sich, um den Gegenstand aufzuheben. Es war eine schwarze Ritualkerze in Form einer Hand. Dochte, die aus jedem der Finger ragten, ließen die Kerzenhände wie Klauen aussehen.

»Eine Ruhmeshand.« Brigitte Eiflers Stimme ertönte verschwörerisch. »Sie dient zum Schutz vor Dieben.«

Die dunkle Wachsskulptur in Dorotheas Hand fühlte sich unangenehm breiig an. Dorothea nickte, sie kannte den Mythos, der sich um Ruhmeshände rankte, doch Brigitte Eifler sprach weiter. »Die Hand des Ruhmes ist das Körperteil eines gehängten Mörders. Sobald man den Mann vom Galgen genommen hat, hat ein Henker ihm die Hand abgehackt, sie getrocknet und in Essig gelegt. Aus dem Fett des Erhängten wurde eine Kerze gegossen.« Brigitte Eifler betrachtete die Wachshand andächtig. »Eine solche Hand besitzt starke übersinnliche Kräfte. Stellt man die brennende Kerze in die Hand des Ruhmes, so lähmt sie alle, die sie sehen. Man kann auch einfach die vertrockneten Finger des Toten selbst anzünden. Eine solche Kerze kann nur mit Milch gelöscht werden.«

Dorothea wusste, dass der unheimliche Gegenstand in ihrer Hand aus Wachs gegossen war, dass die Details der unheimlichen Erklärung überzogen waren, dennoch stieg Ekel in ihr auf. Sie legte die Ruhmeshand vorsichtig ab und beschloss, dem Spuk ein Ende zu setzen.

»Frau …« rechtzeitig hielt sie inne, setzte neu an. »Ich bin Inspektorin Keusch von der Stadtpolizei Kufstein.«

Die Atmosphäre in dem Laden änderte sich, wie verfaulter Atem schlug ihr die Feindseligkeit der Frau nun entgegen. »Ich lese keine Schreiben, die mir das Gericht schickt.« Ihre Augen verengten sich. »Das staatliche Meldegesetz ist ein Nazigesetz.«

Dorothea hob ihren Ausweis. »Es geht nicht um ihren Wohnsitz.«

»Wissen Sie, was der Staat Österreich mit Ihrer Geburtsurkunde nach der Geburt gemacht hat?« Sie wartete nicht auf Dorotheas Spekulation zu diesem Thema. »Er schickt die Geburtsurkunde an den Vatikan und handelt damit an der Börse.« Sie ballte ihre groben Finger zu einer Faust. »Ich lasse mich nicht versklaven, ich habe mich von der Republik Österreich getrennt. Es gibt ein Naturrecht. Es gibt universelle Menschenrechte. Sie wollen uns allen Mikrochips einimpfen, um uns zu lenken und zu kontrollieren.«

Dorothea machte sich nicht die Mühe zu fragen, wer *sie* waren. Wir und sie. Die Welt, eingeteilt in Gut und Böse: Den Holocaust hat es nie gegeben. Die Mondlandung hat nie stattgefunden. 9/11 – der amerikanische Geheimdienst hat die Terroranschläge ausgeführt. Die globale Erwärmung ist nicht real. Die Reichen der Welt kreieren ein Virus, um die Weltherrschaft an sich zu reißen. Bei einer Impfung wird gleichzeitig ein Mikrochip-Implantat in den Körper gepflanzt, um die Menschheit zu bespitzeln. Mythisches, unaufgeklärtes Denken, paranoid, irrational. Dorothea kannte Verschwörungsideologien und ihre Anhänger – Antisemiten, Rechtsextreme, Esoteriker ... Und sie hatten alle eines gemeinsam: Für rationale Argumente und wissenschaftliche Beweise waren sie nicht empfänglich.

»Ich möchte mit Ihnen über den Tod von Richard Vogel sprechen.«

Feindselig blitzten die Augen der Frau auf, graugrün, wie moosige Kiesel in einem Bach, und Dorothea sah, dass sie das einzig Markante an ihr waren. »Der Stasi-Journalist hat bekommen, was er verdient hat.«

Das nationalsozialistische Regime. Der kommunistische Geheimbund. Mit welchen totalitären Staatssystemen würde die Frau die österreichische Regierung noch vergleichen?

»Er hätte noch viel Schlimmeres verdient.« Die Staatsfeindin war noch nicht fertig. »Mein Todeszauber hat zu schnell gewirkt.«

»Wollen Sie sagen, dass Sie den Reporter getötet haben?«

Die Frau nickte. »Ich habe ihn mit einem Fluch belegt.« Bösartig. Rachsüchtig. »Ich habe dafür gesorgt, dass er leiden muss.«

Rund um Dorothea drehte sich der bedrohliche Raum. Hatte die Frau ein Geständnis abgelegt? Wo war Konstantin? Warum verhaftete er die Hexe nicht? *Du hast ihn nicht angerufen, schon vergessen?* Angst wirbelte in Dorotheas Kopf, mischte sich mit den Räucherstäbchen, mit der Hitze und ihrer Erschöpfung zu einem dichten Nebel, ehe sie den dumpfen Aufschlag spürte.

Kapitel 20

Dorothea öffnete ihre Augen, ihr Kopf pochte. Die Welt um sie herum war seltsam nebelhaft, sie war in einer Art Voodoo-Vorhölle gelandet. Es war finster, unerträglich heiß, der beißende Geruch von Räucherstäbchen legte sich wie ein staubiges Tuch über ihren Mund. Verzweifelt versuchte sie, sich zu orientieren: Überall um sie herum waren grässliche Fratzen, befremdliche Zeichen. Eine eigenwillige Frau kniete neben ihr, in der groben Hand ein Glas, in dem sich Kerzenlicht spiegelte.

»Trinken Sie das!« Wie aus weiter Ferne erklang die Stimme.

Dorothea richtete sich auf, ein nasser Lappen fiel von ihrer Stirn auf den Holzboden. Mit einem Schlag kam die Erinnerung zurück. *Der Voodoo-Shop. Brigitte Eifler. Staatsfeindin. Kindsmörderin.*

»Was ist das?« Misstrauisch betrachtete Dorothea das Gefäß mit der klaren Flüssigkeit.

»H_2O.« Brigitte Eifler lächelte nicht, drückte ihr das Glas in die Hand, ihre Haut auf Dorotheas Fingern fühlte sich rau an, grob. »Sie sind umgekippt. Bei den hohen Temperaturen muss man literweise Wasser trinken.«

Beklemmung presste Dorotheas Luftröhre zu, sie betrachtete die Frau, bestrebt, eine Bewegung zu entdecken, die ihr verriet, ob sich Gift in der Flüssigkeit befand. Das

Antlitz der Frau war vollkommen ruhig, ihre Hände offen, nur ihr Fußgelenk zuckte.

Und plötzlich wusste Dorothea, warum Konstantin nicht hier war und die Staatsverweigerin noch nicht festgenommen hatte. Die Frau mochte sich gegen das Meldegesetz wehren, aber der *Nazistaat* wusste, wo sie sich aufhielt: Sie trug eine elektronische Fessel.

Dorothea seufzte, trank das Glas leer. Es schien das Köstlichste, was sie jemals getrunken hatte. »War Richard Vogel in den letzten Wochen hier, um mit Ihnen zu sprechen?«

»Vogel war ein Leibeigener der Großkonzerne, ein Scherge des Establishments.«

»Bitte beantworten Sie meine Frage.«

»Er wollte Abbitte leisten.« Unendliche Abscheu lag in der Stimme. »Er meinte, er habe sich geirrt.« Die Frau schnaubte. »*Wir haben Gesetze, damit sie befolgt werden. Es gibt ein Recht auf Leben. Niemand darf wie ein Hund eingeschläfert werden.* Das waren seine Worte.«

Dorothea runzelte ihre Stirn, dann begriff sie, dass Brigitte Eifler die Kolumne des Journalisten zitiert hatte. »Wissen Sie, was es heißt, zuzusehen, wie die eigene Tochter langsam stirbt?« Mit einem Mal verschwanden die Staatsfeindin und die Voodoo-Frau. Die Person, die vor Dorothea kniete, war eine Mutter. »Wie sie Chemotherapie nach Chemotherapie über sich ergehen lassen muss, nicht mehr essen, nicht mehr schlucken kann?« Die Frau hob den Kopf. »Wissen Sie, was es heißt, jedes Mal zu hoffen, dass der Krebs nicht wiederkommt?« Sie wandte ihre Augen ab, ihr Blick fiel auf ein Bild an der Wand, Dorothea konnte im Dämmerlicht nur zwei Gestalten darauf ausmachen. »Basti hatte uns verlassen, weil er es nicht mehr aushielt, und Clara wollte nicht mehr hoffen. Sie wollte sterben. In Frieden.« Mit einem Mal strömten Tränen über ihre Wangen. »Wir dachten, wir könnten alles gewinnen, wenn wir nie aufgeben. Aber wir haben diesen Kampf verloren. *Ich* habe ihn verloren.«

Dorothea presste ihre Handflächen auf den staubigen Boden, sie hätte alles gegeben, um an einem anderen Ort zu sein, nicht dieser Frau zuhören zu müssen, die das Schlimmste durchlebt hatte, was einer Mutter passieren konnte. Es war nichts Unheimliches mehr an der Hütte, nichts Dämonisches an den Masken, nichts Mysteriöses an den Tiegeln. Jeder einzelne Gegenstand hatte nur noch ein Gesicht: das von unendlicher Trauer und Verzweiflung.

»Was weiß ein Schreiberling über den Tod?« Die Tränen der Staatsfeindin versiegten so schnell, wie sie gekommen waren. »Richard Vogel hat das bekommen, was ihm zusteht.« Der Hass war geblieben. Brigitte Eifler stand auf, nahm eine der Stecknadeln mit Totenkopfschädeln, stach sie in eine Voodoo-Puppe. Dorothea lief ein Schauer über den Rücken.

»Und er wird nicht der Letzte sein.«

Kapitel 21

Der Verurteilte zuckte im Todeskampf an dem mittelalterlichen Galgen. Auf dem lehmigen Dorfplatz drängte die Meute nach vorn. Dämonische Fratzen, der Geruch von Schwefel, Schweiß und verbranntem Fleisch. Die groben Kutten ringsum zerkratzten Dorotheas Haut, die Luft war siedend heiß.

»Stirb, Mörder!« Eine Magd in einem Leinenkleid kreischte markerschütternd. Sie roch nach Räucherstäbchen, kam Dorothea seltsam bekannt vor. »Der Teufel kommt und zerrt dich in die Hölle!«

Endlich erstarben die zappelnden Glieder, der Henker nahm die Leiche vom Galgen, zog die schwarze Kapuze aus der Schlinge. Dorotheas Atem setzte aus. In dem dunkelroten Gesicht fehlten die Augäpfel, merkwürdige Kreuze, gestickt wie die einer Voodoo-Puppe, leuchteten in den Höhlen. Der Scharfrichter hob das Beil, hackte dem Toten die linke Hand ab. Schwarzes Wachs tropfte aus der Wunde, und plötzlich stieß der Gehängte einen Schrei aus, schrill und durchdringend, sekundenlang. Wieder und wieder hieb der Henker auf den Mann ein, bis der grauenhafte Schrei verstummte …

Mit einem Ruck erwachte Dorothea. Ihre Zunge fühlte sich pelzig an, ihre Arme und Beine schmerzten, ihr Hinterkopf brannte, ihre Lider waren verklebt. *Du bist schon wieder auf der Couch eingeschlafen.* Durch die offene Terrassentür zog der Dunst von verbranntem Fleisch. Frau Weber unter ihr hatte vergessen, eine Pfanne vom Herd zu nehmen. Was briet sie mitten am Vormittag?

Die Hitze des Morgens stand schwül im Wohnzimmer, mühsam erhob Dorothea sich, sah aus dem Fenster. Sie fühlte sich zerschlagen, ausgelaugt, als hätte sie nur eine Stunde geschlafen. Tief unter ihr ratterte auf den Gleisen ein Güterzug vorbei, ließ die Wände beben. Die Morgenluft flirrte bereits über der Kufsteiner Festung, dem Zwiebelturm der Kirche St. Vitus und der gelben Stufenfassade des Rathauses.

Richard Vogel. Der Giftmord im Rathaus. Die Staatsfeindin. Es waren vierunddreißig Stunden vergangen, seit Dorothea im Dunklen von Brigitte Eiflers Hütte heimwärts gewandert war, aber der Gedanke an die bizarre Begegnung ließ sie nicht los. Es war bereits die zweite Nacht, in der sie von Albträumen geplagt wurde. Grausame Hinrichtungen, böse Mächte, Satansgestalten. Die sengende Hitze tat ein Übriges. Dorothea massierte ihre pochenden Schläfen. Wann gab es endlich Regen? Jeden Abend hoffte Dorothea auf ein erlösendes Gewitter, es kam nicht.

In der Küche trank sie ein Glas eiskaltes Wasser, ehe sie den Wasserkocher anstellte. Sie steckte eine Scheibe Brot in den Toaster, betrachtete ihre Teetassen. Picasso? Raffael? Sie entschied sich gegen *La Guernica* und für die *Schule von Athen*, lauschte dem Brodeln. *Es gibt keinen Polizeiirrtum, du brauchst keine Ermittlungen mehr anzustellen.* Die Worte der Staatsfeindin kamen ihr in den Sinn. *»Richard Vogel wird nicht der Letzte sein.«* Wieder lief ihr ein Schauer über den Rücken. Brigitte Eifler war eine verhärmte Staatsverweigerin. Eine Verschwörungstheoretikerin, die eine Fußfessel trug. Sie hatte ihr Angst einjagen wollen. Dorothea wartete darauf, dass sich der Knoten endlich löste, die Anspannung aus ihrem Körper wich. Vergeblich. Es war, als hätte sie etwas übersehen. Ein Damoklesschwert, das über ihr schwebte, sie treffen könnte. Jeden Moment.

Sei nicht so melodramatisch. Dorothea goss Milch in ihren Schwarztee, nahm vorsichtig einen Schluck der braunen Flüssigkeit. Mit dem warmen Porzellan in ihren Fingern schleppte sie sich zurück ins Wohnzimmer, setzte sich an den Jugendstiltisch in der Erkernische. *Vergiss den toten Journalisten. Konstantin wird den Fall lösen. Konzentrier dich auf deine Prüfung.* Das Skriptum lag auf dem Kaffeetisch vor der Couch. *Gestern hast du nur 80 Seiten geschafft.* Sie holte den massiven Ordner, schlug die nächste Seite auf. Häusliche Gewalt. Dorothea schloss die Lider. Bilder von Frauen mit Schürfwunden, Prellungen, Quetschungen, Blutergüssen. Von ihren Ehemännern geschlagen, getreten, mit Zigaretten verbrannt. Häusliche Gewalt.

Sie dachte an ihr erstes Dienstjahr. Ein Parkplatz. Passanten hatten die Polizei gerufen.

»Nein, nur ein heftiger Streit, er tut mir nichts.«

Zwei Monate später war die Frau tot gewesen. Ihr Ehemann hatte sie mit einem Schürhaken zu Tode geprügelt ... vor den Augen der dreijährigen Tochter.

Wie damals fühlte sich Dorothea hilflos, ohnmächtig. *Hättest du den Mann doch verhaftet. Hättest du ...*

Ihr Mobiltelefon unterbrach ihre Überlegungen. Konstantin? Sofort beschleunigte sich ihr Puls. Seit Sonntag hatte er sich nicht gemeldet. Sie fand das Gerät im Vorzimmer, schloss kurz ihre Augen, ehe sie einen Blick auf das erleuchtete Display warf.

»Endlich, Keusch.«

Speckner. Die Enttäuschung legte sich wie eine Bleidecke über ihre Brust.

»Ich versuche seit einer Stunde, dich zu erreichen.«

Ihr ekelhafter Kollege klang betont genervt, so, als spielte er eine Rolle in einem Theaterstück.

Lügner. Dorothea unterdrückte den Impuls, ihn anzuherrschen, ihre Enttäuschung an ihm auszulassen. Stattdessen gab sie ihrer Stimme einen betont freundlichen Ton. »Guten Morgen, René. Wie kann ich dir behilflich sein?«

»Für dich ist ein Brief angekommen. Ohne Absender. Markiert mit *persönlich.*«

Wahrscheinlich eine anonyme Anzeige. Über den lärmenden Rasenmäher eines Nachbarn. Dorothea merkte, dass sie den Atem angehalten hatte, blies die Luft erleichtert durch ihre Nase aus. Ein anonymer Brief. Wohl kaum einen Anruf wert.

»Ach ja.« Speckner fuhr fort, triefend vor Spott und Schadenfreude. »Und Fuhrmann will dich in seinem Büro sehen. Sofort!«

Etwas wie ein elektrischer Stoß traf Dorotheas Körper, sie musste sich an der Kommode festhalten.

»Ich bin heute nicht im Dienst.« Sie schluckte, es kostete sie unendliche Mühe, höflich zu bleiben. »Worum geht es?«

»Keine Ahnung, was du wieder angestellt hast.« Hämisch. Garstig.

Idiot. Sie wusste, dass Speckner sein Ziel erreicht hatte. Er liebte sadistische Spielchen dieser Art, hatte Dorothea in Sicherheit gewiegt, mit dem Stock weiter ausgeholt, um sie noch übler zuzurichten. »Der Chef will dich sehen, mehr weiß ich nicht.«

Dorotheas Magen war ein einziger Klumpen, sie blickte auf ihre Armbanduhr, überschlug die Zeit in ihrem Kopf. 9:37 Uhr. Geduld war keine von Fuhrmanns Stärken. *Was waren seine Stärken?* Unwillig schob sie die Frage beiseite. Uniform – ja oder nein? Fünf Minuten, um fertig zu werden, zwölf Minuten bis zur Polizeistation.

»Um zehn Uhr bin ich in Fuhrmanns Büro.«

Kapitel 22

Es roch bereits unerträglich nach Schweiß. Wann roch es in seinem Büro nicht nach fahlen Ausdünstungen? Dorothea versuchte, flach zu atmen. Ein viertes Mal strich sie sich mit zittrigen Fingern über den Zopf, zupfte an ihrer Uniformbluse. Ihre Mutter vergaß beim Anziehen immer einen Knopf. *Ist dir heute dasselbe passiert?* Nein. Sie hatte es überprüft, aber das beklommene Gefühl verschwand nicht.

Ihr Vorgesetzter stand am Fenster, beobachtete den Verkehr. Die Kreuzung war fast leer, eine einzelne Jugendliche schob einen pinken Kinderwagen über den Zebrastreifen, in Minirock und bauchfreiem Top wirkte das schmächtige Mädchen wie eine Zwölfjährige. Fuhrmanns wischte sich mit einem rot karierten Taschentuch über die Stirn. Sein breiter Rücken bebte, rotblonde Härchen zitterten in seinem Nacken, die linke Hand war in der Hosentasche zu einer Faust geballt. Dorothea kannte die Szene. Sie wusste, dass sie Unheilvolles verhieß. Hinter ihr tickte die Uhr über der Tür. *Wie eine Bombe.* Sie schob den Gedanken beiseite.

»Du hältst dich wohl für besonders schlau.« Fuhrmanns Stimme war gefährlich ruhig.

Wovon sprach der Chefinspektor? Sie hatte keine Ahnung. Verzweifelt linste sie auf den Besucherstuhl vor seinem Schreibtisch. Denkbar unbequem, normalerweise mied Dorothea ihn, blieb lieber stehen. Nicht heute. Nach Speckners Anruf hatte sie sich hastig die Uniform angezogen, war quer durch das schwüle Kufstein geeilt. Nun ließ das Adrenalin nach, ihre Knie zitterten, und ihre Oberschenkel brannten. Nichts erschien ihr wichtiger, als sich hinzusetzen. *Du kennst Fuhrmann. Keine gute Idee, sich unaufgefordert zu setzen.* Sie schluckte, ihr Rachen schmerzte.

Endlich wandte Fuhrmann sich um. Sein Rattengesicht war verzerrt vor Ärger. »Ich weiß, wir haben unsere Differenzen, aber ich habe gedacht, du bist anständig.« Mit der Zunge fuhr er über seine langen gelben Zähne. »Ehrgeizig. Bestrebt, Karriere zu machen. Das ja. Mit harter Arbeit. Nicht mit krummen Touren.« Der Ausdruck in seinen Augen war unergründlich.

Worauf spielte der Chefinspektor an? Es war, als ob er Chinesisch redete. Hatte er von ihren Ermittlungen erfahren? Sie entschied sich für eine sichere Variante. *Sag nichts, warte ab.* Unaufgefordert zu sprechen war ein noch schlechterer Schachzug, als sich unaufgefordert auf dem Besucherstuhl niederzulassen.

»Deine Karriere so voranzutreiben ist niederträchtig.«

Enttäuschung. Plötzlich konnte Dorothea den Ausdruck in seinen Augen deuten.

»Ich versichere dir, das wird dir nicht gelingen.«

Fuhrmann war enttäuscht von ihr. Die Erkenntnis traf Dorothea härter, als sie gedacht hatte. *Niederträchtig?* Fieberhaft überlegte sie, wie sie der Anschuldigung auf den Grund gehen konnte.

»Mit der Presse reden? Obwohl du weißt, dass uns diese Aasgeier immer in der Luft zerreißen ... obwohl dir klar ist, wie schwierig es für Polizisten ist, sich die Zeitungsschmierer vom Leibe zu halten?«

Mit jedem Wort, das Fuhrmann sprach, wurde Dorotheas Körper härter. Andrea Untermüller ... Was hatte die Herausgeberin der *Kufsteiner Kaiserin* dem Chefinspektor erzählt?

»Das LKA lässt sich nicht beeinflussen, setzt nicht Personen in die Abteilung Leib und Leben, nur weil ein Tagblatt sie in den Himmel lobt.«

Eine Tageszeitung? Es ging nicht um Andrea Untermüller. Fuhrmanns Monolog wurde von Sekunde zu Sekunde kryptischer. *Gib dich demütig. Betroffen. Du musst herausfinden, worum es hier überhaupt geht.*

»Wie konntest du so etwas tun? Selbst wenn du es jemals zur Mordkommission schaffst, werden die Kollegin dich schneiden. Niemand mag einen Verräter.«

Dorotheas Glieder drohten zusammenzubrechen. Verzweifelt trat sie einen Schritt in Richtung Stuhl.

»Habe ich gesagt, dass du dich setzen sollst?« Fuhrmann bellte, unendlicher Zorn lag in den acht Worten. »Noch bin ich dein Vorgesetzter.«

Dorothea zuckte zusammen, sie musste all ihre Stärke aufwenden, um sich auf den Beinen zu halten.

»Eine Reportage über Frauen bei der Polizei? Dass ich nicht lache. Die Schreiberlinge versuchen nur, durch Hintertürchen Informationen über den toten Journalisten zu bekommen.« Er schüttelte den Kopf, ungläubig. »Wie kannst du nur so dumm sein? Dich selbst so in den Mittelpunkt stellen.«

Ein eiserner Ring legte sich um Dorotheas Hals, sie konnte kaum atmen. Wie spitze Pfeile schossen panische Botschaften durch ihre Nervengänge. Keine davon war brauchbar. »Ich weiß nicht, wovon du sprichst, Josef.« Ihr fiel nichts anderes ein.

Fuhrmann lachte, kurz und hart. »Glaubst du wirklich, ich bin so dumm, dir diese Charade abzukaufen?«

Charade? Woher kannte Fuhrmann das Wort Charade? »Ich weiß es wirklich nicht.«

»Wer sonst soll der Reporterin davon erzählt haben?«

Welcher Reporterin? Wovon? »Josef, ich ...«

Er hob abwehrend die Hand. »Wenn du wirklich glaubst, es auf diese Weise schneller in die Mordkommission zu schaffen, hast du dich gewaltig geschnitten.«

»Du täuschst dich ...«

»Ruhe.« Er brüllte so laut, dass die Kegelpokale auf seinem Regal klirrten. »Jetzt rede ich.«

Dorothea biss sich auf die Lippen, zählte das Ticken der Uhr. Als sie bei sechzehn angekommen war, zog Fuhrmann das karierte Tuch erneut aus seiner Hosentasche. »Nachrichten sind schnelllebig. Nach zwei Tagen hat jeder die besonders schlaue Polizistin vergessen.« Er wischte die Schweißperlen von seinem Schnauzer. »Und schneller als du ›Mordkommission‹ sagen kannst, wirst du aus dem Dienst ganz ausscheiden.«

So, als wäre sie eine Verdächtige, ließ er sie nicht aus den Augen, während er seinen Sessel vorzog. »Natürlich nicht im Zusammenhang mit deinen ruhmreichen und erfolgreichen Ermittlungen. Nein. Irgendwann wird der ach so klugen Keusch ein Formfehler unterlaufen. Das war es dann mit dir und deiner Karriere.« Er ließ sich in seinem Sessel nieder. »Wenn ich du wäre, würde ich dafür sorgen, dass diese Bluthündin die Reportage nie schreibt.«

Er zog eine Akte heran, nahm einen Kugelschreiber in die Hand. Das Zeichen dafür, dass das Gespräch beendet war. Dorothea befürchtete, ihr Körper würde ihr nicht gehorchen, doch sie schaffte es bis zur Tür.

»Noch eins, Dorothea.«

Sie klammerte sich verzweifelt an die Türklinke, wandte nur ihren Kopf. Fuhrmanns Gesicht war erzürnt, steinern.

»Wenn du genug Zeit hast, um mit der Presse zu sprechen, hast du dich sicher schon ausreichend auf deine Prüfung vorbereitet.« Er schlug die Flügelmappe auf. »Dein Sonderurlaub ist gestrichen. Ab morgen bist du wieder im Dienst.«

Kapitel 23

Zwanzig Minuten später starrte Dorothea ihr purpurnes Gesicht im Badezimmerspiegel an. Ihre Wangen waren übersät mit roten Flecken, welk hingen ihr Haarsträhnen in die Stirn. Um elf Uhr betrug die Temperatur in Kufstein 38 Grad im Schatten. Sie sah aus wie nach einer Liegestützen-Einheit für die Aufnahme an der Polizeischule. *Nein.* Wie nach einer jener entsetzlichen Turnstunden, in denen sie es vor den Augen der versammelten Klasse nicht geschafft hatte, die Seile hinaufzuklettern, immer wieder wie ein Sack qualvoll auf die Matte geklatscht war. Der Stachel der Erinnerung durchbohrte ihren Hinterkopf.

Aber den Aufnahmetest für die Polizeischule habe ich geschafft. Mit viel Glück und unerbittlichem Training. Der Triumph schmeckte gallig und süß in ihrer Kehle. Trotzig betrachtete sie ihr Spiegelbild. Dann dachte sie an Konstantins durchtrainierten Körper, und das Hochgefühl verschwand. *Du solltest wieder mehr Sport treiben. Nach den Fitnesseinheiten warst du doch immer zufrieden, stolz.* Mürrisch brachte Dorothea die keifende Stimme zum Schweigen.

Sie löste ihren Zopf, Hitze und Anstrengung umgaben sie wie muffiges Gewebe. Fuhrmanns Stimme pochte in ihrem Ohr. *Niederträchtig? Verräterin?* Die Uniformbluse auszuziehen war eine Geschicklichkeitsprüfung, der Stoff wehrte sich, raschelte befremdend ... wie Papier.

Erst als Dorothea das Emaille der Badewanne unter ihren Sohlen und den schwachen Duschstrahl kalt auf ihrer Haut spürte, ließ die Spannung allmählich nach. Sie schloss die Augen, öffnete ihre Lippen, trank gierig, tastete nach ihrem Duschgel. *Zitronengras. Herb. Bitter.* Sie versuchte, ihr Bewusstsein leer zu fegen, sich nur auf das Aroma zu konzentrieren. Es gelang ihr nicht. Immer wieder kehrten ihre Gedanken zu ihrem Vorgesetzten zurück. Warum war Fuhrmann so außer sich gewesen? So enttäuscht? Ein Knäuel an Fragen saß sperrig wie Stacheldraht in ihrem Kopf. Was hatte es mit der Reporterin auf sich gehabt? Wie in einem viel zu schnellen Karussell drehten sich die Frage in ihrem Kopf, ihre Schläfen pochten, ihr wurde flau. *Hör auf! Denk nicht mehr an Fuhrmann. Konzentrier dich auf deine Prüfung.* Die Prüfung. So oft hatte sie sich das Wort in den letzten Tagen vorgesagt, dass es bedeutungsleer war, hohl, nur eine Ansammlung von Buchstaben.

Sie stieg aus der Wanne, wickelte ein raues Handtuch um ihren Körper. Sie legte die Uniformbluse in den Wäschekorb, die dunkelblaue Baumwolle knisterte. *Der anonyme Brief.* Dorothea hatte ihn vor ihrem Gespräch mit Fuhrmann vom Schreibtisch genommen, in ihre Uniformbluse gesteckt. Jetzt zog sie den Umschlag raus, betrachtete ihn. Weißes Papier, krakelige Schrift. Jemand hatte die andere Hand verwendet, um die Handschrift zu verfremden. Eine Beschwerde über einen kläffenden Hund? Eine Katze, die ihr Geschäft in Nachbars Garten erledigt hatte? Polizeialltag. Der Gedanke daran war beruhigend, gab ihr Sicherheit.

Mit nackten Füßen tapste Dorothea zu ihrem antiken Sekretär, griff nach dem Messer. Entsetzt darüber, dass sie allein durch die USA reiste, hatte der Verkäufer in der *Great Sioux Reservation* ihr zu dem geschnitzten Elefanten ein Skalpmesser in einer Bärentatze gegeben. Dorothea war froh, dass der freundliche alte Mann nicht sah, dass sie die Waffe nun als Brieföffner verwendete.

Sie zog ein säuberlich gefaltetes Blatt aus dem Kuvert, las die Zeilen und erstarrte. Mit zittrigen Fingern tastete sie nach dem Stuhl neben sich, ließ sich auf dem abgewetzten Leder nieder, betrachtete den Brief.

Richard Vogel hat versucht, einen Polizeiirrtum aufzuklären.

Ein einziger Satz, in derselben krakeligen Schrift. Sie lugte in den Umschlag mit der seltsamen Empfindung, dass er bedrohlich war. *Bestrichen mit Antrax.* Sie verwarf den unsinnigen Gedanken, fischte vorsichtig nach dem Inhalt. Ein Blatt, sorgfältig aus einem Ringblock getrennt.

Schubertweg 5
Martin Grazer

Ein weiteres Blatt. Nur ein Name.

Dr. Dirk Blümel

Minutenlang fixierte Dorothea die schwarzen Buchstaben, bis sie verschwammen.

Die grelle Türglocke riss Dorothea aus ihrer Trance. Sie erstarrte, sah von dem Brief auf. Was war nur los an diesem Tag? Dann atmete sie tief durch. 11 Uhr morgens.

Vielleicht ein Paket für Isabel. Nebenan war eine junge Mutter eingezogen, wenn sie es schaffte, ihr Baby zum Schlafen zu bringen, wollte sie nicht, dass der Kleine von der Klingel geweckt wurde. Dorothea legte den Bogen auf den Sekretär, schlurfte ins Vorzimmer, drückte abwesend auf den Buzzer. Tief unter ihr schnappte die Eingangstür auf und zu, im Treppenhaus nahm der Paketlieferant, dem Geräusch nach zu urteilen, zwei Stufen auf einmal. Noch ein Klingeln, er stand direkt vor ihrer Wohnungstür. *Er braucht deine Unterschrift.*

»Einen Moment.«

Dorothea gab sich einen Ruck, betrachtete das Handtuch um ihren Körper, dachte an ihren Bademantel, entschied sich anders. *Der Kurier hat es eilig, will weiterfahren.* Sie zog die Wohnungstür auf.

Noch ehe sie ihn sah, ließ der Hauch von Hugo Boss Dorotheas Knie weich werden.

Kapitel 24

Etwas war anders. Dorothea betrachtete Konstantins kantiges Gesicht, das glatt rasierte Kinn. Die dunklen Haare glänzten im Mittagslicht, das das Treppenhaus durchflutete. Modisches Hemd, stylishe Jeans, trendiges Outfit – wie immer. Dennoch. Konstantin, der Charmeur, schien fremd, unnahbar, feindselig.

Er hob die Augenbrauen, musterte das ausgewaschene Frotteetuch um ihren nackten Körper. Ihr Wangen glühten. Warum musste Konstantin immer unangekündigt auftauchen? Sie wartete auf eine seiner flapsigen Bemerkungen. *Interessantes Outfit. Neue Uniform?* Den gewohnten Scherz. *Ein unmoralisches Angebot?* Vergebens. Kein Lächeln, kein Augenzwinkern, kein verschmitztes Grinsen. Definitiv nicht der Konstantin, den Dorothea kannte. Seine Miene war verdrossen, abweisend. In der Stille begann Isabels Baby hinter der Nachbarstür zu weinen.

»Ich bin nur hier, um dich zu warnen.«

Wovor? Dorothea hielt ihr Handtuch über der Brust fest, sie öffnete die Tür weit, trat einen Schritt an die Wand. »Möchtest du kurz reinkommen?«

»Nein.« Er blieb stehen, vergrub die Fäuste in seinen Taschen, wippte von seinen Fußballen auf die Fersen, hin und zurück, betrachtete seine blauen Sneakers.

Dorothea lugte hinter ihm durch das Fenster auf dem Treppenabsatz auf die Straße. »Wartet deine Kollegin im Auto auf dich?«

»Nein.« Einen Moment lang sah er sie an, die winzigen goldbraunen Punkte in den grauen Augen flackerten nicht, waren fast stumpf.

Er ist immer noch wütend. Weil du nicht ehrlich warst. Ihm nicht vertraut hast. Ihn mit einem Vorwand zu einem Abendessen überredet hast. Weil du seinen Patenonkel verdächtigt hast.

»Wovor willst du mich warnen?« Vorsichtig trat sie einen Schritt nach vorn.

»Der Pressesprecher des LKA Tirol hat mich heute angerufen.«

Aus irgendeinem Grund begann Dorotheas Haut unter dem Handtuch, widerwärtig zu jucken.

»Eine Journalistin der TT möchte eine Reportage über Frauen bei der Polizei schreiben. Sie wollte Auskunft über eine gewisse Dorothea Keusch. Offenbar hat diese sich Anfang des Jahres in einem Kufsteiner Mordfall besonders hervorgetan, alle Mitarbeiter der Mordkommission in den Schatten gestellt. Die Reporterin wollte von dem Pressesprecher wissen, ob du auch in die aktuellen Ermittlungen eingebunden bist.«

Eine Reportage über Frauen. Dorothea dachte an das Gespräch mit Fuhrmann. *Niederträchtig. Verräter.* Fuhrmann war ein Chauvinist, wie er im Buche stand. Kein Wunder, dass er aufgebracht war. *Nur um dich selbst in den Mittelpunkt zu stellen.* »Der Pressesprecher glaubt, dass *ich* der Reporterin von dem Fall erzählt habe?«

Konstantin nickte, ohne Dorothea anzusehen. »Die Journalistin war nicht gewillt, ihre Quelle preiszugeben. Aber es ist bekannt, dass du dich erneut für die Stelle bei der Mordkommission bewerben willst. Von deinen Ermittlungen im Jänner wissen nur sehr wenige Menschen.«

»Was glaubst du?«

Er hob den Kopf, sah sie an. »Die Dorothea, die ich kenne, ist stur, besserwisserisch, arrogant.« Abermals konzentrierte er sich auf die Bodenfliesen. »Aber keine Selbstdarstellerin.«

Eine Sekunde lang war es, als ob Dorothea fliegen könnte. Dann hatte sie sich wieder unter Kontrolle. »Interessant.«

Konstantin hob überrascht das Kinn, interpretierte ihren Tonfall falsch. »Das kann dich deine Karriere kosten.« Er wandte sich um, strich über das Messinggeländer. »Ich wollte dich nur warnen.« Er ließ das Metall los, trippelte die Treppe hinunter. »Das habe ich hiermit getan. Schönen Tag noch, Inspektorin Keusch.«

Es dauerte einige Sekunden, ehe Dorothea sich besann. »Konstantin.«

Er blieb stehen, sah vom Treppenabsatz zu ihr herauf.

»Hast du Lust auf ... ich meine Zeit für ein Mittagessen?« Die Worte kamen über ihre Lippen, ehe sie es verhindern konnte. *Du hast keine Zeit! Was ist mit deinen Unterlagen? Deinem Examen*? Die innere Stimme wurde schriller und schriller. *Was ist mit dem Brief?*

Sie schob alle Bedenken beiseite. Sie wollte nicht an den dicken Ordner denken, der im Wohnzimmer thronte, nicht an den Bogen, der auf dem Sekretär lag. Sie wollte mit Konstantin essen gehen, die Welt rund um sich vergessen.

»Warum? Brauchst du schon wieder Informationen?« Seine Stimme war bissig, versetzte Dorothea einen Stich.

»Über den Stand der Ermittlungen? Oder über meinen Patenonkel?«

Sie schwieg betreten und musterte ihre Zehen. Konstantin hatte recht. Sie öffnete ihre Lippen, schloss sie.

»Du hast fünf Minuten.«

Erstaunt blickte Dorothea auf. Waren seine Augen nun heller, lebendiger? Von oben war es nur schwer zu erkennen.

Sie konnte sich das Grinsen nicht verbeißen, erinnerte sich an einen Morgen im Jänner. »Gib mir acht.« Sie ließ die Wohnungstür offen, im Vorraum drehte sie sich noch einmal um. »Bitte.«

Kapitel 25

Griaß enk im Purlepaus. Dorothea las die Aufschrift auf dem Holzschild, während sie Konstantin über die Stufen in den Gastgarten unter dem sonnigen Blätterdach am Fuß der Kufsteiner Festung folgte. Der Duft von Wiener Schnitzel hing in der Luft, um zehn vor zwölf genoss ein junges Pärchen schon das Mittagessen.

»Lass mich raten.« Nach dem stummen Fußmarsch ins Stadtzentrum war es Konstantin, der das Schweigen brach. »Auch in dem Restaurant warst du noch nie.«

Dorothea nickte. Schon im Jänner hatte sich gezeigt, dass der Chefinspektor die Kufsteiner Gastronomie besser kannte als sie.

Der Kellner in rot-weiß kariertem Hemd und Lederhosen brachte sie zu einem Tisch in einer Nische neben der Steinstiege.

Geschmackvolle Biergartenstühle, quadratische Sonnenschirme, stilvolle rote Sitzpolster, grünes Metallgestänge auf weiß-grau knirschendem Kies. Tiroler Note, elegant. Dorothea seufzte verstohlen. *Speckners Anruf. Fuhrmanns Zorn. Der anonyme Brief.* In der Mittagshitze zitterten ihre Beine immer noch wie nach einem Dauerlauf, sie war erleichtert darüber, sich auszuruhen.

Das Restaurant lag im Zentrum der Stadt, nur durch wenige Meter Kopfsteinpflaster vom Rathaus getrennt. Vier Tage zuvor hatte Dorothea dort neben der Leiche des

Journalisten auf die Mordkommission gewartet. *Denk nicht an den Mord!*

Heimlich musterte sie Konstantin, doch er hatte sich umgewandt, gab vor, die elegant-traditionelle Fassade des Wirtshauses zu studieren. Die adretten Buchsbäumchen in meterhohen hellgrauen Blumentöpfen waren genauso sauber arrangiert wie die rosaroten Nelkenstöcke auf den Tischen, dennoch juckte es Dorothea in den Fingerspitzen, das Bouquet zurechtzurücken. Stattdessen zog sie an ihrem Wickelrock. Taubenblau. Kombiniert mit einem weißen Blusentop. Dazu passende Sommer-Slipper. *Passt perfekt zu deinen Husky-Augen.* Veras Lob-Hymne in der Boutique klang ihr im Ohr. Ihrer Freundin sei Dank. Sie hielt nichts von Dorotheas ausgewaschener, weiter Kleidung. Es war ihr erklärtes Ziel, Dorotheas Schrank mit knalligen Farben und sexy Garderobe zu bestücken. Oder Dorothea wenigstens zu gewagteren Varianten zu überreden.

Betont deine schöne Figur. Veras Modeinstinkt war untrüglich. In dem Outfit fühlte sie sich gut aussehend und anziehend. *Zu Recht.* Ein wohliges Gefühl überflutete Dorothea, sie schmunzelte innerlich. *Verblüfft.* Konstantins Gesichtsausdruck, als sie aus dem Schlafzimmer gekommen war. *Beeindruckt. Überwältigt.* Sie freute sich darauf, Vera davon zu berichten.

Ihr Blick fiel auf Konstantins blau-gelb kariertes modisches Hemd. Er war wieder ins Schweigen verfallen. Keine Scherze, keine Neckereien. *Du hast ihn um ein Essen gebeten. Rede mit ihm.* Worüber? *Die Ermittlungen? Darüber, dass du befürchtest, dass sein Taufpate ein Mörder ist?*

»Ich koche gern.« Vorsichtig nahm Dorothea den Gesprächsfaden auf.

Der Chefinspektor hob die Augenbrauen, schwieg. Er war sichtlich nicht gewillt, es ihr leicht zu machen.

»Nur bin ich nach zwölf Stunden Dienst manchmal zu erschöpft dafür.«

»In dem Fall würde sich ein Restaurant anbieten.« Er hielt sich mit beiden Händen am Tisch fest, betrachtete demonstrativ seine sauber manikürten Fingernägel.

»Meist will ich mich nicht mehr aus dem Haus bewegen.« *Du klingst faul und unsportlich. Small Talk ist nicht deine Stärke. Lass es einfach.*

Der Kellner erlöste sie aus ihrer Starre, brachte Dorotheas Basilikum-Ingwer-Limonade, Konstantins Apfelschorle und zwei dunkelbraune Mappen. Ohne ein weiteres Wort öffnete Konstantin die Speisekarte. Dorothea kostete vorsichtig das Getränk, genoss die ungewöhnliche Kreation und betrachtete die goldenen Buchstaben in dem Lederimitat.

»Purlepaus.« Sie grübelte. »Das hat irgendwas mit Kanonen zu tun.«

Konstantin hob den Kopf. »*Irgendwas* mit Kanonen? Schande über dein Haupt.« Er biss sich auf die Lippen, dennoch sah sie das Grinsen, das über sein Gesicht huschte.

In der surrenden Luft war plötzlich mehr Sauerstoff, ihr Herzschlag beschleunigte sich. Sie senkte ihren Blick, öffnete die Karte, um ihr eigenes Lächeln zu verbergen. Statt die Speisen zu studieren, suchte sie in ihrem Gedächtnis nach geschichtlichen Informationen zur Stadt Kufstein. Obwohl sie nun schon einige Jahre hier wohnte, hatte sie sich nie mit dem Werdegang der Festungsstadt beschäftigt. Fetzen aus Vorlesungen tauchten auf. *15 v. Chr. von den Römern eingenommen ... in der ersten Hälfte des folgenden Jahrhunderts den römischen Provinzen Rätien und*

Noricum zugeteilt ... fast 600 Jahre lang unter römischer Herrschaft ... wiederholt von den Bayern besetzt. Sie durchsuchte die hintersten Winkel ihres Gehirns, fand keine Geschosse.

»Purlepaus und Weckauf sind *die* Kanonen von Kufstein, Frau Doktor Archäologin.« Konstantin legte die Speisekarte beiseite.

Frau Doktor Archäologin. In Dorotheas Magengrube flatterte ein zartes Tier. Da war es endlich. Das Augenzwinkern in seiner Stimme. Da war er wieder, der Konstantin, den sie kannte.

»Kaiser Maximilian I. eroberte mit ihnen die Festung Kufstein von den Bayern.«

Natürlich. Kufstein und *Der letzte Ritter* unter den Habsburger Herrschern. Michael Kieter hatte im Unterricht davon gesprochen. Wehmütig dachte sie an ihren Geschichtslehrer, ihr früheres Idol, der Grund dafür, dass sie Archäologie studiert hatte, statt sofort zur Polizei zu gehen. Kaiser Maximilian. Dorothea öffnete die Lippen.

»Man schrieb das Jahr 1504.« Konstantin war schneller, fest entschlossen, sich seine Geschichtsstunde nicht zerstören zu lassen. »Die Festung war in bayerischer Hand.« Er positionierte das Holzbrett mit einem polierten Salz- und einem Pfefferstreuer vor dem Tischschmuck. »Der bayerische Festungskommandant Hans von Pienzenau hatte zunächst einen Eid auf Maximilian geschworen, dann aber gegen 30.000 Gulden die Seite gewechselt. Er wollte die Burg nicht dem Kaiser überlassen.« Der Pfefferstreuer stellte sich gegen die Nelken. »Maximilian versuchte, die Bürger mit drei Schüssen auf die Stadt zur Öffnung der Stadttore zu bewegen.« Dreimal polterte der Metallbehälter gegen den weißen Blumentopf. »Pienzenauer ließ provokant die Kugeleinschläge an den Außenmauern mit dem Besen abkehren.« Konstantin wischte imaginäres Pulver von seinen Schultern. »Kaiser Maximilian aber war ein Waffenbauer.« Drohend näherte sich das Gewürzgefäß erneut dem Blumentopf. »Er ließ Purlepaus und Weckauf – die zwei stärksten Kanonen des Reichs – eigens aus Innsbruck herbeischaffen und mit Hundert-Kilogramm-Eisenkugeln die Wehranlage beschießen.«

Der Salzstreuer fiel polternd um, und Dorothea schluckte. Sie kannte das Ende der Episode.

»42 Mann wurden gefangen genommen, Pienzenauer und 17 anderen Männern wurde der Kopf abgeschlagen. Erich von Braunschweig erreichte die Begnadigung der übrigen. Im Anschluss an die Eroberung ließ Maximilian die Burg zur imposanten Festungsanlage ausbauen.«

Dorothea verstaute eine Haarsträhne hinter ihrem Ohr. »Ich wusste nicht, dass du dich für Geschichte interessierst.«

»Mein Großvater liebte die Festung.«

Dorothea stellte sich einen Dreijährigen an der Hand eines bärtigen Greises vor: *Opa, bitte erzähl mir die Geschichte noch einmal.*

Hoch über ihnen schlug die Kirchturmuhr zwölf Uhr mittags. Dorothea zählte leise die Schläge mit und lehnte sich zurück. Mächtig und voll setzte ein Lied ein, zuverlässig und pünktlich ertönten die Klänge der Heldenorgel wie jeden Tag in Kufstein. *Don't Care About History.* Der neue Organist liebte Soul, Rock und Pop. An diesem Mittwoch war es Sam Cooke. *Don't care about the French I took.* Im Gehirn trällerte Dorothea den Text mit. *But I do know that I love you.* Sie wagte es nicht, Konstantin anzusehen, doch eine Art Zufriedenheit breitete sich in ihr aus, die Last fiel endlich von ihren Schultern.

What a wonderful world this could be. Irgendjemand sang in einer überraschend guten Stimme mit.

Konstantin.

Ihr Kopf wurde leicht wie eine Feder, schwebte. Sie hob die Lider, und zum ersten Mal an diesem Tag trafen sich ihre Blicke.

Dorothea ließ den letzten Bissen der Käsespätzle auf der Zunge zergehen. Sie hatte das Essen genossen, doch irgendetwas an der Art, mit der Konstantin seine Lippen abwischte und die Serviette neben sich legte, sagte ihr, dass die Schonzeit nun vorbei war.

»Warum interessiert sich eine Journalistin für dich? Wer hat ihr von unseren Ermittlungen erzählt?«

»Ich weiß es nicht.« Dorothea hob verzweifelt die Hände und Schultern. »Ich habe mir bereits dieselbe Frage gestellt.« Dorothea senkte den Kopf. »Irgendjemand will die Aufmerksamkeit auf mich lenken. Mich an Nachforschungen hindern.« Sie verstummte.

»Du glaubst tatsächlich, dass mein Patenonkel den Journalisten vergiftet hat? Das ist Irrsinn. Warum sollte er das tun?«

Sie bewegte sich nicht.

»Du hast eigenständig ermittelt?« Er klang bestürzt. »Warum wagst du das? Das kann dich deine Karriere kosten.«

Trotz bäumte sich in Dorothea aus. »Anfang des Jahres waren eigenständige Ermittlungen für dich noch kein Problem. Im Gegenteil, du warst es, der wollte, dass ich recherchiere, meinen Job aufs Spiel setze.«

»Im Jänner wusste ich, dass etwas an der Sache faul war. Dass das Mädchen keinen Selbstmord begangen hatte.«

Dasselbe Gefühl habe ich jetzt. Irgendetwas stimmt nicht. »Ich weiß, es ist undenkbar, wenn ein Zivilist einen Kollegen, einen anderen Polizisten beschuldigt.« Sie zögerte. »Und er ist dein Patenonkel.«

»Das ist es nicht. Du begibst dich auf eine wilde Jagd – wie von der Tarantel gestochen. Nur weil ein verrückter Alter dich mit Verschwörungstheorien angefixt hat.«

Dorothea schwieg. Die Latten des Stuhls wurden zunehmend unbequemer, ihr Rock fühlte sich an wie kratzende Schafwolle.

»Ich kann dir eine Geschichte über den alten Vogel erzählen.« Konstantin beugte sich nach vorn. »Er ist Jäger, besessen davon, Tiere zu erlegen, Trophäen zu sammeln. Früher war er im Jagdverein, noch kein Großwildjäger in Afrika. Aber er fiel immer wieder auf, er hielt sich nicht an die Jagdgesetze, so lange, bis er eine trächtige Hirschkuh geschossen hatte und ihm die Jagdlizenz entzogen wurde. Er wurde aus dem Jagdverein ausgeschlossen, bekam eine Polizeistrafe wegen Wilderei. Er hat Zeter und Mordio geschrien, Rache geschworen, die Polizei verflucht.«

Die Inspektorin Keusch, die ich kennengelernt habe, hätte ihre Quellen überprüft, bevor sie Hirngespinste in die Welt setzt. Dorothea wollte sich die Haare raufen. Noch vor vierundzwanzig Stunden hätte Konstantins Erklärung ihre letzten Zweifel ausgeräumt, doch das war, bevor sie den anonymen Brief erhalten hatte. *Du musst noch einmal mit Erich Vogel sprechen.* Ein Schauer lief über ihren Rücken, ihr graute vor der Höhle mit Kadavern und dem tyrannischen Ingenieur.

Konstantin sah sie an, sein Blick glitt wie eine Kamera über ihr Gesicht. »Verschweigst du mir etwas?«

Erst nach einer Sekunde merkte sie, dass es Konstantins Fingerkuppen waren, die ihre Hände fragend berührten.

Einige Minuten lang herrschte Stille, in der Küche klirrten Töpfe und Pfannen.

»Ich …« *Sag es ihm. Erzähl ihm von dem anonymen Brief.* »Vielen Dank, dass du mich gewarnt hast.« Sie presste die Lippen zusammen. Vielleicht hatte Konstantin einen Verdächtigen. Vielleicht war der Fall schon fast gelöst. Sie atmete tief durch.

Konstantin zog seine Hand zurück, zeichnete mit der Gabel ein Muster auf den Teller. »Wir haben keine Verdächtigen, keine Spuren, wir stecken fest.«

»Wie bitte?«

»Das wolltest du doch wissen, nicht wahr?«

Diesmal hielten die goldbraunen Punkte Dorotheas Blick stand. Sie gab sich geschlagen. »Ja.«

Konstantin räusperte sich. »Nicht hier.«

Dorothea taxierte neugierig sein Gesicht.

Verschmitzt zwinkerte Konstantin. »Nachspeise?« Er nahm die Speisekarte zur Hand. »Kaiserschmarrn?«

Kapitel 26

»Der Schlüssel zu dem Mord an Richard Vogel muss hier liegen.« Konstantin sah sich im Wohnzimmer des toten Journalisten um, drehte sich um die eigene Achse und fuhr sich verzweifelt durch die Haare. Dorothea beobachtete ihn schweigend. Der verschmitzte Konstantin war verschwunden, erneut dem ernsten Chefinspektor gewichen.

Die Wohnung des Toten lag im Erdgeschoss eines trendigen Häuserblocks, die Nachmittagshitze vermischte sich mit dem Geruch von Farbe und frischem Holz.

Oliver Twist. Die Einrichtung ließ Dorothea an ehrwürdige englische Landhäuser und an dunkle Arbeiterrefugien denken. Ziegelförmige rote Mauerfliesen, ein altmodischer Kamin mit breitem Sims, Scheite aus Birkenholz, weit reichende Kastenfenster und eine cremefarbene Sitzgarnitur kreierten auf unbegreifliche Weise eine zugleich raue und gemütliche Atmosphäre. Abgegriffene Ledereinbände, Filmposter und Theaterplakate verrieten einen Mann als Bewohner, der Kunst, Theater und Literatur liebte. Dorothea sah Konstantin an.

»Du willst wissen, warum ich dir das Refugium des Toten zeige?« Erneut hatte Konstantin ihre Gedanken gelesen. »Ehrlich gesagt kann ich jede Hilfe gebrauchen.« Er breitete seine Arme aus. »Die Tatortgruppe ist mit seinem Zuhause schon fertig. Du kannst dich in Ruhe umsehen.«

Dorothea peilte das Bücherregal an, der Parkettboden knackte. Richard Vogel hatte Shakespeare geliebt, Walt Whitman und Oscar Wilde. Sie schlug den Roman von Oscar Wilde auf, fand zwei Verse zwischen den Seiten. *»While still I may I write for you. The dream I lived, the love I knew.«* William Butler Yeats. Dorothea lächelte. Sie liebte die Gedichte des irischen Poeten.

Konstantin trat vorsichtig hinter sie, sah über ihre Schulter. »Fast so schön wie die Gedichte von Erich Fried.« Er hatte sich den Namen ihres Lieblingsdichters gemerkt. Ein Knistern lief von Dorotheas Scheitel, flimmernd, sprühend ... über ihren Rücken bis in ihre Zehenspitzen. Wie gebannt beobachtete sie seine Finger, die behutsam die Seiten in dem Buch umblätterten, während sein Arm leise ihre Schulter streifte, sanft.

»Noch eine Notiz.«

Den Verfasser des zweiten Zitats kannte Dorothea nicht. »Wer ist Kool Savas?«

»Ein deutscher Rapper.«

»Kein Happy End. Doch die Zeit mit dir war das schönste Kapitel.« Dorothea stockte und wandte sich zu Konstantin um. »Hatte Richard Vogel einen Liebhaber?«

Konstantins Blick verweilte einen Moment an ihren Lippen, dann seufzte er frustriert. »»Wir haben keinen gefunden. Die Presse sitzt uns im Nacken. Vogel ist kein Drogentoter, der von einem Dealer erstochen wurde. Er war ein Enthüllungsjournalist. Einer von ihnen.« Er knetete seine Stirn. »Diesmal sind die Medien nicht nur auf der Jagd nach gesalzenen Storys, sie wollen Blut sehen. Jemand muss für den Mord büßen. Sonst werden sie uns lynchen.«

»Gibt es einen Verdächtigen?«

Konstantin schüttelte den Kopf und lotste Dorothea in den angrenzenden Raum. »Wir haben hier alles durchforstet, nichts entdeckt, was uns weiterhilft.«

Eine Art tropischer Wintergarten wies ebenfalls rotes Mauerwerk auf, war auf drei Seiten von deckenhohen Kastenfenstern umgeben, eine Terrassentür führte in einen Garten. Aus einer Reihe von schwarzen Bänden auf dem Bücherbord zog Konstantin den letzten heraus. *»Aus hundert Kaninchen wird niemals ein Pferd und aus hundert Verdachtsgründen niemals ein Beweis«,* las er laut vor, dann rieb er sich mit Zeigefinger und Daumen sein Kinn. »Seltsam, was sich Menschen notieren.«

»Dostojewski. Es sind Zitate aus literarischen Werken.« Unwillkürlich musste Dorothea lächeln. »Vogel hat sie als Aufhänger für seine Storys verwendet.«

»I heard all things in the heaven and in the earth. I heard many things in the hell.« Konstantin zog die Augenbrauen hoch. »Edgar Allan Poe. *The tell-tale heart.*«

Dorothea war überrascht, wie gut Konstantin die englische Aussprache beherrschte. »Ein guter Englischlehrer?«

Er schnitt eine Grimasse. »Drei Winter als Skilehrer für englische Ladys.« Er klappte das schwarze Büchlein zu. »Du hattest recht. Die Untersuchung des Mageninhalts hat bestätigt, dass Richard Vogel mit Taxin vergiftet wurde.« Er seufzte. »Die Obduktion hat noch etwas anderes ergeben. Die Gerichtsmedizin fand ein Glioblastom.«

Dorothea erschauderte. »Der Journalist hatte einen Hirntumor.«

Konstantin nickte. »Ohne Operation wären ihm noch zwei Monate geblieben, mit Operation und Chemotherapie höchstens ein Jahr. «

»Hat er davon gewusst?«

»Er hat die Diagnose vor drei Wochen bekommen.«

»Hat Richard Vogel sich jemandem anvertraut?«

»Bei den Befragungen hatte niemand eine Krankheit erwähnt. Wir haben gestern noch mal mit seinen Vertrauten geredet. Gemäß unseren Erkenntnissen hat er das Todesurteil geheim gehalten, keiner Seele davon erzählt. Nicht seiner Familie. Nicht seinen Freunden.«

In Dorotheas Kopf wirbelten die Gedanken herum, verarbeiteten die neue Information. Sterbehilfe. Die Mutter, die ihre Tochter erlöst hatte. »Selbstmord?«

»Nichts deutet darauf hin, dass er sein Leben beenden wollte.« Konstantin hob eine Handfläche. »Im Gegenteil. Sein Internetsuchverlauf ergibt, dass er verreisen, nach Paris fliegen wollte.«

»Der Mörder hat also einen todkranken Menschen umgebracht.« Dorothea überlegte. »Hat der Journalist das Gift mit dem Whisky eingenommen?«

Konstantin bejahte erstaunt. »Wie kannst du das wissen?«

»Nur wenige Substanzen können den bitteren Geschmack von Taxin überdecken. Alkohol bietet sich dabei an.«

»Es war in keiner der leeren Flaschen, die meisten der Gläser an der Bar waren bereits wieder gespült worden. Die Tatortgruppe hat die schmutzigen Gläser sichergestellt, aber keines davon enthielt Gift.« Konstantin strich über das schwarze Buch. »Laut Zeugenaussagen hat Vogel mindestens fünf Gläser Whisky getrunken.« Er stellte den Band zurück ins Regal. »Der Ball wird jährlich abgehalten. Es war bekannt, dass Vogel an der Whiskybar zu finden sein würde. Das heißt, nach dem heutigen Stand der Ermittlungen kommen fast alle Ballbesucher als Täter infrage.«

Dorothea beobachtete eine Amsel, die im Garten auf einer Venus-Statue thronte. »Die Herstellung des Giftes gestaltet sich ebenfalls leicht. Taxus baccata – die Eibe ist in Kufstein überall zu finden. Man braucht nur die Nadeln, eingelegt in Alkohol, abgefüllt in einem winzigen Fläschchen.«

»So viel Chemie lernt man schon im Gymnasium. Das hätte sogar ich geschafft.« Tastend streifte Konstantin über die rot-grauen Mauerfliesen. »Es funktioniert genauso, wie Zirbenschnaps anzusetzen. Jeder in Tirol weiß, wie man das macht. Die einzige Chance, die wir haben, ist ein Motiv.«

»Seine Recherchen.« Dorotheas Nacken spannte unangenehm.

»Das IT-Team hat sich seinen Computer angesehen. Er hatte einige Themen bearbeitet. Die Verbauung des Kaisertals. Die Asbest-Deponie. Keine konkreten Spuren. Die letzten Recherchen liegen drei Wochen zurück. Vor der Diagnose.« Konstantin klang mutlos. »Der Journalist hatte eine Art Notizblock. Den haben wir bisher noch nicht gefunden.«

Die Blätter. Übelkeit stieg in Dorothea auf, mit zitternden Fingern nahm sie einen Klassiker zur Hand, um ihr Gesicht zu verbergen.

»Wir haben nichts Verdächtiges in seinen E-Mails gefunden. Anrufe und Nachrichten ergingen vor allem an seine Freunde und Bekannten. Günther Schall, der Rektor der Fachakademie. Marion Arte, Yogatrainerin und Freundin. Sein Vater. Nichts Außergewöhnliches. Ein Anruf an einen Arzt. Dirk Blümel. Er arbeitet als Orthopäde im Krankenhaus. Hat auch eine eigene Praxis. Er meint, Richard Vogel wollte einen Termin wegen seiner Schmerzen im Knie. Der Arzt war auf dem Ball, aber er hat kein

Motiv. Zumindest keines, das wir erkennen können. Wir kommen nicht mehr weiter. Wenn du also irgendetwas herausgefunden hast, das uns helfen kann …«

Dirk Blümel. Der Name auf dem Notizzettel. Dorotheas Knie begann zu zittern. Sie holte tief Luft.

»Dabei lief es am Anfang sehr gut.« Konstantin kam ihr zuvor. »Wir hatten eine Verdächtige. Eine Kräuterhexe.«

»Brigitte Eifler?«

»Die Einzige, die ein erkennbares Motiv hat. Ich dachte schon, wir hätten den Mord gelöst. Aber sie hat ein Alibi. Sie trägt …«

»… eine elektronische Fußfessel.« Dorothea beendete seinen Satz, ohne zu überlegen. »Was ist mit dem Personal? Ein Kellner soll sich sehr verdächtig benommen haben.«

»Behauptet die hysterische Frau Bunt.« Konstantin schnaubte. »Warum sollte er mit mürrischem Verhalten Aufmerksamkeit auf sich ziehen, wenn er vorhat, einen der Ballgäste zu vergiften?« Konstantin betastete den Stamm einer Palme. »Der Kellner heißt Sebastian Neham. Er studiert an der Fachakademie. Er hat ausgesagt, einfach müde gewesen zu sein. Außerdem ging ihm die ganze Möchtegern-Society offenbar auf die Nerven. Das kann ich durchaus nachvollziehen.«

Gegen ihren Willen war Dorothea beeindruckt. Konstantin hatte alle Theorien überprüft. Bis auf eine.

»Was ist mit …?« Sie biss sich auf die Zunge, wollte das Wort nicht aussprechen.

»… einem Polizeiirrtum? Mit der Theorie, dass Martin etwas mit dem Tod des Journalisten zu tun hat?« Er ließ die Rinde los, hielt inne. »Martin ist seit sechs Jahren Landespolizeipräsident, im Jänner wird er Generalsekretär im

Innenministerium. Er hat seit Langem keinen einzigen Fall aktiv bearbeitet, die letzte von ihm initiierte Verhaftung liegt Jahre zurück. Auf welche brandaktuelle Story sollte Vogel also gestoßen sein? Wir haben in seinen Recherchen nichts darüber gefunden.«

Unbändige Hoffnung in seinen Augen. Konstantins brennender Wunsch, sie zu überzeugen, scheuerte sie auf, hinterließ eine rohe Wunde. Dorothea wollte zu ihm gehen, die Arme um seinen Hals legen. *Du hast recht.*

Sie trat nach vorn und gab ihrer Stimme einen behutsamen Ton. »Konstantin. Normalerweise würdest du jedem Hinweis nachgehen, jeder noch so vagen Spur nachjagen.«

»Es ist keine Spur.« Seine Enttäuschung war unerträglich. »Und er ist nicht irgendjemand. Er ist mein Patenonkel.«

Dorothea musste sich abwenden. Sie fühlte Konstantins Blick auf ihren Wangen. *Erzähl ihm von den Blättern. Von dem anonymen Brief.* Irgendetwas in ihr sträubte sich dagegen.

»Dorothea. Ich könnte deine Hilfe gebrauchen, aber nicht, wenn es heißt, dass du in Martins Leben rumstocherst.« Beschwörend, flehend, wie ein Schiffbrüchiger. »Hast du irgendeine Ahnung, wie sehr es seiner Karriere schadet, wenn auch nur der Hauch eines Verdachts über ihn kommt?«

Kapitel 27

»Im Gegensatz zu Ihren Klienten sind meine noch am Leben. Ich habe also keine Muße dafür, mich alle fünf Minuten mit der Polizei zu unterhalten. Wenn Sie keine medizinischen Fragen haben ... Hier ist die Tür!« In dem Behandlungszimmer der Notfallambulanz wandte der Arzt sich wütend wieder an die hagere Krankenschwester mit spärlichen kurzen Haaren. Diese warf Dorothea einen hämischen Blick zu. *Ich habe Sie gewarnt. Götter in Weiß sind sehr beschäftigt. Und nicht gut auf die Polizei zu sprechen.*

Dorothea seufzte. Eine Stunde in der Wartehalle vor der Notfallambulanz. Vergeudete Zeit. Sie hatte gehofft, dass ihr der Arzt einen weiteren Besuch beim Vater des Journalisten ersparen konnte. Es sah nicht danach aus. *Schubertweg 5.* Sie spürte die Faust, die gegen ihren Magen drückte. Auch ohne aggressive Oberärzte und bösartige Krankenschwestern hasste sie Krankenhäuser. Immer und immer derselbe Geruch. Desinfektionsmitteln und Bohnerwachs. Steril und unheilvoll. *Denk nicht daran!* Aber es war unmöglich, nicht an ihren Vater zu denken, die Erinnerung zu verdrängen, an das Warten, an die Hoffnung und an die Verzweiflung.

Sie richtete sich auf, nahm all ihren Mut zusammen und wandte sich an den Arzt. Mit buschigen grau melierten Augenbrauen und einem Schnurrbart ähnelte er einem griesgrämigen Tom Selek. Sein Adamsapfel ging wütend auf und ab. Das Geflecht an Gefäßen in seinem Gesicht wurde immer rötlicher.

»Es tut mir leid, dass wir Sie schon wieder belästigen. Es wird nicht lange dauern. Ich habe nur eine Frage. Hat Richard Vogel mit Ihnen über einen Polizeiirrtum oder ein Fehlurteil gesprochen?«

»Nein.« Er sah nicht von dem Klippboard auf, das ihm die Krankenschwester gereicht hatte.

»Worüber haben Sie mit ...?«

Er hob die Hand. »Sie hatten Ihre Frage.«

Die Augen der Krankenschwester streiften missgünstig Dorotheas blonden Zopf, ehe sie sich demonstrativ dem Arzt widmete. »Neun Notfälle warten noch. Der Erste in der Drei.«

Dirk Blümel sah auf die Uhr, hatte Dorothea vergessen. »Drei Minuten für jeden. Mehr Zeit habe ich nicht.« Er verließ das Zimmer, auf Rollen ratterte die Tür hinter ihm nur halb zu.

Untröstliches Weinen, das Quietschen von Krücken auf dem Linoleumboden. Wie unter einer Glocke nahm Dorothea die Geräusche wahr, als sie wieder auf den grauen Gang trat.

Eine neue Sackgasse. Du musst wieder von vorn beginnen. Die dunkle Höhle mit Kadavern. Der tyrannische Vater des Journalisten. Alles in ihr krümmte sich schmerzhaft. Sie drückte auf den roten Knopf an der Wand, wartete. Einen Moment lang lauschte sie Dirk Blümels genervter Stimme in Behandlungsraum drei: »Das habe ich Ihnen schon einmal erklärt, ein zweites Mal sage ich es nicht. Ich habe keine Zeit zum Plaudern, die Notaufnahme ist voll.«

Die Doppeltüren schwangen auf, und Dorothea schauderte. Sie war nicht die Einzige, die von dem Orthopäden keine Auskunft bekommen würde.

Kapitel 28

»Ich habe mit keiner Reporterin gesprochen.« Erich Vogel polterte. Über den abgewetzten Küchentisch hinweg stierte der Vater des Toten Dorothea grimmig an. Sie schloss die Augen, atmete tief durch. *Bleib gelassen. Du brauchst Informationen.* Sie öffnete ihre Lider.

Dorothea hatte sich geweigert, dem Großwildjäger in seine Höhle voll Tierleichen zu folgen, doch auf der unbequemen Eckbank der Siebzigerjahreküche fühlte Dorothea sich wie ein Eindringling in ein verbotenes Zimmer. Tapeten in verblasstem Grün, orange Fliesen in geometrischen Mustern. Abgewetzte Resopalflächen, vergilbte Kunstfaservorhänge in Orange, Gelb und Rehbraun. Es war eine Durchschnittsküche, wie sie vor vierzig Jahren gebaut worden war. Die Dekoration jedoch wies sie als den Rückzugsort, das geheime Reich der verstorbenen Mutter aus.

Krakelige Zeichnungen mit dem Titel *Mama* zeigten eine dünne Frau mit hohem Dutt, unter einem Kruzifix aus Holz hingen acht Fotos des kleinen Richard. Taufe, Erstkommunion, Firmung. Auf zwei Fotos überragte ihn ein anderes Kind, Dorothea erkannte Richards Freund, einen jungen, unbeholfenen Günther Schall, längst nicht der selbstbewusste Rektor, der er heute war. Die beiden Jungen hatten ihre Arme linkisch umeinandergelegt, grinsten unsicher in die Kamera. Kein Familienfoto, keines der Porträts zeigte einen erwachsenen Richard Vogel. Lediglich auf eine Galerie von Bildern verstorbener Großeltern, Tanten, Onkel fiel das Nachmittagslicht durch vergitterte Fenster.

Ohne Zweifel war die Küche das Heiligtum der verstorbenen Frau gewesen, in der sie ihr Kind bewahrt, konserviert, vor dem Erwachsenenleben beschützt hatte. Der Vater des Toten wirkte in dem düsteren Zimmer voller Erinnerungen fehl am Platz, seine Armeekleidung mimte eine groteske Verkleidung.

Dem verstaubten Geruch nach zu urteilen, hielt sich Erich Vogel in dem Raum immer nur kurz auf, ein einzelner Topf in der Spüle und der penetrante Geruch von Würstchen ließen vermuten, dass Erich Vogels Kochkünste nicht sehr ausgefeilt waren.

»Haben Sie irgendjemandem von unserem Gespräch erzählt?«

Der Ingenieur strich sich über den Mund, zauderte für den Bruchteil einer Sekunde. »Nein.«

»Ich kann Ihnen nicht helfen, wenn Sie nicht ehrlich sind.«

»Nennen Sie mich einen Lügner?«

Dorothea beschloss, einen anderen Weg einzuschlagen. »Warum haben Sie verschwiegen, dass Ihr Sohn homosexuell ist?«

»Weil es nichts zur Sache tut.« Erich Vogel verschränkte seine Arme vor der Brust. »Es war seine Art, gegen mich zu rebellieren.«

Dorothea war so entsetzt, dass Sie sich beinahe verschluckte. »Sie haben jahrelang nicht mehr mit Ihrem Sohn gesprochen.«

»Lassen Sie mich etwa bespitzeln?«

»Ihre ...«, Dorothea zögerte, musste sich einen Ruck geben, »... grausamen Erziehungsmethoden wurden erwähnt.«

»Kinder brauchen Strenge.« Er sah Dorothea herausfordernd an. »Haben Sie Kinder?«

»Nein.«

»Dann sparen Sie sich Ihren Vortrag über Erziehung. Ich habe Sie nicht engagiert, um mein Verhältnis zu meinem Sohn zu hinterfragen, sondern um Richards Mörder zu finden.«

»Man kann mich nicht engagieren, ich arbeite für die Polizei.«

»Genau. Und wenn die Polizei ihre Pflicht erfüllen würde, säßen wir nicht hier. Aber weil die Exekutive korrupt ist, muss ich mich auf einen Grünschnabel wie Sie verlassen.«

»Sie wurden wegen Wilderei verurteilt. Auch das haben Sie mir verschwiegen.« Dorothea taxierte den Großwildjäger. »Üben Sie nun Rache, indem Sie Polizeibeamte diffamieren?«

»Es geht mir nicht um Vergeltung. Ich habe nichts erfunden. Mein Sohn saß genau an der Stelle, an der Sie nun sitzen, als er mit mir gesprochen hat. Er war aufgewühlt.« Der Vater hielt Dorotheas Blick stand, beugte sich nach vorn. »Sie wissen, dass ich die Wahrheit sage, sonst wären Sie nicht wieder hier.«

Dorothea seufzte. Erich Vogel war aufbrausend, ein Kontrollfreak und Sadist, aber er hatte den Kernpunkt erfasst. Sie beschloss, das Gespräch zu beschleunigen. »Ist das die Handschrift Ihres Sohnes?« Sie reichte Vogel den Zettel in der Klarsichthülle.

»Was ist das?«

»Bitte beantworten Sie meine Frage.«

»Es sieht nach Richards Handschrift aus, ja.« Der Ingenieur betrachtete die zwei Blätter aus dem Ringbuch. »Woher haben Sie das?«

»Es war in einem anonymen Schreiben, das an die Polizeiwache geschickt wurde. An mich adressiert.« Sie hielt inne. »Kennen Sie Dr. Dirk Blümel?«

»Wenn ja, dann hätte ich Ihnen das schon längst gesagt.«

»Hat die Adresse, die Ihr Sohn aufgeschrieben hat, irgendeine Bedeutung für Sie?«

»Warum gehen Sie nicht einfach hin?«

»Das habe ich vor einer halben Stunde getan. Niemand hat mir die Tür geöffnet. Kein Name stand am Postkasten.« Dorothea verschwieg, dass das alte Anwesen totenstill geblieben war. *Falscher Gang. Ein weiterer Irrweg in dem Labyrinth.*

»Warum sehen Sie nicht im Polizeicomputer nach, wer dort wohnt?«

»Weil unsere Nachforschungen überprüft werden. Ich könnte also meinen Job verlieren, wenn ich in einem Fall recherchiere, den ich nicht bearbeite. Ganz abgesehen davon, dass wir den Täter warnen würden, falls er tatsächlich in Polizeikreisen zu finden ist.«

»Haben Sie einen Verdächtigen?«

Dorothea zögerte. »Der Polizeipräsident war auf dem Ball. Sein Name ist Martin Grazer.«

Der Mann schlug mit der Hand auf den Küchentisch. »Ich wusste es.«

»Das heißt nicht, dass er für den Tod Ihres Sohnes verantwortlich ist.« Dorothea hob abwehrend die Hand. »Es gibt keinerlei Hinweise auf ein Motiv.«

»Irgendjemand muss etwas wissen. Befragen Sie Richards Freunde.«

»Das habe ich bereits getan. «

»Tun Sie es noch einmal.«

Dorothea nickte, ergeben, müde. Sie erhob sich. *Irgendjemand muss etwas wissen. Muss etwas gesehen haben.* Sie schluckte hart. Dieser Fall war wie eines dieser Drehkarussells, die sie als Kind gehasst hatte. Man bewegte sich im Kreis, konnte nicht aussteigen und wurde das Schwindelgefühl und den fahlen Geschmack auf der Zunge nicht los.

Kapitel 29

»Ich würde Ihnen gern weiterhelfen, Frau Inspektorin, aber ich habe der Polizei bereits alles gesagt.« Günther Schall trat an den Swimmingpool in seinem luxuriösen Garten und starrte in das türkise Wasser, das die Nachmittagssonne glitzern ließ. Seine Hände gruben sich tief in die Hosentaschen seiner Ralph-Lauren-Shorts.

Er war freundlich, zuvorkommend, nur ein fragender Seitenblick. *Er will wissen, was du jetzt schon wieder hier machst.* Dorothea seufzte innerlich. *Was hast du erwartet? Dass du auf mirakulöse Weise andere Antworten bekommst? Neue? Lächerlich.* Schall hatte recht. Sie hatte seine Aussagen alle schon gehört. Konstantin hatte sie gehört, seine Partnerin ebenfalls. *Gib es auf!*

Im Haus begann jemand, Geige zu üben. Mozarts *Kleine Nachtmusik.* Sie betrachtete den Pool und schloss die Augen. Um fünf Uhr nachmittags war die Hitze unerträglich. Sie stellte sich vor, am Hechtsee zu liegen. Mit Konstantin.

»Raffaela übt Geige. Lukas ist beim Tennis. Wir können los.«

Die Stimme der Frau, die aus der Villa trat, ließ Dorothea aufschrecken. Die blonde Frau in dem edlen Sommerkleid war schlank, dezent geschminkt und elegant. Die Art, mit der sie auf die Terrasse kam, ließ keinen Zweifel daran, dass sie die Dame des Hauses war. Erstaunt wandte sie ihren Kopf. »Ich wusste nicht, dass wir Besuch haben, Günther.«

»Das ist Inspektorin Keusch.«

»Tina Schall, Günthers Ehefrau.« Sie näherte sich Dorothea, ein Hauch von frischem Parfüm umgab sie. Ihr Händedruck war kühl und leicht. Wie schafften es alle anderen Menschen, in dieser brütenden Hitze chic zu bleiben?

»Geht es wieder um Richards Tod?«

Dorothea nickte, die pralle Sonne machte ihr zu schaffen.

»Ist alles in Ordnung, Frau Inspektorin? Sie sehen blass aus.« Schalls Ehefrau musterte sie besorgt. Sie strich mit perfekt manikürten Fingern über die Härchen am Arm ihres Mannes. »Könntest du bitte ein Glas Wasser für die Frau Inspektorin holen?« Sie wandte sich Dorothea zu. »Wollen Sie sich setzen?«

Dorothea ließ sich in einem Sessel nieder, ihre Unterschenkel bebten. Plötzlich wurde ihr klar, dass sie außer der Limonade im Purlepaus den ganzen Tag noch nichts getrunken hatte. *Warum benimmst du dich wie ein Teenager?*

Tina Schall sah ihrem Mann nach. »Leider haben wir nicht viel Zeit. Der Charity-Club erwartet uns.« Sie seufzte. »Die Routine wird Günther helfen. Richards Tod hat ihn sehr getroffen. Es war sein bester Freund.«

»Kannten Sie Richard Vogel gut?«

»Als Journalist war er ehrgeizig, professionell in seinem Job. Er hatte es sich in den Kopf gesetzt, die Welt zu verbessern.« Tina Schall nahm sich Zeit, überlegte lang. »Außerdem war er gläubig. Ich fand das seltsam.«

»Warum?« Die Folgen einer streng katholischen Erziehung waren nur sehr schwer auszumerzen.

»Die katholische Kirche verdammt Homosexualität.«

»Vielleicht glaubte er nicht an den grausamen, strafenden Gott der Christen. Möglicherweise betete er ein anderes höheres Wesen an.«

Tina Schall war nicht überzeugt. »Seit ich ihn kenne, hat er immer eine Art Weltschmerz auf seinen Schultern getragen.« Sie ließ sich neben Dorothea nieder. »Er hat nie viel erzählt. In letzter Zeit war er anders. Ich dachte, es sei eine Midlife-Crisis. Ich wusste nicht, dass er an einem Gehirntumor litt. Er hat sich niemandem anvertraut. Nicht einmal Günther. Ein Beamter hat uns gestern davon berichtet.«

Dorotheas Schläfen hämmerten selbst unter dem Sonnensegel. »Was meinen Sie mit anders?«

»Richard war immer witzig, hatte einen Scherz auf den Lippen. Er hatte eine Art, niemanden zu nah an sich heranzulassen. Einige Tage vor dem Ball hat er zum ersten Mal mit mir ein ernstes Gespräch geführt.«

»Worüber haben Sie gesprochen?«

»Über Gott. Über das Leben.« Sie lächelte. »Über die Liebe.«

»Hatte er einen Liebhaber?«

»Derselbe Gedanke kam mir auch. Doch er war immer sehr diskret, was seine Liebschaften anbelangte.« Sie hielt inne. »Er zog in Erwägung, sein Magazin zu verkaufen. An Andrea Untermüller. Aber er hat es sich anders überlegt. An ihrer Reportage über Flüchtlinge kam ihm etwas seltsam vor.«

»Hat Richard Ihnen gegenüber jemals einen Polizeiirrtum erwähnt?«

Die hellblauen Pupillen weiteten sich. »Eine Tat, die nie geschehen ist? Die das Opfer frei erfunden hat? Oder einen Fall, in dem ein Unschuldiger verurteilt wurde?«

Ich weiß es nicht. Ich habe keine Spuren, keine Hinweise, nur die Aussage eines tyrannischen Vaters, der sich nie um seinen Sohn gekümmert hat. Und einen anonymen Brief. Verzweiflung stieg in Dorothea auf. »Hat Richard mit Ihnen jemals über Martin Grazer gesprochen?«

»Den Polizeipräsidenten?« Tina Schall schüttelte den Kopf. »Daran könnte ich mich erinnern.«

Jegliche Kraft wich aus Dorotheas Körper. Sie war froh, dass Günther Schall in diesem Moment mit einem Glas Wasser auf die Terrasse trat.

»Aber am Ball hat er sich mit dem Polizeipräsidenten unterhalten.« Sie sah zu ihrem Mann auf. »Ist dir das auch aufgefallen?«

Der Rektor runzelte die Stirn. »Davon weiß ich nichts.«

»Sie lehnten an der Whisky-Bar. Der Kellner war in ihrer Nähe. Das Ballkomitee hat seine Adresse. Vielleicht hat er das Gespräch belauscht.«

Kapitel 30

Der Kellner wohnte in einem der verkommenen Hochhäuser, die in den Achtzigerjahren wie Pilze in die Höhe geschossen waren. Dorothea musste dreimal klingeln, ehe sich jemand mit schlaftrunkener Stimme über die Gegensprechanlage meldete.

»Jo.«

»Stadtpolizei Kufstein. Ich würde gern mit Sebastian Neham sprechen.«

»Klar doch, Süße. Und ich würde gern Heidi Klum vögeln.« Dorotheas Hoffnung sank, aber eine Sekunde später erklangen der Buzzer und eine dröhnende Stimme. »Sebs. Schon wieder die Bullen. Wenn das so weitergeht, fliegst du hier raus.«

Die Studenten-WG war so, wie Dorothea schon etliche in ihrer Dienstzeit gesehen hatte. Im Flur verschimmelte Pizzakartons, ein staubiger Putzplan, den niemand beachtete, unzählige vergammelte Wodkaflaschen, ein zerkratztes Snowboard, drei schiefe Schuhregale, übersät mit schmutzigen abgetretenen Sneakers, zwei vertrocknete Zimmerpflanzen, die sich mit einem letzten Blatt verzweifelt an ihr Leben krallten. Eine Flut an Mülltüten, der Geruch nach Marihuana und ungewaschenen Füßen, eine bunte Postkartensammlung mit den üblichen Studentensprüchen an jeder Wand.

Nüchtern betrachtet war's betrunken besser.

Irrenanstalt. Betreten auf eigene Gefahr.
Mit Belästigungen aller Art
muss gerechnet werden.

Aus Rücksicht auf unsere anderen Gäste
bitten wir, den Geschlechtsverkehr auf dem Abort
auf Quickies zu beschränken
und keine Kondome ins Klo zu werfen.

Ohne die restlichen Räume gesehen zu haben, wusste Dorothea, dass in der Küche unzählige Post-its und Pizzabestellflyer am Kühlschrank hafteten, irgendwo ein Pulp-Fiction-Plakat und im WC ein Toilet-Cam-Poster zu finden war. Ihre Sandalen blieben kleben und imitierten das Geräusch eines Saugnapfs, als sie vorsichtig über den speckigen schwarzen Boden schlich.

Sie schloss die Augen und dachte an ihr eigenes Studentenzimmer, das stets blitzblank und ordentlich gewesen war. *Meine Musterstudentin* ... so hatte Julius sie immer genannt. Julius ...

Sie schob die Erinnerungen beiseite und konzentrierte sich auf Sebastian Neham. Der Student war groß und schlank, aschblondes Haar fiel ihm in die graugrünen Augen, bedeckte in einem halbherzigen Vollbart sein spitzes Kinn. Knollennase, rotblonde Augenbrauen. Alles in dem Gesicht des jungen Mannes war bizarr schief, dennoch wirkte er auf ungehobelte Art gutaussehend ... wie ein sehr junger Cowboy. Dorothea hatte einen schmuddeligen Studenten erwartet, zerrissene Jeans, ein ungewaschenes T-Shirt, aber Sebastian Neham trug saubere senfgelbe Shorts, ein weißes Hemd und Flipflops. Dorothea musterte ihn genau. Kein Schmuck außer einem Ring und einem Freundschaftsband, das so aussah, als habe es ein zehnjähriges Mädchen für ihn geknüpft. Dunkle Augenringe. Verkatert. Er hatte in der Nacht zuvor gearbeitet oder mit seinen Mitbewohnern gefeiert.

Das winzige Mansardenzimmer überraschte Dorothea ebenfalls. Es war spartanisch eingerichtet, aufgeräumt. Der Student setzte sich auf die gefaltete Bettdecke, bot Dorothea keinen Sessel an.

»Geht es schon wieder um Vogel?« Nehams Stimme war höflich, aber sein Kinn zitterte, und seine Pupillen verengten sich.

Es war keine mürrische Langweile, sondern blanker Zorn. Dorothea betrachtete ihn eingehend. Aus irgendeinem Grund hatte Sebastian Neham ein Problem mit dem Journalisten.

»Ich habe der Polizei schon alles gesagt.« Dem schroffen Tonfall zufolge war er auch auf die Exekutive nicht gut zu sprechen, aber das traf auf einen Großteil der Bevölkerung zu.

»Kannten Sie Richard Vogel persönlich?«

»Nein.« Die Antwort kam schnell, hart – einem Baseball gleich. Dorothea war sich sicher, dass er irgendetwas verbarg. Sie wartete.

Er griff nach einem Zauberwürfel, begann, die kleinen Blöcke zu verdrehen. Seine Finger wirkten klobig und kurz wie die eines Holzarbeiters.

»Zeugen berichten, dass Sie dem Journalisten gegenüber nicht sehr freundlich waren.«

»Das Event war der blanke Horror.« Seine Hände beschäftigten sich unentwegt damit, die Position der Würfelsteine zu verändern. »Zu viele Snobs.« Dorothea betrachtete den jungen Mann, sah sich im Zimmer um. Sie wurde das Gefühl nicht los, dass sie irgendetwas Gravierendes übersah.

»Haben Sie studiert?«

Eine rhetorische Frage, der Student schnaubte verächtlich, sah Dorothea nicht an.

»Ja.«

Jäh schnappte sein Kinn nach oben. »Dann wissen Sie, wovon ich rede. Studenten brauchen immer Geld.« Er hob den Arm mit dem farbigen Drehpuzzle. »Ich hab den Aushang gesehen und mich beim Ballkomitee gemeldet. Habe nie vorgegeben, der perfekte Kellner zu sein.« Der Student widmete sich erneut dem Geduldsspiel. »Wissen Sie, wie es ist, sich eine ganze Nacht lang blöde Sprüche anzuhören?«

Dorothea seufzte. Ja, sie wusste es. Sie dachte an ihre Nachtdienste als einzige Frau mit drei Polizisten. »Hat Richard Vogel Sie in irgendeiner Weise belästigt?«

Sebastian Neham stierte sie unverwandt an, dann schüttelte er den Kopf. Im Nebenzimmer polterte ein Gegenstand schwer zu Boden.

»Fuck. Fuck. Fuck.« Lautstark folgte der Fluch des Heidi-Klum-Fans, der Dorothea die Tür geöffnet hatte.

»Fällt Ihnen irgendetwas ein, das uns helfen könnte, den Tod des Journalisten aufzuklären?«

Der Adamsapfel bewegte sich auf und ab, einen Moment lang sah Sebastian Neham so aus, als ob er weinen würde. Doch so schnell, wie er gekommen war, war der Augenblick vorbei. »Nichts Konkretes.«

»Haben Sie am Ball irgendetwas beobachtet, das Ihnen verdächtig vorkam? Ein Gespräch, jemand, der sich an einem Glas zu schaffen machte?«

»Nein. Nur die üblichen Ballszenen.« Er zuckte die Schultern. »Vogel hatte zu viel getrunken. *Alle* hatten zu viel getrunken.«

Dorotheas Haut kribbelte unangenehm, ihre Zunge fühlte sich taub an. Sie nahm ihr Mobiltelefon zur Hand, klickte auf ein Foto, das sie im Internet gefunden hatte. »Haben Sie *diesen* Mann gesehen?«

»Ja.« Sebastian Neham betrachtete Martin Grazer. »Er hat sich mit Vogel unterhalten.«

»Wissen Sie, worüber?«

Er hustete mehrmals und nickte dann.

»Haben Sie gehört, was die beiden besprochen haben?«

Er sah Dorothea lange prüfend an, dann hauchte er mehr, als er sprach: »Irgendetwas von Beweislage.«

Kapitel 31

Fliegerclub Kufstein Langkampfen. Dorothea musterte den Hangar, die Flugzeuge und die sandige Landebahn, die sich staubtrocken hinzog. Nur einzelne Grasbüschel hatten die Hitzewelle überlebt. In der Nachmittagssonne flimmerte die Luft gleißend, es roch nach Benzin und Diesel, in der Nähe erklangen Motorengeräusche.

»Mit hübschen Inspektorinnen unterhalte ich mich immer gern.« Martin Grazer kletterte aus dem Cockpit des Fliegers und kam auf Dorothea zu. In engen Jeans und weißem Hemd hätte der Landespolizeipräsident Robert Redford in einem Film über den Ersten Weltkrieg sein können. »Aber Sie müssen sich beeilen, junges Fräulein, mein Flugzeug steht bereit.« Er zwinkerte und der Duft, der in ihr entgegenströmte, kam Dorothea merkwürdig vertraut vor. »Sie können natürlich auch mit mir aufsteigen.« Seine Augen glitten charmant über Dorotheas Frisur, ihr Blusentop und den Wickelrock.

Dorotheas Magen zog sich zusammen. »Mir reicht die Aerodynamik in großen Maschinen völlig aus, ich möchte nur kurz mit Ihnen sprechen.«

»Sie sind eine Bekannte von Konstantin?« Er grinste vielsagend.

Die Sekretärin hatte ihn offensichtlich informiert. Dorotheas Herz sank. *Wenn Sie sich beeilen, erwischen Sie ihn noch, ehe er sich in die Höhe schwingt.* Die Sekretärin des

Polizeipräsidenten hatte am Telefon wohlwollend gegluckst. Aber erst, nachdem Dorothea Konstantins Namen erwähnt hatte.

»Worum geht es?«

»Ich habe einige Fragen zu dem Ball am letzten Samstag.«

»Sind Sie eine Mitarbeiterin von Konstantin?« Seine Augen verengten sich. »Ermitteln Sie in dem Mordfall von Richard Vogel?«

»Sozusagen.« Plötzlich kam Dorothea sich wie in einem Theaterstück von Samuel Beckett vor. Ihr wurde klar, wie absurd ihr Vorhaben war. *Er ist der Polizeipräsident. Dein oberster Vorgesetzter in Tirol. Was hast du dir dabei gedacht? Dass du ihm eine Frage stellst und er den Mord einfach gesteht?* Ihre Zunge presste sich hart an den Gaumen.

»Inspektorin Keusch, sagten Sie?« Grazers Stimme klang beifällig, aber er musterte sie eingehend. Kalte Tropfen liefen Dorothea über den Rücken. »Nun, Inspektorin Keusch, zu dem Mordfall kann ich Ihnen leider nichts sagen.«

Du musst den Stier bei den Hörnern packen. »Worüber haben Sie am Ball mit dem Journalisten gesprochen?« Grazer sah Dorothea lange an. Würde er leugnen, dass er mit Vogel gesprochen hat?

»Politisches Geplänkel.« Grazer betrachtete seine Schuhe, machte eine wegwerfende Geste. »Es ging um die Bürgermeisterwahl. Er wollte wissen, was ich von den Kufsteiner Kandidaten halte. Eine weibliche Kandidatin der konservativen Tiroler Partei? Andrea Untermüller an der Spitze von Kufstein? Für mich eine ausgezeichnete Option. Tradition und weibliche Innovation.«

Wieder zwinkerte er. Dorothea war überrascht. Die Worte der Yogatrainerin kamen ihr in den Sinn. *Im März wird der Rektor der Fachakademie für die Wahl zum Bürgermeister kandidieren.* Es war Dorothea entgangen, dass Kufstein schon im Wahlfieber für den nächsten Frühling war. Günther Schall mit einer innovativen Partei. Die Herausgeberin der *Kufsteiner Kaiserin* als Kandidatin der Schwarzen? Die unfreundliche Mode-Ikone als Bürgermeisterin? Sie vertrieb den Gedanken sofort. »Hat Vogel Sie zu einem Ihrer Fälle befragt?«

»Ich verstehe nicht, was Sie meinen.« Er verschränkte die Arme und trat einen Schritt zurück, definitiv auf der Hut. »Ich bin Polizeipräsident. Aktiv bearbeite ich keine Fälle mehr.«

»Hat Vogel Ihnen gegenüber einen Polizeiirrtum erwähnt?«

Und da war es. Das Flackern. Sein Oberkörper, der einen Nanomoment lang stillstand. Der Schock traf Dorothea völlig unerwartet. Schlagartig wurde ihr klar, wie sehr sie im tiefsten Inneren gehofft hatte, dass sich Erich Vogels Theorie nicht bewahrheitete.

Es gibt einen Polizeiirrtum, Konstantins Patenonkel weiß, wovon du sprichst. Übelkeit schwappte wie eine Welle über Dorothea, sie musste die Finger auf ihre Lippen pressen.

»Der einzige Irrtum, über den wir gesprochen haben, war die unglückliche Wahl der Kleidung, die einige Damen getroffen hatten.« Es war nur ein winziger Augenblick gewesen, nun hatte Martin Grazer sich wieder unter Kontrolle. Der Polizeipräsident lachte, ein attraktives, gewinnendes Lächeln. »Herr Vogel stimmte mir zu. Wie Sie sicher wissen, war der Journalist sehr modeaffin.« Er streckte zum Abschied seine Hand aus, das Gespräch war beendet. »Viel Glück mit Ihrer Ermittlung, Frau Inspektorin.« Er kletterte ins Cockpit. »Und halten Sie sich von meinem Patenkind fern. Er ist ein schlimmer Finger.«

Dorothea wartete, bis er die Maschine startete und sich in die Lüfte erhob. Dann drehte sie sich um und wanderte in Richtung Parkplatz. Sie öffnete die Tür ihres Autos, ließ die kochende Luft entweichen. Als sie sich ans Steuer setzte, verbrannte das Lenkrad fast ihre Finger. *Nur ein Flackern. Und doch: Er wusste, wovon du sprichst.* Dorothea war sich sicher. Sie nahm die Plastikhülle aus ihrer Umhängetasche und las die Botschaften, die in dem anonymen Brief an sie standen.

Richard Vogel hat versucht, einen Polizeiirrtum aufzuklären.

Schubertweg 5
Martin Grazer

Sie seufzte. *Du musst noch einmal zu dem verfallenen Haus. Es ist deine einzige Spur.*

Kapitel 32

Wie schon einige Stunden vorher, schallte die schrille Klingel an diesem Juninachmittag ungehört durch das verfallene Haus. Noch einmal drückte Dorothea den sperrigen runden Knopf, betrachtete das rostige Fahrrad, das von Brennnesseln überwuchert war, die wackelige Wäscheleine, die windschiefen Fensterläden. *Hier hat jahrelang niemand mehr gewohnt. Warum hat Richard Vogel diese Adresse in sein Notizbuch geschrieben?* Sie musterte die verwitterte Farbe. Keine Hausnummer. Dennoch. Es musste dieses Anwesen sein.

»Hallo? Ist hier jemand?«

Stille. Nur eine Hummel brummte aufdringlich neben ihr, folgte dem Geruch der Holunderdolden. Zögernd blickte Dorothea um die Ecke. *Undurchdringliche Wildnis.* Obwohl das Gebäude sich über zwei Stockwerke erhob, war es fast verschlungen von meterhohen Eichen, Eschen, Birken, Fichten und Kiefern. An den Stämmen, erstickt von Kletten und anderen Parasiten, hatten die Bäume das Dach und den Giebel in ihren Fängen, bis zum ersten Stock hüllten Haselnussstauden den Garten in tiefen Schatten, schluckten allen Sonnenschein. Kriechpflanzen, Dornen und Gestrüpp erstickten heimtückisch am Boden jegliches andere Pflanzenleben.

Dorothea atmete tief ein, beäugte zuerst das Geflecht von Nesseln und Stacheln, dann ihren Rock und die Slipper. Sehnsüchtig betrachtete sie die bemoosten Stufen, die zurück auf die Straße führten. *Es bleibt dir nichts anderes übrig.*

Sie bog einen struppigen Dornenbusch zur Seite und stach sich sofort ihren Finger blutig. Genervt hielt sie inne und sog das Blut aus ihrem Zeigefinger. *Stell dich nicht so an!* Sie atmete dreimal tief durch, wappnete sich gegen die prickelnden Stiche, bückte sich und schlüpfte durch das Dickicht zweier Nadelbäume.

Hinter ihr fügten sich die dichten Zweige nahtlos ineinander wie das Tor in eine andere Welt. Dorotheas Gefühl von Raum und Zeit verschwand. Sie war nicht mehr in Kufstein, sondern in einem magischen Garten, dessen geheime Verstecke niemand kannte. Es war merkwürdig kühl, der unheimliche Garten hatte seine eigenen Gesetze. Dornen rissen an dem taubenblauen Stoff, zerkratzen ihre Unterschenkel, Brennnesseln reizten ihre Haut, je weiter sie das Dickicht erkundete, desto dunkler wurde es.

Unter ihr knackten Äste und Zweige. Als Dorotheas Schuh an eine Schindel stieß, die vom Dach gefallen war, trugen Tausende Ameisen panisch weiße Eier hin und her, die winzigen Maden glichen. Ehe sie angeekelt zurückweichen konnte, griffen unsichtbare Finger nach ihrer Wange. Sie wollte schreien, biss sich auf die Lippen, als sie begriff, dass es ein Spinnennetz war.

Ihr Herz pochte bis zum Hals, sie kämpfte sich weiter durch das Buschwerk bis zur winzigen Lichtung vor der verfaulten Veranda. Verwittert, überwuchert von Wurzeln und bestückt mit ausrangierten Möbeln unter dunkelgrünen Planen. Eine Minerva-Nähmaschine aus Vorkriegszeiten offenbarte das Bild der Göttin der Weisheit und einen Leitspruch: *Meliora sunt bono inimica – Das Bessere ist der Feind des Guten.* Ein gelber Ball, eine rostige

Schubkarre, ein bröckeliger Gartenschlauch. Irgendwann hatten hier Menschen gelebt, aber sie waren längst fort.

Ein Geräusch im Unterholz erklang. Erschreckt fuhr Dorothea herum. *Nichts außer Reisig.* Als sie sich wieder nach vorn wandte, waren die zwei Augen da ... wie aus dem Nichts. Eine hässliche Fratze, schwarz mit gelblich-braunen Flecken, starrte sie an wie eine afrikanische Maske. Es dauerte einige Sekunden, bis Dorothea begriff, was es war.

Die Katze ließ ihre gelben Augen nicht von Dorothea, rührte sich nicht vom Fleck, auch nicht, als Dorothea einige Schritte auf sie zuging. Sie wölbte ihren Rücken, fauchte, bereit, Dorothea anzuspringen. Beklemmung stieg in Dorothea auf, ihr Nacken kribbelte unangenehm. *Warum flieht das Tier nicht?* Plötzlich verstand sie. Irgendwo in der Hecke musste die Katzenmutter ihre Jungen haben, und sie war gewillt, sie zu verteidigen.

Dorothea wich einige Schritte, schloss die Lider. Unsichtbare Hände. Afrikanische Masken. *Deine Angst spielt dir einen Streich.* Sie schnaubte, ärgerte sich über ihre Fantasie. *Du bist Polizistin. Reiß dich zusammen. Hier leben nur Wespen, Maden, Ohrschlüpfer. Unappetitliche Kriechtiere.* Die Erkenntnis half nicht, im nächsten Moment juckte ihre Haut erbarmungslos.

Durch das Dickicht drangen Motorengeräusche, die Veranda hatte früher stolz auf die Straße geblickt. Dorothea betrachtete das morsche Holz, die abgeblätterte Frontseite des Hauses, die zwei Erker und den Balkon hoch oben. Ihr Blick blieb an einem blauen Schild hängen. *Schubertweg 5. Zu den drei Kiefern.* Wie viele alte Villen hatte das Anwesen einen Hausnamen. Richard hatte etwas über Kiefern gesagt. Die Worte der Yogatrainerin. Der Journalist war hier gewesen. Irgendetwas musste hier zu finden sein.

Im nächsten Moment spürte sie das Beben neben sich, roch den grauenvollen Gestank. Die Angst schwappte wie eine Welle über Dorothea. Panik schnürte ihr die Kehle zu, noch ehe sie die erhobene Hacke sah.

Kapitel 33

»Miese Ratte.« Der Mann hatte die Hacke in der Hand, drohend. Dorotheas Herz pochte gegen ihren Hals. *Bleib ruhig*. Verzweifelt versuchte sie, den verwahrlosten Mann einzuschätzen. Ungewaschenes graues Haar, das in Fetzen um seine Schultern hing, schiefe, gelb-braune Zähne, eingefallene Züge. Er war hager und dürr, die Art von Abmagerung, die jahrelange Alkoholkrankheit und Drogensucht mit sich brachte. Zerschlissene Kleidung, speckige Schuhe, der bestialische Gestank nach billigem Wein und Schnaps. Geschätztes Alter: fünfundsechzig. Tatsächliches Alter: fünfundvierzig. Er glich den Obdachlosen, die Dorothea tagtäglich in ihrer Polizeiroutine sah.

Mit einem Mal fühlte Dorothea sich hilflos. Die Sucht ließ die Menschen nicht nur altern, sie nahm ihnen auch jede Würde, ließ sie in einer Anonymität versinken, in der es keine Individualität mehr gab.

Dorothea atmete tief durch, streckte beschwichtigend ihre Hände aus. »Bitte beruhigen Sie sich. Ich wollte Sie nicht erschrecken. Ich bin Inspektorin Keusch von der Stadtpolizei Kufstein.« Sie deutete auf ihre Umhängetasche. »Ich habe einen Ausweis.«

»Bullen.« Er lallte. »Ihr sollt alle verrecken.«

»Können Sie mir Ihren Namen nennen?«

»Hab nichts getan.«

»Ich bin nur hier, um Ihnen einige Fragen zu stellen.«

»Rede nicht mit Schweinehunden.«

»Ich bin nicht hier, um Sie zu verhaften.« Dorothea sprach langsam, bedächtig. »Kennen Sie Richard Vogel?«

Plötzlich begann der Mann zu schreien. Die Laute, die er hervorstieß, klangen wie »Lügner, Verräter«, doch Dorothea war sich nicht sicher. Sie wich einen Schritt zurück. *Ändere den Kurs.* »Sagt Ihnen der Name Martin Grazer etwas?«

Erneut brüllte der Mann, dröhnender, eindringlicher. Auf dem Nachbargrundstück wurde eine Tür geöffnet. Von keiner Seite sah man auf das Dickicht zu, dennoch wollte Dorothea nicht riskieren, dass jemand ihre Kollegen rief. *Wie willst du Fuhrmann erklären, warum du dieses Grundstück betreten hast? Wie du auf diese Adresse gestoßen bist?*

»Hören Sie, es tut mir leid. Ich wollte Sie nicht verängstigen. Es geht um den Mord an einem Journalisten. Wir haben Verbindungen zu diesem Gelände gefunden. Falls Sie etwas wissen, rufen Sie mich an!«

Sie nahm Bleistift und Notizbuch aus ihrer Umhängetasche und schrieb ihren Namen sowie ihre Telefonnummer auf ein Blatt. Sie streckte ihre Hand aus, doch der Mann stierte sie nur mit glasigen Augen an. Sie beugte sich nach vorn, ohne ihn aus den Augen zu lassen, und legte den Zettel auf die morschen Bodenbretter der Veranda. Dann tastete sie sich vorsichtig durch das Gestrüpp zurück. In ihren Haaren verfingen sich Spinnweben, Ameisen wimmelten über ihre Zehen, eine Made fiel in ihr Haar. Sie wagte es nicht, dem Mann ihren Rücken zuzukehren, auch nicht, als er die Hacke neben sich legte und die Katze hochhob.

Kapitel 34

Eine halbe Stunde später stand Dorothea immer noch unter Strom. Der Schreck, den ihr der Obdachlose eingejagt hatte, saß ihr tief im Nacken. *Drei Kiefern. Die seltsame Katze. Die Hacke.* Die bizarre Begegnung mit dem verwahrlosten Mann kam ihr unwirklich vor, surreal, wie eine Folge von *Twin Peaks.*

Auf ihrer Dachterrasse ließ Dorothea sich auf dem warmen Teakholz nieder. Wehmütig *inspizierte sie einen Riss in dem neuen Wickelrock,* sog den Duft ihrer *Spaghetti all' arrabbiata* in der Abendluft ein und wartete darauf, dass sich die Anspannung in ihrem Körper endlich legte. Sie lehnte sich zurück und sog die Luft ein. Um acht Uhr abends herrschte auf ihrer Dachterrasse nur noch mäßiges Treiben. Eine Hummel umkreiste die Blüten des Lavendels, zwei Bienen summten durch das Labyrinth der Terrakottatöpfe. Die Elstern, die hoch in dem Kirschbaum ihr Nest gebaut hatten, schwiegen, nur Blasmusiktöne wehten vom unteren Stadtplatz in Kufstein zu ihr herüber. Elton John. Es war Mittwoch. Die Saison der Platzkonzerte hatte begonnen.

Hakuna Matata. It means no worries. It's a problem-free philosophy. Der König der Löwen. Pumbas Weisheit, Timons Rat. *No worries.* Wie sehr wünschte Dorothea sich das. Vergeblich. In ihrem Kopf wirbelten die Gedanken durcheinander. *Fuhrmann. Konstantin. Der Arzt. Der Vater des Journalisten. Der Kellner.* Im Geist ging sie alle Gespräche durch, die sie an diesem Tag geführt hatte. *Der Polizeipräsident. Und schließlich der betrunkene Obdachlose.* Sie schob eine Gabel Spaghetti in den Mund, aber die frisch gekochte Pasta schmeckte nicht al dente, sondern wie Pappe. Wenigstens ihr Eistee war gut. Erfrischend und herb, mit einer leichten Note von Zitronenmelisse. So, wie sie ihn mochte.

Die Kopfschmerzen, die seit Tagen hinter Dorotheas Stirn pochten, meldeten sich trotzdem. Sie schloss die Lider, lehnte ihre Schultern an die Mauer und strich sich über das Gesicht. *Nur noch neun Tage bis zur Prüfung. Und morgen musst du wieder zur Arbeit.* Ein eiserner Panzer schnürte ihre Brust ein. Zweihundertvierzig Seiten im Manuskript.

Der schrille Ton ihres Telefons unterbrach die Überlegung. *Unbekannte Nummer.* Wer rief um diese Zeit an? Die Presse? Die Reporterin? Fuhrmann hatte ihre Telefonnummer bestimmt nicht weitergegeben.

»Keusch.« Sie hörte die Unruhe in ihrer eigenen Stimme.

Rauschen, im Hintergrund entfernter Verkehrslärm. »Nicht überfahren.« Das Lallen war kaum zu verstehen, trotzdem erkannte Dorothea die Stimme. *Der Obdachlose.* »Hier spricht Inspektorin Keusch. Haben wir vor zwei Stunden miteinander gesprochen?«

»Bullenschweine.« Je lauter er zeterte, desto weniger konnte Dorothea die Sätze des Betrunkenen ausmachen. »Grazer ... Schwein ... Beweise gefälscht.«

Hier waren sie. Die Härchen auf Dorotheas Arm begann zu vibrieren. Elektrizität schoss durch ihren Körper. Die Worte, nach denen sie gesucht hatte. Die Worte, vor denen sie Angst gehabt hatte. Ihr Magen fühlte sich flau an, die Bank unter ihr schwankte plötzlich.

»Will mit dem Journalisten reden.« Der Obdachlose las keine Zeitungen.

»Können Sie mir Ihren Namen nennen?«

»Harry. Harry Kohler.«

»Herr Kohler, es tut mir sehr leid, aber Richard Vogel ist tot.«

Der wütende Schrei war so laut, dass Dorothea das Gerät vom Ohr nehmen musste.

»Bitte, beruhigen Sie sich.«

»Gesehen ... Susu.« Der Betrunkene gellte etwas Unverständliches, aufgebracht.

»Wer oder was ist Susu?«

Der Betrunkene ignorierte ihre Frage. »Bullen ... mir ... angehängt. Schweinesystem. Wichser. Alle zusammen.« Immer mehr geriet er in Rage, das Gestammel klang nach einer Aufzählung von Schimpfwörtern. Wie hatte er es geschafft, ihre Nummer zu tippen?

Einen Augenblick lang erwog Dorothea, zu dem verwilderten Anwesen zurückzukehren, doch jede einzelne Faser in ihrem Körper sträubte sich dagegen. *Du weißt nicht mal, ob er noch in dem Garten ist. Selbst wenn, was willst du heute erreichen? Er ist so betrunken, dass er dir nichts Vernünftiges mehr sagen kann. Bis du dort ankommst, ist es dunkel. Willst du dich mitten in der Nacht mit ihm unterhalten?*

»Herr Kohler. Ich melde mich morgen bei Ihnen.« *Morgen? Du hast Dienst. Du kannst nicht einfach aus der Polizeistation verschwinden. Fuhrmann wird wissen wollen, wohin du gehst.* »Versuchen Sie«, sie biss sich auf die Lippen, »zu schlafen.«

»Bullenschweine.«

Sie gab ihrer Stimme einen besänftigenden Klang. »Bitte, beruhigen Sie sich.«

»Bullenschweine.«

»Ich lege jetzt auf. Ich komme morgen nach Dienstschluss zu Ihnen.«

Sie atmete aus, als wieder Stille herrschte. Trotz der abendlichen Hitze auf ihrer Dachterrasse fröstelte sie. *Nicht überfahren. Beweise gefälscht.* Worum ging es hier? Um Fahrerflucht? Was hatte Konstantins Patenonkel damit zu tun? Fieberhaft überlegte sie. Sollte sie Konstantin anrufen? Ihm eine Nachricht schreiben? Sie griff zum Telefon, legte es wieder hin. *Hör dir erst an, was der Obdachlose zu sagen hat.*

Sie nahm ihren Teller wieder zur Hand, aß die lauwarmen Spaghetti. Als sie sich über ihre Unterlagen beugte, spielte die Blasmusik *Circle of Life.*

Kapitel 35

Um halb neun Uhr morgens war es im Büro bereits unerträglich heiß, die Polizeiuniform klebte an Dorothea, es roch nach Druckerschwärze und erhitztem Plastik. Kopfschmerzen hämmerten gegen ihre Stirn. Sie schloss die Lider, presste ihre Finger darauf. Am Abend zuvor hatte sie nur noch wenige Seiten durchgeackert. Vierzehn Stunden später kam ihr die Begegnung mit dem obdachlosen Harry Kohler unwirklich vor.

Vorsichtig sah sie sich in der Polizeistation um, zwei Kollegen senkten den Kopf, ehe Dorothea ihnen in die Augen sehen konnte. Nicht ungewöhnlich. Sie war nie beliebt gewesen. Aber seit sie sich im Jänner Fuhrmanns Anweisungen widersetzt und eigenmächtig in einem Todesfall ermittelt hatte, mieden die meisten Kollegen sie wie eine Aussätzige. Niemand mochte Einzelkämpfer, und keiner wollte den Vorgesetzten zum Feind.

Harald Kohler. Sie straffte ihre Schultern, tippte vorsichtig die elf Buchstaben in die Suchleiste der Datenbank. Ihre Finger zitterten, Beklemmung zwängte einen Keil in ihr Brustbein. *Möchtest du wegen Amtsmissbrauch angeklagt werden?* Fuhrmann konnte nachvollziehen, welche Recherchen sie anstellte. *Deine Anfrage ist unberechtigt. Illegal. Strafbar.* Die Worte prasselten wie Hagel auf sie ein.

Im elektronischen Informationssystem Daten abzufragen, die nicht in Zusammenhang mit Fällen standen, die man selbst bearbeitete, war strengstens verboten. *Zu Recht.* Nicht ohne Grund gab es scharfe Kontrollen. Freiheitliche Polizisten, die illegal ihre politischen Gegner überwacht hatten. Spitzelaffären. Exekutivbeamten, die Ex-Freunde ihrer Lebensgefährtinnen ausspionierten. Es gab genug Polizeibeamte, die das System in der Vergangenheit missbraucht und zweifelhafte Berühmtheit in Österreich erlangt hatten.

Dorothea löschte den Namen wieder. Dann begann sie erneut zu tippen. *Du spionierst keine Gegner aus, keine Ex-Freunde. Du versuchst, einen Mord aufzuklären. Wie sollst du sonst an Informationen kommen?* Ihre Finger flogen über die Tastatur.

Harald Kohler. Enter. Sie fixierte den Bildschirm.

»Dorothea. Mein Büro. Sofort.«

Der Befehl vom Ende des Ganges traf Dorothea wie ein Blitz und versengte ihre Kopfhaut. *Fuhrmann.* Er stand im Türrahmen, sein Schnauzer bebte. Ihre Fingerkuppen waren sperrig und unbeholfen und losgelöst von ihrer Hand. Erst beim vierten Versuch gelang es ihr, auf das kleine X im oberen Eck des Bildschirms zu klicken.

Hat Fuhrmann dich überwacht? Kann er sehen, was du gerade in den Computer tippst? Die Fragen jagten durch Dorotheas Gehirn, ihr Blut brodelte. Winter wie Sommer war es in Fuhrmanns Büro stickig und heiß, aber als Dorothea an diesem Donnerstagvormittag hinter dem Chefinspektor den Raum betrat, schritt sie durch das Tor der Hölle und landete direkt im Fegefeuer. Wie hielt der Chefinspektor es hier nur aus? Schweißtropfen unter seinen Achseln, auf seiner Stirn. Ihm war es gleichgültig.

Und sie hatte andere Sorgen als Fuhrmanns Ausdünstungen.

»Heute schon die Schlagzeilen gelesen?« Fuhrmann hob eine Zeitung von der Schreibtischunterlage, warf sie wieder hin.

»Nein.« Dorothea merkte, dass sie die Luft angehalten hatte. Sie stieß den verbrauchten Sauerstoff erleichtert aus und entspannte sich ein wenig. *Warum bist du so paranoid? Es geht nicht um deine Anfrage in der Datenbank. Fuhrmann ist nicht Big Brother.*

Erst dann registrierte sie die Worte ihres Vorgesetzten. Seinen seltsamen Tonfall. Fuhrmann sah sie nicht an, ging zum Fenster und steckte die Fäuste tief in die Hosentaschen. Seine Geste, wenn er erbost war. *Die Reporterin?* Eine Welle sengender Angst flutete über Dorothea. Vorsichtig näherte sie sich dem Schreibtisch. Sie schaffte es, hob das Nachrichtenblatt auf.

Mord an Journalisten nach wie vor ungeklärt – LKA am Ende seiner Weisheit?

Höhnisch tanzten die riesigen Buchstaben im Fettdruck auf dem Papier.

Dorothea überflog den ersten Absatz.

Tappt im Dunkeln … keine Festnahme … konkrete Hinweise fehlen … Schon im Jänner gelang es der Mordkommission nicht, den Tod einer Schülerin aufzuklären.

Als sie zu diesem letzten Teil des Berichts kam, setzte ihr Herzschlag einen Moment lang aus.

Erst eine Kufsteiner Polizeibeamtin konnte den Fall lösen ... Zu der Frage, ob diese Beamtin auch in die aktuellen Ermittlungen eingebunden ist, wollte das LKA sich nicht äußern.

»Die Mordkommission ist unfähig. Alle Polizisten sind unfähig. Nur Dorothea Keusch nicht.« Ihr Vorgesetzter starrte aus dem Fenster, drehte sich nicht um. »*Das* ist die Botschaft.«

Dorothea war verblüfft. Fuhrmann war normalerweise nicht sehr geschickt darin, zwischen den Zeilen zu lesen. Diesmal schon. Sie harrte aus, das Blut pochte in ihrem Hals. Fuhrmann hatte recht. *Inkompetent.* Das Adjektiv war nicht zu lesen, aber unterschwellig schwang es mit.

Inspektorin Dorothea Keusch. Noch einmal suchte sie den Text nach ihrem Namen ab, panisch. Nein. *Du bist nicht namentlich erwähnt worden.* Nur ein schwacher Trost. Sie wartete darauf, dass Fuhrmann zu toben begann. Zu wüten. Zu schreien. Nichts. Noch immer betrachtete er den Verkehr, die rotblonden Haare in seinem Nacken zitterten.

»Josef, ich war das nicht.« Dorothea war verstört darüber, dass sie es war, die die unerträgliche Stille brach. »Ich habe nicht mit der Presse gesprochen.«

Er hob seine Hand, ohne sich umzudrehen. »Ich habe mir meinen Posten hart erkämpft. Durch echte harte Arbeit. Nicht durch miese Tricks.« Seine Stimme war gefährlich ruhig, Dorothea widerstand der Versuchung, einen Schritt zurückzuweichen. »Ein Team zu leiten ist so schon schwierig genug. Und was ich nicht brauche, sind Anrufe von der Pressestelle, darüber, dass ich meine Mitarbeiter nicht im Griff habe.«

Und sie verstand. Hier wurde Fuhrmanns größte Angst getriggert: die Kontrolle zu verlieren.

»Du magst klug sein, Dorothea, alles wissen, alles sehen, ein fotografisches Gedächtnis haben. Aber ich war schon in diesem Job, als du noch in die Windeln gemacht hast.«

Dorothea kannte die Predigt. *Jeder Widerspruch verschlimmert die Lage, also halt die Klappe.*

»Glaub mir, Dorothea, ich bin noch hier, wenn du schon lange keine Polizistin mehr bist. Du wirst es nie zur Mordkommission schaffen. Dafür sorge ich. Und wenn ich mit dem Polizeipräsidenten höchstpersönlich reden muss.«

Es war nur eine leere Drohung. Aber die Panik flatterte in ihr wie ein riesiger Vogel. Sie musste ihre Strategie ändern. *Erzähl ihm von Grazer. Von deinem Verdacht.* Sie verwarf die Idee. Ihr Vorgesetzter konnte das LKA, die Mordkommission, Konstantin nicht ausstehen, aber er war ein Herdentier, er folgte der schwarzen, der kosmischen Tiroler Ordnung. *Sag etwas. Irgendetwas.*

»Josef, ich …« Sie hatte ein helles Rauschen in den Ohren, der Raum hing merkwürdig schief.

»Spar dir deine Ausreden.« Endlich wandte sich der Chefinspektor um. »Ich will dich nicht mehr in meinem Team haben. Ich brauche keine Mitarbeiterin, die immer das tut, was sie will. Die sich nicht in ein Team fügen kann. Ich brauche keine Mitarbeiterin, die mir in den Rücken fällt.«

Ein schrecklicher Gedanke schoss durch ihren Kopf. »Du entlässt mich?« *Blödsinn. Das kann er nicht ohne Grund.* Doch die Furcht war stärker als ihre innere Stimme.

»Damit du gleich wieder zur Presse rennst?« Er lachte auf, kurz, hart. »Und einer dieser Besserwisser mich durch den Kakao zieht? Irgendetwas über die Rechte von Frauen daherredet? Nein.« Er stütze sich auf den Schreibtisch, beugte sich nach vorn. »Ich habe einen Rat für dich. Einen gut gemeinten Rat.«

Kein Rat. Ein Ultimatum.

»Such dir einen neuen Job: Fang ein weiteres Studium an, bewirb dich als Security in einer Parfümabteilung, pflanz Bäume im Regenwald.« Wie aus weiter Ferne drang Fuhrmanns Stimme an ihr Ohr. »Es ist mir einerlei.« Er setzte sich an seinen Schreibtisch. »Du passt nicht in diese oder in irgendeine andere Dienststelle.« Er warf die Zeitung in den Papierkorb. »Und komm nicht auf die irrwitzige Idee, irgendetwas davon der Presse gegenüber zu erwähnen.«

Sein Versuch, einschüchternd zu wirken, scheiterte kläglich. Und doch war der Raum mit einem Mal leer, trostlos. Aus unerfindlichen Gründen trafen Fuhrmanns Erschütterung und Enttäuschung Dorothea viel härter als jede Drohung.

Kapitel 36

»Kollegin Keusch beehrt das niedrige Fußvolk mit ihrer Anwesenheit im Büro?« Speckner lehnte sein massives Hinterteil an Dorotheas Schreibtisch, in der Hand eine in Plastikfolie eingehüllte Fleischkäs-Semmel. »Wo unsere Miss Marple doch so wichtig ist.« Ihr unausstehlicher Kollege wickelte die Jause aus, das beschichtete Papier raschelte. Wie üblich umgab auch ihn schon am Vormittag eine unangenehme Dunstglocke aus scharfem Schweiß.

Dorothea unterdrückte den Reflex, Speckner anzuherrschen. Niemand entsprach mehr dem Stereotyp eines dümmlichen Dorfpolizisten als er. Und doch hatte er die Fähigkeit, genau zu wissen, in welche Kerbe er schlagen musste. *Miss Marple.* Sie hasste diesen Spitznamen. Zugegeben. Agatha Christies Figur war genial. Liebenswürdig, intelligent und scharfsinnig. Aber in jungen Jahren schon mit einer zerbrechlichen alten Jungfer verglichen zu werden fand Dorothea keineswegs schmeichelhaft.

»Du bist ja praktisch schon ein Mitglied der Mordkommission.« Speckners Ton war provokant und boshaft. Höhnisch grinsend biss er in seine Semmel und kaute mit offenem Mund.

Dorothea schluckte. Ein abscheulicher Geschmack lag auf ihrer Zunge. *Er hat den Artikel gelesen.* So wie sicher neunzig Prozent der Leute in der Polizeistation. Die Gewissheit erdrückte sie, plötzlich fühlte sie sich nackt und bloß. Und den übrigen zehn Prozent hatte Speckner davon erzählt. Ob sie es hatten hören wollen oder nicht.

Ihre Finger zitterten. Sie legte sie auf ihre Oberschenkel und zwang sich, ruhig zu bleiben. *Ignorier ihn einfach. Du hast andere Probleme.* Über den Rand der Fleischkäs-Semmel hinweg brannte Speckners Blick sich in ihre Stirn, als wollte er ihre Gedanken lesen.

Du musst ihn loswerden. Sie strich über ihre Uniformhose. Der Stoff war rau, sperrig. »René, tut mir leid, aber ich muss jetzt sehen, was noch ansteht.«

»Ach ja, hatte ich ganz vergessen.« Er ließ nicht locker. »Unsere Kriminalamtsanwärterin ist ja schwer beschäftigt und hat seit Beginn der Schicht dafür gesorgt, dass alle Drei-Käse-Hochs über den Zebrastreifen kommen.«

In der dampfenden Morgensonne. Dorothea schloss einen Augenblick lang ihre Augen. Sie wollte schreien. Sie hasste Speckner. Sie hasste den Zebra-Streifen-Dienst, zu dem Fuhrmann sie nun tagtäglich eingeteilt hatte.

In der Unterwelt musste das die Sisyphus-Strafe für Polizisten sein: Nicht fortwährend einen Stein den Berg hochrollen, der jedes Mal wieder herunterpolterte, sondern im Tartarus in ewiger Langeweile Volkschulkinder über die Straße geleiten.

»Ich muss mich jetzt wirklich meiner Arbeit widmen.«

Speckner zog einen Schmollmund, kapitulierte. Er gab vor, ihre Bemerkung nicht gehört zu haben, und rülpste. »Wie auch immer, *ich* habe keine Zeit mehr zum Plaudern. Meine Akten rufen.« Die zerknüllte Folienkugel verfehlte den Müllkübel, er ließ sie liegen und peilte seinen eigenen Schreibtisch an. »Außerdem muss ich den Bericht über den nutzlosen Sandler schreiben, der krepiert ist.«

Eine stählerne Hand legte sich um Dorotheas Kehle, drückte zu. Es war nicht nur Speckners Formulierung. »Ein toter Obdachloser?« Es kostete sie jegliche Energie, die sie aufbringen konnte, beiläufig zu klingen.

»Die Meldung ist reingekommen, während du beim Schuldienst warst. Manche von uns haben wichtige Aufgaben.«

»Was genau ist passiert?« Ihre eigene Stimme klang hoch und unnatürlich in ihren Ohren.

»Was soll schon passiert sein?« Speckner schnaubte. »Er hat sich totgesoffen. Wie nennt man das so schön? Abhängigkeitssyndrom. Ist im Suff vom Balkon eines baufälligen Hauses gefallen – vom zweiten Stock – und unsanft auf einer rostigen Schubkarre gelandet.« Wieder schnaubte der Polizist. »Im Winter erfrieren sie wie Ungeziefer, im Sommer saufen sie sich zu Tode. Ideal. Ein Ärgernis weniger für uns, ein Faulpelz weniger zum Durchfüttern für den Steuerzahler. Beschissen ist nur, dass ich einen Bericht darüber schreiben muss.«

»Wo hat man ihn gefunden?« Dorotheas Halsschlagader pochte unheilvoll.

»Am Schubertweg. Auf irgendeinem verlassenen Anwesen.« Speckner machte eine wegwerfende Geste. »Mit einem bescheuerten Namen.« Seine schmierigen Finger nahmen den Zettel vom Schreibtisch.

Noch ehe er die vier Worte aussprach, drehte sich der Raum um Dorothea.

»Zu den drei Kiefern.«

Kapitel 37

»Gehen wir baden?« Konstantin grinste und zwinkerte ihr zu. Vor ihnen funkelte der Hechtsee in der Sonne, die Vögel zwitscherten, Hummeln brummten, und unter dem Blätterdach roch es nach Moos und warmer Erde. »Trägst du unter deiner Uniform einen Badeanzug? Bikini? Schwimmen wir nackt?«

Nichts wollte Dorothea mehr, als an diesem Vormittag Konstantins Scherze zu genießen, doch sie wusste, dass der Schein trog. Konstantin mochte leicht und sorglos klingen, aber seine Beine tänzelten im Gras von einem Fuß auf den anderen, und seine Pupillen glitten unruhig hin und her. Er war nervös und fahrig, hatte Angst davor, was sie ihm zu berichten hatte.

Gedächtnisverlust. Alles zu vergessen, was sie in den letzten Tagen herausgefunden hatte. Den Tod des Obdachlosen. Den anonymen Brief. Die Verbindung zu seinem Taufpaten. Schwer wie nasse Sandsäcke. Dorothea wollte den Sand ausleeren, zurück in den Fluss werfen.

Sie schloss die Augen. Wie wäre es, Konstantins Hand zu nehmen? *Ein romantischer Spaziergang.* Ein lauschiges Plätzchen, fernab vom Strandbad. In den See waten. Mit Konstantin baden. Sie konnte das kühle Nass und die Sonnenstrahlen auf ihrer Haut spüren, schmeckte das Salz auf seinen Lippen. Einen Moment lang ließ sie es zu, genoss die Vorstellung. *Wunschdenken. Reine Utopie.* Die innere

Stimme war hart. Erbarmungslos. Sie öffnete ihre Lider und merkte, dass Konstantin sie beobachtete.

Er bückte sich, pflückte eine Margerite für sie. »Also kein stimmungsvolles Tête-à-Tête?«

Hilflos betrachtete sie die weiße Blüte. »Ich bin im Dienst.« Sie merkte, wie blechern ihre Stimme tönte. »Vor zwei Wochen haben Speckner und ich hier einen Drogendealer befragt.« Sie deutete auf das Hotel, das in ein Haus mit billigen Unterkünften umgewandelt worden war. »Auf diese Weise kann ich meinem Kollegen erzählen, dass ich noch weiterrecherchiert habe.« Sie verstummte. Sie hatte eine unverständliche Erklärung gemurmelt und war aus der Polizeistation verschwunden. Konstantin und sie wussten beide, dass ihr die Ausrede nicht helfen würden. Dorothea hielt inne, das Bild einer hübschen Dunkelhaarigen stieg vor ihr auf. »Was hast du deiner Kollegin gesagt?«

»Dass ich einen Spaziergang machen muss.« Er schnitt eine freche Grimasse. »Um einen klaren Kopf zu bekommen.«

Genauso unglaubwürdig. Dorothea hob zweifelnd die Augenbrauen, trotz allem musste sie plötzlich schmunzeln. Galgenhumor. Niemand, der Konstantin kannte, nahm ihm eine solche Erklärung ab. Extrem-Canyoning. Klettern. Downhill-Biken. Vielleicht noch joggen. Aber spazieren gehen? Nein.

»Was hätte ich sonst sagen sollen? Dass mich eine wunderschöne Frau zu einem Date eingeladen hat?« In seinem Charme lag erneut der merkwürdige Unterton. *Angst?*

Dorotheas Neuronen wirbelten verdrossen im Kreis. Warum musste sie es sein, die die Hiobsbotschaft überbrachte?

Nebeneinander erklommen sie den Waldpfad. Er schlängelte sich kühl und schattig rund um das Gewässer, es war noch ruhig. Erst am Nachmittag tummelten sich Tausende Badende im kühlen Nass, quietschten Kinder vor Vergnügen im Strandbad, lärmten Jugendliche, während sie Tischtennis und Beachvolleyball spielten. Jetzt, um zehn Uhr morgens, umrundeten Jogger und Mütter mit Kinderwagen den See, Pensionisten schwammen ihre obligatorische Runde.

Einige Minuten lang wanderten sie stumm nebeneinander her und kletterten den Steig zum Ufer hinunter. In schimmernden Wellen brachen sich die Sonnenstrahlen im See, ließen die Steine am Grund beben.

»Ich ...« Dorothea betrachtete die Margerite, sie musste sich räuspern, ehe sie ihren Bericht begann.

Konstantin knickte Grashalme, hob Kiefernzapfen und Stöcke auf, warf sie in den See, preschte den gewundenen Pfad direkt zum Wasser hinunter. Aber er unterbrach sie nicht. Als sie geendet hatte, blieb er an einer seichten Stelle stehen. Dorothea fixierte die Kletterfelsen, die sich neben ihnen auftürmten, wagte es nicht, ihm in die Augen zu sehen. Eine stachelige Raupe bemühte sich, die groben Körner auf dem Weg zum Gras zu überwinden.

Konstantin hob einen Stein auf, prüfte, ob er glatt genug war, wog ihn in seiner Handfläche. *Sag irgendetwas.* Wie kochendes Wasser brodelte die Unruhe in Dorothea. Sie erlaubte sich keine Bewegung.

»Warum hast du mir nichts von dem anonymen Schreiben gesagt?« Die Enttäuschung in seiner Stimme prasselte wie Tausende Nadelstiche auf ihren Nacken ein.

»Es tut mir leid.«

»Der Brief ist ein Beweismittel.«

»Ich weiß.«

Minutenlang herrschte beklemmende Stille.

»Fuhrmann kann dich nicht zu einer Kündigung zwingen.«

Dorothea nickte, aber der Knoten in ihrem Magen verschwand nicht. Sie wartete.

»Du irrst dich.« Felsenfest. Standhaft.

Dorothea hob den Kopf, beobachtete Konstantin, der die Lippen zusammenpresste und das andere Ufer anpeilte. Sie wusste nicht, was sie erwartet hatte. Schock. Betroffenheit. Nicht das. Es war, als ob ein weißes Rauschen zwischen ihnen stand. Sie dachte an die Gespräche, die sie geführt hatten. Im Jänner. Die Treffsicherheit, mit der sie zusammengearbeitet hatten. Jetzt würde sie alles geben für diese Einheit, diese perfekte Kooperation. Die Blume in ihrer Hand schien jetzt schon welk, verdorrt.

Konstantin beäugte nachdenklich einen Stein in seiner Hand und schleuderte ihn, ließ ihn viermal über die Wasseroberfläche hüpfen. Er begab sich auf die Suche nach einem weiteren Geschoss.

»Dein Patenonkel wusste eindeutig, wovon ich rede.« Sie versuchte es erneut. »In dem anonymen Brief stand die Adresse dieses Grundstücks. Harald Kohler hat von gefälschten Beweisen gesprochen.«

Konstantin hielt inne und richtete sich auf. »Dorothea, du liegst falsch.« Er wirkte erschöpft. »Und mit deinen Spekulationen gefährdest du deine Karriere ... und auch meine.«

Plötzlich stieg unendliche Wut in Dorothea auf, irrational und unbändig. »Wenn es um *deine* Karriere geht, liegen die Dinge anders? Vogel hat nur von mir gewusst, weil ich im Jänner Nachforschungen angestellt habe. *Du* warst es, der mich damals zu eigenmächtigen Ermittlungen überredet hat.«

»Anfang des Jahres warst du meine einzige Chance. Die Untersuchungen waren bereits abgeschlossen – nein, Dorothea, bitte hör mir zu.« Konstantin redete schnell. »Diesmal ermittelt jemand in dem Mordfall. Ich. Meine Truppe und ich ... wir geben unser Bestes. Egal was die Zeitungen schreiben.«

»Das weiß ich.« Die Sandsäcke lagen auf ihrer Brust, nass und schwer. »Aber ihr habt keine Spur. Und meinen Hinweisen willst du nicht nachgehen.«

»Den anonymen Brief hat dir wahrscheinlich der alte Vogel geschickt.«

Warum sah Konstantin es nicht? »Das ergibt keinen Sinn. Was ist mit Harald Kohler? Wie erklärst du dir seinen Tod?«

»Er ist ein obdachloser Mann, der aus einem alten Haus gestürzt ist.«

»Konstantin?«

»Nein.« Er nagte an seiner Unterlippe. »Das kann ich nicht. Ich werde nicht gegen Martin ermitteln.«

»Siehst du nicht, dass es kein Zufall sein kann?« Die Sandsäcke drückten ihr die Luft ab, unerbittlich. »Wenn es irgendjemand anderes wäre, hättest du schon längst alle Fakten überprüft, wärst jedem Hinweis nachgegangen.«

»Aber er ist nicht irgendjemand anderes.« Konstantin nahm einen faustgroßen Steinbrocken, katapultierte ihn mit harter Wucht ins Wasser. »Er ist mein Patenonkel.« Die Wogen spritzen einen Meter hoch.

»Was macht dich so sicher, dass er nichts mit der Sache zu tun hat?«

»Du kennst ihn nicht.« Konstantin nahm ihre Hände in seine, sah sie an. »Du sprichst von einem Polizeiirrtum. Von zwei Morden. Martin ist ein guter Mensch, er ist ein guter Polizist. Und er ist bestimmt kein Mörder.« Wie Salz in einer Wunde brannte der Schmerz in seinen Augen. »Vertrau mir. Bitte!«

Die flehende Hoffnung in seinem Blick war noch schlimmer als die Sandsäcke, zerschmetterte ihren Brustkorb.

»Ich vertraue dir. Aber ich kenne die Fakten.«

Ein einziger langer Blick, dann zog Konstantin seine Hände zurück, wandte sich um und ging.

Dorotheas Lungenflügel waren zerschlagen, nahmen keinen Sauerstoff mehr auf. *Lauf ihm nach.* Ohnmächtig schloss sie die Augen, wartete, bis das quälende Hämmern in ihren Ohren verebbte. Dann hob sie die verwelkte Blüte auf und begann den einsamen Rückweg.

Kapitel 38

»Es kann dir egal sein, ob Martin Grazer etwas mit dem Mord an dem Journalisten zu tun hat oder nicht. Der Polizeipräsident ist nicht dein Problem.« Dorotheas Freundin Vera klopfte mit ihrem Messer auf die Zwiebel ein, als ob sie sie auf dem Holzbrett lynchen wollte. »Fahr zurück zur Polizeistation! Du bist im Dienst.«

Dorothea sog die seltsame Mischung ein, die zu Veras winziger Küche gehörte. Kardamom. Chai-Tee. Feuchte Hundehaare. Die Hitze verdichtete die Gerüche zu einer unerträglichen Dunstglocke, das Fenster ließ sich nur einen Spalt breit öffnen.

Mit ihren zwei Söhnen wohnte Vera seit Jahren in einem Wohnblock aus den Achtzigerjahren. Vollgepackt mit Kinderwagen, Schuhregalen und bröckeligen Wänden verhieß schon das Treppenhaus wenig Gutes. Die erdrückend kleine Mietwohnung hielt das Versprechen.

Vera gab sich Mühe, die Zimmer als Hippie-Behausung mit Ethno-Style darzubieten, doch bunte Traumfänger und Filzblumen änderten nichts daran, dass die niedrigen Räume düster waren und nach Moder müffelten. Die Überlegung, dass ihre Freundin sich keine andere Bleibe leisten konnte, bereitete Dorothea stets Unbehagen.

»Schmitt hat recht. Lass es bleiben!« Vera griff nach einer weiteren Zwiebel. »Der Obdachlose ist vom Balkon eines verfallenen Hauses gefallen. Ende der Geschichte.«

Veras Terriermischling sprang an Dorothea hoch, leckte ihre Finger. Bei dem Gedanken an die Bakterien auf Sams rauer Hundezunge wurde Dorothea übel, dennoch hütete sie sich, ihre Hand zurückzuziehen. Veras Hund war ihr Heiligtum. »Bitte, beantworte meine Frage.«

Vera hackte trotzig auf die Knolle ein. »Du kannst die Details im Computer nachsehen.« Grimmig nahm sie eine Karotte zur Hand.

»Das ist illegal ... und das weißt du.« Dorothea verschwieg, dass Fuhrmann sie bei ihrem ersten Versuch unterbrochen hatte. Nach dem Streit mit ihrem Vorgesetzten hatte sie keinen zweiten Vorstoß gewagt. »In Archiven alte Zeitungen durchzuackern würde Jahre dauern. Du bist Kufsteinerin. Weißt du etwas über Harald Kohler?«

Vera blickte nicht auf. »Ich will damit nichts zu tun haben.«

»Die Aussage über einen Polizeiirrtum. Der anonyme Brief. Vera, verstehst du nicht, es *kann* kein Zufall sein.«

»Verschwörungstheorien interessieren mich nicht. Ich will meine Karriere nicht noch einmal für dich aufs Spiel setzen.«

Dorothea biss sich auf die Lippen, sie wusste, worauf ihre Kollegin anspielte.

»Seit Jänner ziehst du Probleme an wie ein Magnet.« Vera sah noch immer nicht auf.

»Kannst du mir irgendetwas sagen? Irgendwie weiterhelfen?«

»Nein.« Plötzlich explodierte Vera. »Nein. Und noch mal nein. Was willst du eigentlich?«

»Das, was alle Polizisten wollen. Gerechtigkeit.« Warum musste sie Vera das erklären?

»Du hältst dich für die Verfechterin der Gerechtigkeit, glaubst an dieses Traumschloss. Wenn du dich in einen

Fall verbeißt, bist du wie ein Bluthund, lässt nicht mehr los. Wenn du der Meinung bist, dass du recht hast, gibst du hundert Prozent, machst wie ein Bulldozer alles andere platt, ohne nach links oder rechts zu sehen.« Vera redete sich in Rage. »Und vor allem ohne Rücksicht auf Verluste. Mein Job, dein Job, Schmitts Gefühle – nichts ist dir heilig außer diese moralische Instanz. Das Richtige tun. Du willst der ganzen Welt beweisen, wie herausragend du bist. Deinem toten Vater, Schmitt, der Mordkommission, deiner Mutter, aber vor allem dir selbst. Für dich zählt immer nur, was *du* denkst. Du kümmerst dich um niemand anderen.« Sie fuchtelte mit dem Messer herum.

Dorothea verhielt sich still. Was war nur mit Vera los?

»Gerechtigkeit? Woher willst du wissen, was Gerechtigkeit ist? Ich habe eine Frau gesehen, deren Lebensgefährte ihr ins Gesicht geschossen hat. Bei der Gerichtsverhandlung habe ich sie wiedergetroffen, Händchen haltend … mit ihm.« Sie wischte sich mit dem Handrücken über die Augen. »Einen Achtjährigen, der uns erzählt hat, dass sein Stiefvater ihm seinen Penis in den Mund gesteckt hat. Der Mann wurde freigesprochen. Aus Mangel an Beweisen. Gerechtigkeit.« Sie schnaubte. »Dass ich nicht lache.«

»Vera, hier geht es nicht um Kant oder Sartre, nicht um philosophische Überlegungen. Es geht um einen Mord.«

»Du willst in den Abgrund stürzen? Deine Entscheidung. Aber reiß nicht alle anderen mit.« Dorotheas Freundin verstummte, als eine Tür in der Wohnung geöffnet wurde. Eine Sekunde später wurde die Toilettenspülung betätigt.

Kapitel 39

Dorothea erstarrte. »Hast du Besuch?« Vera war in der Wahl ihrer Männer nicht sehr anspruchsvoll, die Überlegung, dass ein Wildfremder ihre Konversation belauscht hatte, jagte Dorothea trotz der Hitze einen kalten Schauer über den Rücken.

Vera schüttelte den Kopf. »Philipp.«

»Hat er frei?« Noch während Dorothea die Frage stellte, wusste sie, dass etwas nicht stimmte. Veras Sohn begann gerade eine Lehre, Auszubildende hatten sechs Monate Urlaubssperre. »Hat er ...?« *Seinen Job verloren?* Sie biss sich auf die Lippen und schluckte die Worte hinunter. Veras Gesichtsausdruck sagte ihr, dass sie ins Schwarze getroffen hatte.

Als der Teenager in die Küche schlurfte, änderte sich die Atmosphäre, wurde eiskalt. Zu den Gerüchen mischte sich der Gestank von kaltem Zigarettenrauch und abgestandenem Alkohol.

Philipp kam nach seiner Mutter, schlaksig, hochgewachsen, dunkle Haare. Schmales Gesicht. Intellektuell. Der Rumpf über den verwaschenen Boxershorts wirkte ausgewachsen, doch die Pickel am Hals zeigten, dass Veras Sohn die Pubertät noch nicht hinter sich hatte.

»Hallo, Philipp.«

Der Teenager erschrak, er warf Dorothea einen misstrauischen Blick zu, angespannt. »Morgen.«

»Morgen ist gut, es ist schon fast Mittag.« Vera blickte ihren Sohn gereizt an. Die beiden führten ein stummes Streitgespräch, das ohne Zweifel nicht für Dorotheas Augen bestimmt war. Der Achtzehnjährige öffnete den Kühlschrank, schnaubte verächtlich, schloss ihn und verließ die Küche.

»Wo gehst du hin?«

»Das geht dich nichts an.«

»Solange du unter meinem Dach wohnst ...«

Die Zimmertür knallte so laut zu, dass die Teller klirrten und Sam aufjaulte. Dorotheas Freundin wischte sich mit dem Handrücken die Haare aus der Stirn. Plötzlich liefen Tränen über Veras Wangen.

Dorothea fühlte sich hilflos. »Ich bin sicher, er findet einen neuen Job.«

»Das ist es nicht.«

»Was ist es dann?«

»Du würdest es nicht verstehen. Für dich gibt es nur Schwarz und Weiß.«

Dorothea war verwirrt. Sie hatte nur versucht zu helfen, aber nun entlud das Gewitter sich über ihr.

Vera hackte weiter, schnitt sich in den Zeigefinger und fluchte. »Ich kann nicht mehr. Jeden Tag wache ich auf und denke drüber nach, wie das alles weitergehen soll.« Weinend hielt sie ihren Finger unter kaltes Wasser.

»Vera, bitte, wenn es um Geld geht, ich kann dir helfen.«

»Du willst mir helfen? Dann bitte mich nicht, dich bei illegalen Recherchen zu unterstützen. Denk nach, Dorothea! Ist dir jemals in den Sinn gekommen, dass irgendjemand anderes was wissen müsste, wenn es tatsächlich einen Polizeiirrtum gäbe. Trinkwasserverunreinigung, sexueller Missbrauch bei den Erler Festspielen. Der Journalist hat Hunderte Reportagen geschrieben. Und du glaubst an einen Polizeiirrtum. Nur weil ein Tattergreis die Exekutive hasst.«

Ihre Freundin legte das Messer zur Seite, wischte sich mit dem Handrücken über die Nase. »Und selbst wenn es einen Polizeiirrtum gibt? Was dann? Jeder macht Fehler. So schwerwiegend wird er nicht gewesen sein, sonst hätte sich sicher jemand beschwert.«

Dorothea bekam das seltsame Gefühl, dass Vera nicht mehr über den Fall redete.

»Du willst den Tod deines Vaters aufklären? Dann sieh zu, dass du zur Mordkommission kommst.« Mit der linken Hand kippte Vera die gehackten Zwiebeln und Karotten in eine Pfanne. »Setz dich an deine Unterlagen, besteh deine Prüfung, bewirb dich. Und nimm nicht jede Gelegenheit wahr, um dich und deine Karriere zu sabotieren.« Sie warf die Zwiebelschalen und Karottenstrunke in den Abfall. »Und vor allem nicht meine.«

Kapitel 40

Die Tür fiel hinter Dorothea ins Schloss, mit einem leisen Klicken platzierte sie ihre Schlüssel auf der Kommode.

Ein bitter enttäuschter Konstantin. Eine frustrierte Vera. Fuhrmann, entrüstet. Zwölf Stunden im Dienst. Sie rieb sich die Schläfen, ging ihren Tag nochmals durch. Eine Jugendliche, die wie ein Vogel Strauß den Kopf in den Sand steckte und hartnäckig leugnete, einen Lippenstift gestohlen zu haben, obwohl es eine Videoaufnahme gab. Ein Betrunkener, der wie eine ganze Kiste Bier stank. Drei Anrufe ihrer Mutter.

Sie erwog, im Vorzimmer zu schlafen, weiter einen Fuß vor den anderen zu setzen war keine Option mehr. Die Kopfschmerzen hinter ihrer Stirn pochten wie Hammerschläge. Sie betrachtete die Sonne, die noch immer heiß vom Himmel brannte. Wie fühlte es sich an, nicht verschwitzt und klebrig zu sein? Sie hatte es vergessen, die Hitzewelle dauerte bereits viel zu lange an.

Als sie in die Dusche stieg, klingelte im Vorraum ihr Telefon. Konstantin? Die Hoffnung gab ihr einen fieberhaften Kick.

Nein. Hör endlich auf damit. Er ruft nicht an. Trotzdem tapste sie mit nackten Füßen aus dem Bad.

»Mama.« Die Enttäuschung traf sie wie ein Hieb.

»Warum bist du so gereizt?« Wie immer hatte ihre Mutter schon nach einem Wort ihren Gemütszustand richtig diagnostiziert.

»Kann ich dich später zurückrufen?«

»Das vergisst du dann wieder.«

Dorothea seufzte. *Bring es hinter dich.* »Was gibt es?«

»Ich war heute bei der Polizei.«

»Wie bitte?«

»Ich habe Anzeige erstattet.«

Dorothea hielt sich an der Kommode fest. Sie konzentrierte sich auf die Holzmaserung unter ihren Fingern und presste die Lippen zusammen, um nicht jeden Satz ihrer Mutter zu wiederholen.

»Gegen wen?«

»Gegen Tatjana natürlich.«

Tatjana? Wer war Tatjana doch gleich? Ach ja, die Reinigungsdame. Glut stieg in Dorothea auf, sengend. Zu spät merkte sie, dass ihre Mutter weiterredete.

»Du verteidigst sie immer, aber heute hat schon wieder eine Erstausgabe gefehlt, und ich bin mir sicher, dass ich sie gestern auf den Sekretär gelegt habe, und heute, nachdem die Putzfrau weg war, war sie fort.« Eine Endlosschleife an Worten. »Ich habe versucht, dich anzurufen, aber ich kann dich nie erreichen. Deshalb habe ich die Sache selbst in die Hand genommen.« Vorwurfsvoll. *Weil du mir nicht geholfen hast. Weil du nicht für mich da warst. Weil du keine gute Tochter bist. Weil du nach Kufstein gezogen und mich in Innsbruck allein gelassen hast.* Die unausgesprochene Anklage, bleiern und schwer.

»Ich bin zur Bushaltestelle gegangen, bin mit dem Bus zur Polizeistation gefahren und ...«

Normalerweise fand ihre Mutter immer tausend Ausreden, warum sie nicht mit dem Bus fahren konnte.

»... habe den freundlichen Beamten gesagt, was passiert ist.«

Das Holz drückte sich in Dorotheas Fingerkuppen. *Tief durchatmen.* »Mama, du musst morgen sofort zur Polizeistation gehen und die Anzeige zurückziehen. Sag ihnen, dass du das Buch gefunden hast.«

»Das werde ich nicht tun.« Entrüstet, pikiert, unbeeindruckt. »Natürlich hatten die beiden Beamten keine Ahnung, wie wertvoll so eine Erstausgabe ist. Ich musste ihnen erst erklären, wie kostspielig solche antiken Bände sind.«

Eine Welle des Zorns stieg in Dorothea auf, so mächtig, dass sie selbst erschrak. Mit einem Mal verstand sie Vera. »Kannst du dir vorstellen, was es für diese Frau heißt, bei der Polizei angezeigt zu werden?« Sie ließ die Kommode los, warf ihren Zopf nach hinten. »Hast du irgendeine Ahnung, wie schwer es ist, für dich eine Putzfrau zu finden? Du wohnst nicht in einem Haus, sondern in einem Altpapiercontainer.« Ihre Stimme wurde immer lauter, sie konnte nichts dagegen tun. »Ich habe es so satt. Die Berge von Zeitungen. Die Stapel von Magazinen. Horten. Horten. Horten. Du zeigst die Frau an, weil du glaubst, dass sie deine Bücher stiehlt? Du solltest ihr eine Medaille geben, weil sie überhaupt dein Haus betritt.«

»Dorothea, wie sprichst du denn mit mir?«

»Nach zwölf Stunden Dienst möchte ich in Ruhe duschen, mir ein Abendessen kochen. Ich möchte mir nicht anhören, dass meine Mutter irgendeine andere Frau für ihren Wahn verantwortlich macht. Kannst du dich nicht einmal wie ein erwachsener Mensch benehmen?«

»Dorothea, ich ...«

Hör auf! Die warnende Stimme in Dorotheas Kopf klang schrill, aber ihre Lippen führten ein eigenes Dasein, waren nicht mehr mit ihrer Vernunft verbunden. »Du hattest ein Leben, bevor Vater gestorben ist. Er fehlt mir auch. Es sind fast zwei Jahrzehnte vergangen. Und du verhältst dich immer noch wie ein trotziges Kleinkind. Reiß dich endlich zusammen!«

Ein schnelles Schnappen nach Luft. Stille. Unterdrücktes Schluchzen. »Gute Nacht, Dorothea.«

Noch ehe Dorothea etwas sagen konnte, ertönte das Klicken. *Du musst dich ins Auto setzen. Du musst zu ihr fahren. Dich entschuldigen.* Sie wartete auf die Reue, vergeblich. Ihr Körper gehorchte den Befehlen nicht. Sie schlug die Badezimmertür hinter sich zu, stieg wieder in die Wanne, drehte den Kaltwasserhahn auf. Das Wasser floss schal aus dem Duschkopf, sie wartete, bis es eiskalt war, schloss ihre Augen, als es ihr Gesicht traf. Einen Lidschlag lang war ihr Gehirn leer, frei. Nur einen Augenblick, dann stürmten die Bilder auf sie ein – unerbittlich, gnadenlos – und ertränkten sie. Der tote Obdachlose. Vera. Ihre Mutter. Konstantin.

Alles kam ihr trostlos vor. Hoffnungslos. *Wie hast du es geschafft, absolut jeden vor den Kopf zu stoßen?* Alle zu enttäuschen? Dorothea gegen den Rest der Welt. Die Hütte der Staatsfeindin tauchte vor ihr auf. Wo war Magie, wenn man sie wirklich brauchte? Ein Trank des Vergessens. Ein Versöhnungszauber. Ein geheimnisvolles Elexier, das ihr immer die richtigen Worte in den Mund legte. Sie verwarf die unsinnige Vorstellung. Mit einem Mal dachte sie an Julius. Es war wie ein Sog. Sie stieg aus der Dusche, wickelte sich das raue Handtuch um.

Sie ging auf die Dachterrasse. Julius. Ihre große Liebe. Vor langer Zeit hatte sie die Nummer ihres Ex-Freundes aus ihren Kontakten gelöscht. Aber das änderte nichts an der Tatsache, dass sie noch immer in ihr Gedächtnis gebrannt war. Sie tippte die Ziffern in ihr Mobiltelefon, starrte die Kombination minutenlang an. *Julius hat dich verlassen.* Sekundenlang hielt sie inne, dann drückte sie auf den grünen Kreis mit dem Telefonhörer. Als die Mobilbox angekündigt wurde, legte Dorothea auf. Sie wusste nicht, ob sie erleichtert oder enttäuscht war. Im Wohnzimmer goss sie sich einen Gin Tonic ein, ihr Appetit war verflogen, sie wollte kein Abendessen mehr. Sie trank das Glas in einem Zug leer, bis ihre Kehle brannte. Während sie das zweite Glas eingoss, betrachtete sie den Stapel auf ihrem Couchtisch. Zweihundertdreißig Seiten? Wie sollte sie das jemals schaffen? Es hatte keinen Sinn. Sie nahm die Unterlagen, verschloss sie in ihrem Sekretär. *Vergiss Fuhrmann. Vergiss deine Mutter. Vergiss Vera. Vergiss den toten Obdachlosen. Vergiss Martin Grazer. Vergiss Konstantin!* Sie goss sich einen weiteren Gin Tonic ein, setzte sich auf die Dachterrasse und starrte ins Leere.

Kapitel 41

Bullenschweine. Verräter. Wie Feuerbälle prasselten die Schimpfworte des Obdachlosen in dem verwilderten Garten auf Dorothea ein. Sie wusste, dass sie sich in einem Traum befand. Sie kannte diese weichen Umrisse, die unwirklichen Geräusche. Die Tür, die ins Schloss fiel, High Heels, die am Morgen die Treppe hinunterhämmerten. *Wach auf. Es ist nur ein Albtraum!* Sie versuchte es verzweifelt, aber ihre Lider waren zugeklebt.

Warum konntest du dich nicht an der Universität bewerben? Sie kannte die Stimme, das Quengeln schwoll an. *Warum musstest du zur Polizei gehen*? Inmitten von Tausenden Zeitungen hackte ihre Mutter Berge von Karotten, Zwiebeln, Knoblauch. Die welken Lippen waren zusammengepresst, über die Wangen liefen Tränen.

Mama, es tut mir leid.

Die Frau schüttelte den Kopf, doch als Dorothea genauer hinsah, war es das Gesicht ihrer Freundin, in das sie blickte. Grau, eingefallen, mit tiefen Furchen. Vera war um Jahrzehnte gealtert.

Für wen hältst du dich? Fuhrmanns Stimme dröhnte durch den Raum, laut, polternd, gellend. Dorothea schüttelte den Kopf verzweifelt, irritiert. Eine Bewegung hinter ihrem Rücken ließ sie zusammenzucken, ein Schatten, der an ihr vorbeihuschte. Plötzlich gewahrte sie eine Gestalt vor sich. Zwischen den Bäumen sprintete sie, die Zweige knacksten, der Wald wurde immer dunkler. Sie lief und lief, konnte ihr eigenes Keuchen hören, ihre Kehle trocknete immer mehr aus. Jedes Mal, wenn sie näher kam, entwischte die Gestalt. Irgendetwas an der Art, wie sie sich bewegte, kam ihr merkwürdig bekannt vor, doch sie konnte nicht festmachen, was es war. *Sein Gesicht erkennen, sein hämisches Grinsen erhaschen.* Sie packte ihn an der schwarzen Kapuzenjacke, aber im nächsten Augenblick war er verschwunden. In ihrer Hand hielt sie nur die dünne Baumwolle, verschlissen.

Irgendwas übersiehst du.

Ehe sie darüber nachdenken konnte, war sie erneut in dem verwilderten Garten, und der Obdachlose schlug mit einer Hacke um sich. Er wollte ihr etwas mitteilen, aber die Botschaft kam nicht an. Immer lauter schrie und tobte er, sie konnte nicht verstehen, worum es ging.

Doch plötzlich verstand Dorothea: Wie so oft in den letzten Tagen hatte ein Anruf sie geweckt. Sie war hellwach, Panik durchschoss sie wie ein Stromstoß, und eine eiskalte Hand krallte sich um ihre Kehle. Wo war ihr Mobiltelefon?

Sie stolperte aus dem dunklen Schlafzimmer und schlug sich das Schienbein an ihrem Nachttisch blutig. Ihre Stehlampe zerschellte klirrend am Boden. Im Wohnzimmer traf das Morgenlicht sie wie ein Scheinwerfer. Es dauerte eine Ewigkeit, bis sie auf der Terrasse ankam. Ohne die Anzeige zu beachten, griff sie nach dem Gerät, berührte den grünen Kreis. »Mama, ist bei dir alles in Ordnung?« Die Ader an ihrem Hals pulsierte.

»Guten Morgen, Dorothea. Laut Navi bin ich genau um 7:08 Uhr bei dir. Also in exakt elf Minuten.«

Über die Freisprechanlage hallte seine Stimme, Dorothea hielt den Atem an. Im Hintergrund lief *Another Brick*

In The Wall. Es klang nicht nach einem guten Morgen für Konstantin.

Kapitel 42

Fünfzig Minuten später schwankte die Welt unter Dorothea bedenklich, während sie an den dunkelgrünen Stützen des Kaiserlifts vorbeiratterte. Die sengende Morgensonne roch nach frisch gemähtem Gras, winzig wie ein Spielzeug tuckerte ein Traktor über das Feld. Dorotheas Finger krallten sich um das industriegraue Metallgestänge, sie drückte ihren Rücken gegen die harte Lehne, stemmte ihre Oberschenkel auf den dunkelblauen Hartschaumstoff. Noch nie war sie mit der Kufsteiner Seilbahn gefahren. Aus triftigem Grund.

Des Kaisers Zehn Gebote – Wenn der Lift mit Ihnen fertig ist, sind Sie dem Himmel ein Stückchen näher.

Die Sprüche auf den Säulen wirkten witzig. Dennoch: Der Liftsessel vibrierte bedrohlich unter ihren Oberschenkeln, über ihr surrte unheilvoll das Seil und holperte waghalsig über die Stahlrollen. *Denk an etwas anderes.* Sie schloss die Augen. *Dorotheas Zehn Gebote – Geh nie mit Konstantin mit, ohne zu wissen, wohin die Fahrt dich bringt.*

Warum war Konstantin heute aufgetaucht? Auf der Autofahrt zur Talstation hatte er sich darüber ausgeschwiegen, und Dorothea war noch viel zu schlaftrunken gewesen, um nachzubohren. *Vielleicht hat er den Fall gelöst. Nein,* nörgelte die leise besserwisserische Stimme, *er will dich davon abhalten, weiter nachzuforschen. Er will dir weismachen, dass Martin Grazer nichts mit dem Fall zu tun hat.*

Konstantin. Wie sehr hatte sie sich nach einem Treffen mit ihm gesehnt. Es sich ausgemalt. *Bei Kerzenschein.* Aber nicht so. Nicht morgens um kurz nach sieben, zerknittert und verschlafen. Warum musste er ihr immer ohne vorherige Ankündigung Besuche abstatten? Immerhin hatte er angerufen ...

Der Lift blieb unvermittelt stehen, ließ ihren Sessel auf und ab schaukeln. Ihr wurde flau im Magen, es half nichts, sie musste ihre Lider wieder öffnen. *Nicht in die Tiefe sehen. Nicht in die Tiefe sehen!* Sie schluckte, um den sauren Geschmack auf ihrer Zunge zu vertreiben. *Wie viele Menschen stürzen jährlich von Seilbahnen in den Tod?* Sie schob die absurde Überlegung beiseite, ignorierte das Schlingern. Ihre Beine in den Shorts kribbelten unangenehm, das Metall in ihrer Hand war längst klebrig und warm. *Konzentrier dich auf die Geräusche, die Düfte, das Zirpen der Grillen. Das Hämmern eines Spechts. Das buschige Eichhörnchen, das flink die Rinde hinaufkletterte. Der Geruch des Waldbodens. Fichten, Tannen, Buchen.* Es funktionierte nicht.

Auf dem einzelnen Sessel vor ihr drehte Konstantin sich um, winkte, deutete auf zwei Ameisenmenschen weit unter ihnen. »Wir hätten auch mit dem Rad fahren können.«

Sie unterdrückte ihren Ärger, lächelte schwach. Sie konnte nicht entscheiden, was schlimmer war. Sich den Berg auf zwei Rädern oder in panischer Höhenangst hochzuquälen. *Lass ihn nicht wissen, wie übel dir ist.* Sie biss die Zähne zusammen. Sie wagte einen Blick nach links zum Kaisertal. Es waren erst fünf Tage vergangen, seit sie mit Vera zur Tischofer Höhle gewandert war, aber es kam Dorothea wie eine Ewigkeit vor.

Bergstation Brentenjoch. 1280 Meter über dem Meeresspiegel.

Erleichtert las Dorothea das Schild.

»Alles okay?« Konstantin musterte sie besorgt.

Dorothea nickte. »Nur zu wenig Schlaf.« Selbst wenn sie im Gesicht grün wie der Grinch wäre, würde sie nicht zugeben, wie klapprig sie sich fühlte. Sie rieb sich ihr schmerzendes Schienbein. »Ich brauche eine neue Stehlampe.« Konstantin hob eine Augenbraue. »Schienbein: eine Vorrichtung, um Möbel in der Dunkelheit zu finden?«

Dorothea winkte ab. Sie wollte ihm nichts von dem Missgeschick und den Scherben in ihrem Schlafzimmer erzählen. Neben Konstantin folgte sie dem Pfad, der zu einer Aussichtsplattform oberhalb der Bergstation führte. Kiesel knirschte unter ihren Sohlen.

»›Mama, ist bei dir alles in Ordnung‹?« Konstantins Augen waren auf den Steig gerichtet, aber sie spürte den forschenden Blick. »Machst du dir Sorgen um deine Mutter?«

»Ich hatte gestern Streit mit ihr.« Siedend heiß stiegen Scham und Reue in Dorotheas Wangen, sie senkte ihren Blick, musterte die Ösen ihrer Timberlands. »Ich war nicht sehr nett.«

»Dorothea kann ungehalten sein? Wer hätte das gedacht.« Leises Murmeln, gerade laut genug, damit Dorothea es hörte. »Worum ging es?«

Um die Erstausgabe eines Romans. Um eine Reinigungsfrau. Um einen Anruf bei der Polizeistation. Aber Dorothea wusste, dass es viel mehr war. Sie hakte ihre Daumen in die Träger ihres Mammutrucksacks, holte tief Luft. Unter ihren Sohlen knackten trockene Zweige. *Here we go.* »Als ich dreizehn Jahre alt war, wurde mein Vater ermordet. Niemand hat je herausgefunden, wer ihn getötet hat.«

Sie wartete. Auf den Ausruf, der immer kam. Auf *»Krass!«* in verschiedenen Varianten, altersdivergierend, angepasst an den Soziolekt der Sprecher, aber unvermeidlich wie das Amen im Gebet. Das Mitleid, das folgte, wenn sie jemandem vom Schicksal ihres Vaters erzählte. Sie wartete vergeblich. Keine Nachfrage. Keine Überraschung. *Er weiß es bereits.*

»Deine Mutter ist nie darüber hinweggekommen?« Vorsichtig, zögernd, einfühlsam.

Dorothea nickte, wanderte weiter auf dem gewundenen Pfad durch eine Schleuse im Zaun, nur um sofort stehen zu bleiben. Überrascht sog sie die Luft ein. Sie waren auf der Anhöhe angekommen. Konstantin breitete die Arme aus und drehte sich um seine eigene Achse. »Tada!!« Er hatte den gewünschten Effekt erzeugt. »Ich präsentiere: die Adlerblick-Plattform.«

Auf dem Hügel, den sie erklommen hatten, erstreckte sich ein beeindruckendes Hochplateau, spiralförmig angelegt aus Steinen und Holz, umrahmt von einem verwitterten Zaun, der mit dünnen Ästen umflochten war. In allen Himmelsrichtungen lagen Berge, Täler, Flüsse, unendlich weit weg und dennoch nah. Das Panorama umspannte 360 Grad: Kufstein, die bayrischen Alpen, den Wilden Kaiser, den Zahmen Kaiser und eine urige Almhütte.

In der Mitte der steinernen Schneckenbank thronte ein Fernrohr, das Viscope zeigte die Namen aller Berggipfel ringsum. *Hackenköpfe. Scheffauer. Kaindlhütte.* Konstantin positionierte sich neben ihr, nannte jeden einzelnen Namen, noch ehe Dorothea ihn auf dem Doppelglas lesen konnte.

»Du warst schon mit deinem Großvater hier.«

Er grinste. »Der Kaiserlift wurde erst vor einigen Jahren wieder reinkarniert. Und die Plattform ist neu. Aber als Kind hat er mich hier zum Sonnwend- und Johannisfeuer mitgenommen.«

Minutenlang herrschte Stille.

»Bist du Polizistin geworden, um den Tod deines Vaters aufzuklären?« Konstantin musterte Dorothea eingehend. »Du hast dein Studium der Archäologie absolviert. Du bist eine Frau Doktor.« Die Bewunderung in seiner Stimme rieselte durch Dorotheas Adern wie Brausepulver, angenehm, prickelnd. »Warum nicht auf der Universität bleiben, Dozentin werden, Professorin?«

»Du klingst wie meine Mutter.« Gegen ihren Willen musste Dorothea lächeln. »Als mein Vater starb, wollte ich Polizistin werden, meine Mutter war strikt dagegen. Ich bewunderte meinen Geschichtslehrer.« *Konstantin hat ihn im Jänner kennengelernt. Schon vergessen?* Sie schluckte. »Es schien eine gute Option, Archäologin zu werden. Alles lief bestens. Perfekt.« Eine Pflanze streifte ihre Unterschenkel. »Bis es plötzlich nicht mehr so war.«

»Was ist passiert?«

Mein Freund hat mich verlassen. Julius ist gegangen. Ohne eine Erklärung. Sie konnte die Worte nicht aussprechen. »Ich wollte eine Veränderung. Mein Leben selbst in die Hand nehmen.« *Julius.* Bestimmt hatte es für den gestrigen Anruf einen triftigen Grund gegeben. Aber welchen? Dorothea konnte sich plötzlich nicht mehr daran erinnern. Sie trat an den Zaun, sah zur Kaindl-Alm hinüber. »Ich bin gern Polizistin.« Es stimmte. »Ich will zur Mordkommission. Nicht nur für meinen Vater. Für mich.

Ich mag es, Menschen zu helfen. Das Richtige zu tun. Für Gerechtigkeit zu sorgen.«

Konstantin lehnte sich neben sie, sein Aftershave war vertraut, betörend. »Ich wollte nie Polizist werden. Nicht so sein wie mein Vater. Ich ...«, er schmunzelte verlegen, »wollte Musiker werden. Meine eigene Band haben. Durch die Welt touren.« In einer ausladenden Geste umfasste er die Naturkulisse und streifte Dorotheas Schulter, für den Bruchteil einer Sekunde. Der Augenblick genügte, um warme Sterne durch Dorotheas Blut zu jagen.

»Heute kann ich es mir nicht mehr vorstellen, *nicht* für die Mordkommission zu arbeiten.« Konstantin verstummte. Er strich sich durchs Haar und setzte sich auf die Steinschnecke, ließ seine Finger über die Mauer aus Bachsteinen gleiten.

»Die Leiterin des LKA hat mich gestern in ihr Büro bestellt.« Endlich sah er zu Dorothea auf. »Relsch ist nicht sehr zufrieden mit der Entwicklung der Ermittlungen. Und natürlich hat sie ebenfalls den Zeitungsartikel gelesen. Sie will mich von dem Fall abziehen. Ich habe noch bis zum morgigen Abend Zeit, ihr einen Verdächtigen zu liefern, dann übergibt sie ihn an einen anderen Kollegen.«

Dorothea war schockiert. »Der Journalist starb erst vor sechs Tagen.«

»Ich weiß. Aber seit Jänner läuft es nicht sehr gut mit meiner Chefin.« Er seufzte. »Nicht dass ich vorher einer ihrer Lieblingsmenschen gewesen wäre. Sie hält mich für einen arroganten Lackaffen.«

Dorothea biss sich auf die Lippen, das Blut stieg in ihre Wangen. Relsch war nicht die Einzige, der dieser Gedanke gekommen war. Aber Dorothea war eines Besseren belehrt worden.

Konstantin zuckte die Schultern. »Du kennst den Artikel. Die Presse denkt, dass ich unfähig bin. Relsch und der Staatsanwalt wollen einen Verdächtigen. Den kann ich ihnen im Moment nicht liefern.« Er holte tief Luft, sah zu ihr auf. »Aber ich weiß, du könntest es.«

Kapitel 43

In der Stille, die folgte, brummte eine Fliege durch die gleißende Vormittagssonne über die Aussichtsplattform – auf der Suche nach dem Kuhmist, der unter den Bergkräutern lauerte.

»Mein Patenonkel hat Richard Vogel umgebracht. Und als er gemerkt hat, dass du ihm auf die Spur gekommen bist, hat er den obdachlosen Mann vom Balkon geworfen.« Auf dem Hochplateau zwischen Tiroler Bergketten und dem bayrischen Alpenland wirkte Konstantin mit einem Mal wieder ernst. »Das glaubst du, nicht wahr?«

Dorothea betrachtete seine dunkelblauen Shorts, das passende karierte Kurzarmhemd, die Geox-Sportschuhe.

Ja. Dorothea wollte sich neben Konstantin setzen, seine Hand halten, alles vergessen, was sie in den letzten Tagen erfahren hatte. *Ein magischer Trank?* Ihre innere Stimme höhnte. Ihre Beine fühlten sich schwer an, bleiern, ihre Schienbeine brannten, sie hielt sich an dem Holzzaun fest, um nicht umzufallen. Plötzlich wünschte Dorothea sich von ganzem Herzen, dass sich Erich Vogel nie bei ihr gemeldet hätte.

»Martin ist kein Mörder.« Konstantin bot einer Biene, die auf dem Rücken lag, einen Halm. Das Insekt klammerte sich an den Rettungsanker und flog von dannen.

Dorothea schluckte, doch der Knoten in ihrem Hals steckte fest. Sie gab sich einen Ruck, tapste über die knarrenden Bretter und ließ sich neben ihm auf der steinernen Sitzfläche nieder. »Ich wäre sehr froh, wenn er es nicht ist.« Sie blickte hinunter ins Tal, verfolgte den Verlauf des Inns mit ihren Augen. »Aber die Indizien sprechen gegen ihn.« Zwischen dem Gestein spross Gras, trotzte dem Gebilde von Menschenhand. Sie strich über einen Stängel, kühl lag er in ihrer Handfläche. »Warum bist du dir so sicher, dass dein Onkel nichts mit dem Fall zu tun hat? Es gibt nicht viele Personen in meinem Leben, in die ich so viel Vertrauen habe wie du in ihn.« *Und eine von diesen Personen ist tot.* Sie spürte den Stich in ihrer Brust.

Er antwortete nicht, betrachtete die Gipfel ringsum. »Ich liebe die Berge.«

Dorothea sah den kleinen Jungen, der sich an die Hose des Großvaters klammerte. Den Jugendlichen, der mit anderen Halbwüchsigen ein Sonnwendfeuer entfachte. Unwillkürlich musste sie lächeln. Konstantin vergötterte Tirol, bedingungslos, hingebungsvoll. Dorothea teilte weder seine Liebe zu Höhen noch zu gepressten Steinhaufen, aber seine Begeisterung war ansteckend.

»Kannst du dich noch daran erinnern, was ich dir im Jänner über mein letztes Jahr am Gymnasium erzählt habe?« Neben ihr bebte sein Oberkörper.

Dorothea wollte sich nicht die Einzelheiten der furchtbaren Geschichte in Erinnerung rufen. Sie nickte, doch Konstantins Augen fixierten die Bergspitzen, unerreichbar weit entfernt. »Mein Vater war außer sich, wutentbrannt. Mein Patenonkel war es, der mich nachher unterstützt hat. Der meinen Vater dazu überredet hat, mir einen Platz in der Polizeiakademie zu besorgen. Martin ist zu mir gekommen, hat mit mir geredet. *Du bist kein schlechter Mensch, Konstantin. Manchmal passieren Dinge, auf die wir keinen Einfluss haben. Aber wir können unser*

Leben wieder in die Hand nehmen. Das hat er gesagt.« Konstantin drehte sich zu ihr, sah sie an. »Wenn es Martin nicht gäbe, wäre ich heute nicht beim LKA. Ich wäre ein Junkie, eine gescheiterte Existenz, gelandet im Straßengraben, tot wie der Alkoholiker auf dem verfallenen Anwesen. Aber sicherlich kein Mitglied der Mordkommission.«

»Wenn die Ermittlungen ergeben, dass Martin Grazer unschuldig ist, dann ist das gut.« Dorothea zog am Saum ihrer Wandershorts. Sie waren zu eng, zu kurz, mussten beim Waschen eingegangen sein. Eine Hummel brummte an ihr vorbei, ziellos. »Aber nehmen wir an, nur hypothetisch, dass dein Patenonkel involviert ist. Ist es nicht besser, Gewissheit zu haben, als immer im Zweifel zu sein?«

»Ich habe keine Zweifel.« Konstantins Stimme klang fest.

»Warum sind wir dann hier?«

Funken wirbelten über ihre Haut, und sie begriff, dass Konstantins kleiner Finger direkt neben ihrem lag, ihn beinahe berührte. Ihre Blicke trafen sich. Ein spitzbübisches Grinsen. »Ich wollte in aller Herrgottsfrühe mit dir wandern gehen.«

Eine Almhütte. Ein Gipfelkreuz. Konstantin und sie. Wunschdenken.

»Möglich.« Dorothea kannte einen Grund, warum Konstantin mit ihr hierhergekommen war. »Ein weiser Mann hat im Jänner zu mir gesagt: ›Wenn ich das Gefühl habe, dass ich nicht mehr weiterkann, dann steige ich auf einen Berg. Manchmal hilft es, die Welt von oben zu sehen. Man bekommt einen klareren Blick.‹«

Das Schmunzeln über seine eigenen Worte kam widerwillig über Konstantins Lippen. »Ich kenne dich mittlerweile, Dorothea.« Sein kleiner Finger hakte sich sacht in ihren, Dorotheas Herz klopfte, und die Welt blieb stehen.

Konstantin richtete seinen Blick in die Ferne. »Du hast ein fotografisches Gedächtnis. Du bist penibel. Und hartnäckig. Genau deshalb habe ich im Jänner um deine Hilfe gebeten. Jetzt geht es um jemanden, der mir nahesteht. Martin ist kein Mörder. Er hat auch keine Beweise gefälscht.« Er sah unendlich müde aus. »Aber ich weiß, dass du nicht ruhen wirst, ehe du das selbst nachgeprüft hast. Deshalb schlage ich dir einen Deal vor. Ich liefere dir Informationen, damit du keine illegalen Suchanfragen tätigen musst.«

Zu spät. Der Gedanke schoss durch Dorotheas Gehirn, doch sie schwieg.

»Im Gegenzug hilfst du mir.« Mit den freien Fingern strich er sanft über ihre Hand, dann ließ er los und nahm eine Aktenmappe aus seinem Ortovox-Rucksack. »Wir haben alle Möglichkeiten ausgeschöpft. Nichts gefunden. Möglicherweise entdeckst du etwas. Nur eine Bitte: Sei vorsichtig. Es gibt einen Mörder in Kufstein, und ich möchte nicht, dass du ihm in die Quere kommst.«

Ein kleiner Rest der Brause blubberte in ihren Adern, ließ ihre Arme kribbeln.

Dorothea betrachtete die Mappe in ihrem Schoß. »Einverstanden.« Sie schlug den Hefter auf, sah die Blätter durch, doch noch ehe sie fertig war, sank ihr Mut. Günther Schall. Marion Arte. Andrea Untermüller. Alles alte Bekannte.

»Hans Biberzahn.« *Ein neuer Name.* Sie zog die Luft ein. »Wer ist Hans Biberzahn?«

Konstantin rettete eine zweite Honigsammlerin. »Er ist Bibliothekar in der Stadtbücherei. Er lebt immer noch bei seiner Mutter, war mit ihr auf dem Ball. Sie geht jedes

Jahr mit ihm dorthin. Er hat sich bei der Befragung sehr seltsam verhalten, aber wir konnten nicht herausfinden, warum.«

Kapitel 44

»Unerhört. Was erlauben Sie sich?« Die Greisin presste ihre schmalen Lippen zusammen, strich mit Gichtfingern über die Häkeldecke des Tisches, ihr vorspringendes Kinn bebte, ihr strenger Pagenschnitt zitterte, sie sah zu Dorothea auf wie eine Krähe, die sich aufplusterte. »Mein Hans hat nichts mit dem Tod des Journalisten zu tun.«

»Das habe ich auch nicht behauptet.« In dem altmodischen Wohnzimmer sog Dorothea die staubige Hitze mit dem abgestandenen Lavendelparfüm ein, die Atmosphäre erinnerte sie an eine Episode von *Kojak*. Die Gardinen waren zugezogen, das Zimmer war überladen mit dumpf schimmernden Möbeln auf dünnen Beinen und gehäkelten Deckchen. Schnickschnack, Tand und Nippes, wohin man sah. Das Radio war an, Nana Mouskouri sang von weißen Rosen aus Athen. Eine Schwarzwälder-Kirsch-Torte auf altväterlichem Porzellan sah so klebrig aus, dass Dorothea den Zucker schon bei ihrem Anblick schmeckte.

Sie wandte den Blick auf den linkischen Mann mit schütterem Haar und Mondgesicht, der die pappige Masse wortlos in sich hineinschaufelte. Wenn Dorothea die Mutter nur gehört, den Sohn nicht gesehen hätte, hätte sie angenommen, dass ein vierjähriges Hänschen und nicht ein vierzigjähriger Hans am Kaffeetisch saß.

Dorothea gab ihrer Stimme einen wohlwollenden Klang und sprach Hans Biberzahn noch einmal vorsichtig an. »Nur ein paar Fragen.«

Der breite Hintern des Mannes rutschte unruhig auf der Sitzfläche hin und her, aber er hob seinen Blick nicht von dem Teller.

»Was für eine Dreistigkeit!« Entrüstet beugte sich die alte Frau nach vorn und presste ihre Finger auf die Häkeldecke.

Dorothea trat einen Schritt zu Hans Biberzahn und versuchte es erneut. »Waren Sie mit Richard Vogel befreundet?«

»Wir haben nichts mit derlei Leuten zu tun. Richard Vogel war ein garstiger Schmierfink, der die Schmutzwäsche anderer Leute waschen wollte. Kein Anstand. Keine Würde.«

»Mu...Mmmu...Mutter.« Das gutmütige Gesicht wurde rot wie das eines Puters.

»Was sind das für Manieren?« Die alte Dame ignorierte das Gestammel ihres Sohnes. »Sich an den Leiden anderer Leute zu ergötzen?«

»Herr Biberzahn.« Dorothea beschloss, die betagte Frau mit ihren eigenen Waffen zu schlagen, sie drehte ihr den Rücken zu, sodass der Sohn das geifernde Gesicht nicht mehr sehen konnte. »Darf ich Sie kurz allein sprechen?«

Der Mann hob seine fleischigen Lider, begegnete verhalten Dorotheas Blick. Seine Augen waren dunkel und klein, aber sie wirkten überraschend lebhaft und intelligent. Einige Sekunden lang heftete Hans Biberzahn seinen Blick unschlüssig auf sie, dann platzierte er die Gabel auf dem halb vollen Kuchenteller.

»Es dauert nicht lange.« Dorothea versuchte, beruhigend zu klingen.

Schwerfällig wie ein Bär erhob sich der Mann und signalisierte Dorothea, ihm zu folgen. Eines seiner Beine kippte beim Gehen stets nach innen, der Stoff seiner maronenfarbenen Cordhosen rieb dabei geräuschvoll an den Oberschenkeln.

»Hans, ich verbiete dir ...« Hinter Dorotheas Rücken wurde die Stimme schrill wie eine Sirene.

»Ihr Labor erinnert mich an ein Kuriositätenkabinett.« Erstaunt sah Dorothea sich in dem sonderbaren Raum um. »An eine dieser Wunderkammern, die Gelehrte in der Spätrenaissance und im Barock anlegten.«

Die Vitrinen in dem abgedunkelten Raum beherbergten antike Zangen, Operationsinstrumente, Mineralien in schillernden Farben und Kuriositäten der Natur – eine Maus mit sechs Füßen, ein zweiköpfiges Reh. Die Versuchstische waren überladen mit Messpipetten, Reagenzgläsern, Trichtern, Bechergläsern, Stehkolben, Erlenmeyerkolben, Retorten, Tiegeln, Teströhrchen, Gasflaschen, U-Rohren, Stativklammern, Mikroskopen und Bunsenbrennern. Es roch nach Schwefelsäure. *Ein fehlgeschlagenes Experiment?*

»Sind Sie Chemiker?«

»Ich habe mein Chemiestudium abgebrochen.« Zum ersten Mal lächelte er wehmütig, und sein Sprachfehler verschwand. »Ich arbeite als Bibliothekar in der Stadtbücherei. Aber in meiner Freizeit beschäftige ich mich immer noch mit Chemie und Biologie.« Er sah sich verhalten in dem Raum um. »Mein Labor ist eine Anlehnung an die Kunstkammer.«

Dorothea nickte. »Das Museum für Ethnologie und Anthropologie in St. Petersburg.«

»Sie haben von der Kunstkammer gehört?«

»Ich war schon dort.« Ein Schauer kroch zwischen Dorotheas Schulterblätter. Neben ähnlichen Kuriositäten, wie sie Hans Biberzahn in seinem Forschungsraum gesammelt hatte, beinhaltete die Kunstkammer auch Fehlgeburten, die Zar Peter I. Ende des 17. und Anfang des 18. Jahrhunderts von Hebammen zusammentragen hatte lassen. Glasbehälter mit Formaldehyd, Zwillinge ohne Köpfe, Babys mit zwei Köpfen, vier Armen, drei Beinen. Föten mit Zyklopenaugen, Janusgesichtern, Kinder ohne Gehirne. Sie schloss die Lider, um die grausamen Bilder wieder aus ihrem Gedächtnis zu vertreiben.

»Sie waren in Russland?« Hans Biberzahn sah Dorothea fasziniert an. »Sie haben die Totgeburten gesehen, die Zar Peter I. gesammelt hat?« Seine Bewegungen waren weniger behäbig, er redete flüssig.

»Nichts für Menschen mit schwachen Nerven.« Das dumpfe Gefühl der Erinnerung lag Dorothea immer noch in der Magengrube.

»Aber für Menschen, die sich für Wissenschaft interessieren.« Biberzahn war begeistert. »Der Zar wollte seinen Landsleuten die moderne europäische Wissenschaft näherbringen.« Dorothea lauschte den begeisterten Ausführungen des Biologen, er war in seinem Element. »Im damaligen Russland herrschte die Meinung vor, dass Fehlbildungen das Resultat unnatürlicher Kräfte seien. Der landläufigen Ansicht nach entstanden Missbildungen durch Hexerei oder durch das Werk des Teufels. Mithilfe der Sammlung von Embryonen, die Peter von den europäischen Gelehrten Frederik Ruysch und Albert Seba erwarb, versuchte er, Gegenteiliges aufzuzeigen. Neben den Sammlungen befanden sich sogar ›lebendige‹ Exponate in der Kunstkammer – zeitweise zehn missgebildete Menschen.«

»Sie sollten nach St. Petersburg fliegen und sich das Museum ansehen.«

»Das geht nicht.« Die Schultern des Biologen sackten ein, betrübt schüttelte er den Kopf. »Mu...Mut...Mutter braucht mich hier.« Bei dem Gedanken an seine Mutter begann er wieder zu stottern. »Ihr schwaches Herz würde eine solche Reise nicht überleben.«

Dorothea dachte an die zeternde alte Frau, das Bild ihrer eigenen Mutter poppte vor ihr auf. Sie seufzte. Das Kontrollkonzept kam ihr bekannt vor. Der Mann war wieder in sich zusammengesunken. *Bring ihn auf andere Gedanken.*

»Immerhin haben Sie Ihre eigene Kunstkammer.«

Seine Züge hellten sich auf. Er richtete sich auf, die Unbeholfenheit fiel wieder von ihm ab. »Die *Kufsteiner Kaiserin* hat sogar einmal ein Porträt über mich gebracht.«

Dorothea wagte einen erneuten Vorstoß. »Waren Sie mit Richard Vogel befreundet?«

»Nicht wirklich.« Hans Biberzahn schwenkte einen Stehkolben, betrachtete die grünliche Flüssigkeit darin. »Wir sind gleich alt. Aber wir waren nicht an derselben Schule. Ich ging aufs Sebastianum.«

Das katholische Gymnasium in Kufstein. Die tote Schülerin. Bei dem Gedanken an ihren Fall im Jänner wurde Dorothea mulmig zumute, doch sie schwieg.

»Während des Studiums haben wir uns aus den Augen verloren. Ich nahm immer den Bus. Richard hat Germanistik in Innsbruck studiert, er ist oft mit Günther in seinem alten Peugeot zur Universität gefahren. Ab und an liefen wir uns auf dem Campus über den Weg. Jahre später habe ich ihm bei einer Frage von Medikamentenfäl... fälschungen geholfen.«

»Haben Sie in den letzten Wochen mit Richard Vogel gesprochen?«

Die Pipette in seiner Hand begann zu zittern, anstatt in das Reagenzglas floss die klare Flüssigkeit auf den Boden. »Ich ... ich ...«

»Worum ging es in dem Gespräch?«

»Der ... der ...« Mit einem Schlag begann der Bibliothekar wieder zu stottern. »All ... all ... all ... « Er konnte das Wort nicht beenden. *Zu früh. Zu schnell.* Dorothea ärgerte sich über ihr fehlendes Fingerspitzengefühl. *Wie ein Elefant im Porzellanladen.*

Er hob abwehrend die Arme, stolperte nach hinten, ein Kolben fiel zu Boden, zersplitterte, beißender Geruch verbreitete sich in dem Labor. »Ich ... ich ...«

Falsches Manöver. Dorothea wartete, bis sich der Mann wieder beruhigt hatte.

»... wollte das nicht.«

Dorothea wartete. *Geduld. Geduld.*

»Ich wusste nicht, dass es um ihn geht. Richard erwähnte eine Jugendliche. Knochenkrebs.«

Dorothea atmete tief ein, versuchte, die Wortfetzen zu einem Ganzen zusammenzufügen.

»Richard wollte wissen, ob es pflanzliche Wirkstoffe gegen Krebs gibt.«

Die Hoffnung stirbt zuletzt. Der Voodoo-Shop. *Der Journalist hat das bekommen, was ihm zusteht.* Richard Vogel war nicht nur zu der Staatsfeindin gegangen, um sich zu entschuldigen. Er hatte ihr von seiner Krankheit erzählt. *Ich habe dafür gesorgt, dass er leiden muss.* Und die Kräuterhexe war sich sicher gewesen, dass ihr Fluch gewirkt hatte.

»Aus der Rinde der Pazifische Eiche – Taxus brevifolia – wird das Alkaloid Taxol gewonnen. Es wirkt gegen bösartige Tumoren. Bei Brustkrebs, Eierstockkrebs, Bronchialkarzinomen. Nicht bei Knochenkrebs.« Der Mann begann zu zittern, seine Pupillen weiteten sich vor Angst. »Ich hatte keine Ahnung. Ich dachte, Richard schreibt wieder eine Story über Medikamente.«

Dorothea schwieg und wartete.

»Im Altertum wurde ein Sud aus Nadeln der in Europa heimischen Gemeinen Eibe – Taxus baccata – zur Vergiftung genutzt. Fast alle Pflanzenteile enthalten Taxin – ein Gemisch von Alkaloiden, das lähmend auf Herz und Zentralnervensystem wirkt.« Der Bibliothekar war wieder in seinem Metier, er stammelte nicht. »Julius Caesar beschreibt im sechsten Buch von *De bello Gallico*, wie er den keltischen Stamm der Eburonen vernichtend schlug und einer der Könige, *Catuvolcus ... taxo ... se exanimavit*«.

»Sich mit Eibengift ... entseelte.« Dorothea nickte.

Der Mann hielt inne, verzweifelt. »Richard hatte einen Hang zur Theatralik.«

Plötzlich dämmerte Dorothea, was den Bibliothekar so sehr beschäftigte. »Die Polizei glaubt nicht, dass Richard Vogel Selbstmord begangen hat.« Hans Biberzahn wirkte nicht überzeugt. *Ändere die Richtung.* »Sie waren ebenfalls auf dem Ball, nicht wahr?«

»Ich hasse solche Veranstaltungen.« Gedankenverloren träufelte er eine klare Flüssigkeit mit einer Pipette in ein Reagenzglas. »Mutter liebt es, sich der Gesellschaft zu zeigen.« Abermals begann er zu zittern. »Sie mochte Richard nicht, aber er hat sich sehr für die Anliegen kleiner Leute eingesetzt, hat Skandale aufgedeckt. Als der hiesige Baumeister eine Scheinfirma gegründet hat, die dann Konkurs gingen, hat er den Häuslbauern geholfen, ihr Geld zurückzubekommen.«

Er zündete den Bunsenbrenner an, die Flamme schoss in die Höhe.

»Hat Richard Vogel Ihnen gegenüber jemals erwähnt, dass er gegen einen Polizisten ermittelt?«

Der Mann betrachtete Dorothea nachdenklich. »Er kam vor zwei Wochen in die Bibliothek. Hat im Zeitungsarchiv gestöbert.«

Dorotheas Haare spannten, ihr Zopf hing tonnenschwer bis zu ihren Hüften. »Wonach hat er gesucht?« *Berichte über Gewalttaten? Angeklagte? Morde? Fahrerflucht?*

»Er hat sich eine Ausgabe der *Kufsteiner Kaiserin* angesehen.« Erneut war Hans Biberzahn redselig, seine Zunge gelöst, die Strategie hatte gewirkt. Andrea Untermüllers Magazin? Reportagen über Schicksale? Nicht das, was Dorothea erwartet hatte.

»Er sagte etwas über Berufsethik. Las im *Spiegel.* Und sprach über einen weiblichen Klaus Relotius.« Der Bibliothekar zuckte ratlos die Schultern. »Leider weiß ich nicht, worauf er hinauswollte.«

Kufsteiner Kaiserin. Claas Relotius. Der Spiegel. Flüchtlinge. Dorotheas Kopf wurde leicht, sie richtete sich auf, konnte trotz des Gestanks in dem Labor frei atmen. Sie hatte eine Spur gefunden. Eine, die nichts mit Konstantins Patenonkel zu tun hatte. Hans Biberzahn wusste vielleicht nicht, worüber der Journalist gesprochen hatte, doch sie wusste es.

Kapitel 45

Das Hämmern der High Heels auf dem Holzboden, das Surren des Ventilators, der Duft nach Jean Paul Gaultier. Die geduckte Sekretärin. In dem Redaktionsbüro fühlte sich Dorothea wie in einer surrealen Repeat-Schleife. Jemand hatte zurückgespult.

»Ich hatte Ihnen schon gesagt, dass Sie erst wiederkommen sollen, wenn Sie sich neue Klamotten ...« Andrea Untermüller rauschte in einem lachsfarbenen Zweiteiler an Dorothea vorbei. Doch noch ehe Jenny intervenieren konnte, hielt sie inne. »Sie sind diese vorwitzige Inspektorin.« Mit ihrem rot lackierten Zeigefinger stach die Fünfzigjährige in Dorotheas Richtung. »Vergessen Sie es. Ich bin beschäftigt.«

Dorothea erhob sich.

»Ich habe bereits alle Ihre Fragen beantwortet.« Die Editorin schnaubte. »Wollen Sie sich nun als Model bei der *Kufsteiner Kaiserin* bewerben?«

Ihr Lachen war so bösartig, dass Dorothea zusammenzuckte, das Blut schoss in ihre Wangen. Wie schaffte es diese Frau, sie mit einem einzigen Satz wieder in ihre Turnstunde zu versetzen? Nach ihrer Wanderung mit Konstantin hatte Dorothea geduscht und sich umgezogen. Ihr hellbraunes Viskosekleid war ihr luftig und professionell zugleich erscheinen, nun spannte es an den Hüften, die beigen Sommer-Schnürer klotzten an ihren Füßen.

Obwohl es in dem Vorzimmer des Redaktionsbüros kühl war, befürchtete sie, einen Schwächeanfall zu bekommen. *Wenigstens hast du Konstantin nicht mitgenommen.* Sie wollte ihm eine echte Fährte präsentieren, keine Mutmaßungen.

»Fünf Minuten.« Dieselbe Wortwahl, dieselbe Geste. Das Klirren von Stahl und Chrom, als Andrea Untermüller die Bürotür hinter sich zuschlug, wieder bot die Herausgeberin des Magazins Dorothea keinen Stuhl an.

»Also?« Die silberne Schere köpfte die Krone eines Miniaturbäumchens.

»Richard Vogel hat daran gedacht, sein Magazin an Sie zu verkaufen.«

Die Schere blieb in der Luft hängen, Andrea Untermüller erstarrte. »Ich gebe bereits mein eigenes Magazin heraus, ich bin Ehefrau und Mutter.«

»Im März kandidieren Sie außerdem für das Amt der Bürgermeisterin.« Dorothea trat einen Schritt näher an Andrea Untermüller heran. »Es muss schwierig sein, das alles unter einen Hut zu bringen.«

Die Journalistin warf ihr einen misstrauischen Blick zu. »Genau deshalb habe ich sein Angebot nicht angenommen.«

»Dabei wurde dieses Jahr sogar eine Ihrer Storys für den Tiroler Journalismuspreis eingereicht.«

»Was hat das mit Richard Vogel zu tun?« Ein weiterer Ast verlor den Kopf.

»Wissen Sie, wer Claas Relotius ist?«

Die Schere fiel klirrend zu Boden.

»Der Name ist mir nicht bekannt.« Die Hände der Journalistin zitterten.

»Claas Relotius ist ein deutscher Journalist, der für den *Spiegel* gearbeitet hat. Seine Reportagen waren vielfach ausgezeichnet. Er wurde gefeiert.« Dorothea hielt inne. »So lange, bis bekannt wurde, dass er viele seiner Berichte nicht recherchiert, sondern frei erfunden hatte.«

In der Stille begann das Mobiltelefon zu läuten. Eine winzige Bewegung, die lachsfarbenen High Heels kratzten über den Boden. Andrea Untermüller klappte die schimmernde Hülle auf, schrie in das Gerät. »Nicht jetzt.« Nicht eine Sekunde wandte sie ihre Augen von Dorothea.

»Richard Vogel dachte daran, die Rechte für sein Magazin an Sie abzutreten. Deshalb hat er sich Ihre Storys genauer angesehen. Und bemerkt, dass sie frei erfunden waren.«

»Wie alt sind Sie? Dreißig? Zweiunddreißig? Haben Sie Kinder? Eine Familie?« Andrea Untermüllers Stimme war beißend. »Haben Sie irgendeine Ahnung, wie schwer es ist, das alles zu verbinden. Und dabei noch jeden Tag auszusehen, als sei man aus dem Ei gepellt?«

Dorothea riskierte einen weiteren Schritt. »Richard Vogel hat gedroht, Ihren Betrug zu entlarven.«

»Lächerlich. Sie wollen mir den Mord an Richard in die Schuhe schieben?« Die Journalistin hatte sich erneut unter Kontrolle. »Mein Kollege wusste, dass es nur eine einmalige Sache war.« Sie schnaubte. »*Wer ohne Sünde ist, der werfe den ersten Stein.* Ich hatte keine Gelegenheit, ihn zu vergiften.« Die Energie wich aus der Powerfrau wie die Luft aus einem Ballon. »Laut ihren Kollegen war das Gift im Whisky?«

Dorothea nickte vorsichtig.

»Ich habe den Ball bereits um zehn Uhr verlassen. Noch bevor Richard Vogel an der Whiskybar zu finden war.«

»Sie haben der Polizei erzählt, dass Sie bis zwei Uhr morgens auf der Veranstaltung waren.«

»Das war, ehe ich wusste, dass ich verdächtigt werde.« Die Reporterin hob die Schere auf, nahm ihre Gießkanne zur Hand, goss ihre Zierbäumchen. »Ich habe Richard nicht ermordet. Ich habe ein Alibi.«

Kapitel 46

Der Hof der Kufsteiner Festung glänzte an diesem Freitag hell in der Nachmittagssonne, der Duft von Flieder lag in der Luft. Ein malerischer Anblick, die perfekte Kulisse für die Generalprobe des Shakespeare-Stückes, doch Dorothea fühlte sich niedergeschlagen. Ihr Instinkt sagte ihr, dass die Reporterin die Wahrheit gesagt hatte. Nichtsdestotrotz würde sie das Alibi überprüfen.

In den hölzernen Zuschauerreihen stand die Hitze, kein Windhauch bewegte Dorotheas Kleid. Drei scheußliche Hexen mit grässlichen Fratzen, grauen Zoten und blutverschmierten Gewändern hasteten über das Kopfsteinpflaster, der Bankdirektor als König Duncan von Schottland, bärtig, in purpurnen Gewändern und goldener Krone dicht auf den Fersen der Furien. Dorothea spürte das Knistern in der Luft, die angespannte Aufregung vor der Aufführung.

»Sie wollten mich sprechen?« Eine eindrucksvolle Lady Macbeth, majestätisch und wallend, riss Dorothea aus ihren Gedanken.

Marion Arte war verschwunden, die Maskenbildner und Kostümschneider hatten ausgezeichnete Arbeit geleistet. Die Frau des schottischen Heerführers und zukünftige Königin trug eine rotblonde Perücke aus streng geflochtenem Haar, ein dunkelgrünes Samtkleid mit Seidenbändern und ein Korsett. Eine imposante Thronanwärterin.

»Ich habe nicht lange Zeit, das Stück beginnt in einer Stunde.« Die Yogatrainerin strich über den schimmernden Stoff. »Ich habe noch nicht meditiert.« Ihre Stimme war schrill und aufgesetzt.

Wo hatte sie ihren winzigen Kläffer gelassen?

»Wo waren Sie am letzten Samstag nach zehn Uhr abends?«

»Auf dem Ball.« Marion Arte legte eine Hand an ihre Kehle. »Wo soll ich sonst gewesen sein?«

»Der Polizei liegen andere Informationen vor.«

Einen Moment lang inspizierte die Schauspielerin Dorothea feindselig. »Haben Sie irgendeine Ahnung, wie sehr es ihrer Karriere schaden würde, wenn unsere Affäre publik werden würde?« Sie ließ sich auf der Holzbank nieder. Die zarten Finger der jungen Frau zupften unentwegt an Hautfetzen. »Wissen Sie, dass es in Österreich mehr Bürgermeister mit dem Namen Josef als Bürgermeisterinnen gibt?«

Lady Macbeth begutachtete die Hände in ihrem Schoß, ihre Lippen begannen zu beben. Dorothea hoffte, dass die Yogatrainerin nicht zu weinen beginnen und das sorgfältig aufgetragene Bühnen-Make-up zerstören würde. Sie wollte nicht für das Misslingen der Generalprobe verantwortlich sein. Marion Arte wandte ihr Gesicht, fächelte sich mit ihren Händen Luft zu, warf den Kopf zurück. Auch sie wollte diese Verantwortung nicht tragen. Die junge Frau atmete tief durch. »Sie ist verheiratet.«

Dorothea wartete.

»Seit zwei Jahren sind wir ein Paar.« Erneut ließ sie ihren Kopf hängen. Dorothea musterte die unechten Haarsträhnen und schloss einen Moment lang ihre Lider.

»Richard hat von Anfang an gesagt, dass ich mich nicht mit ihr einlassen solle. Dass sie ihren Mann nie verlassen würde. Dass ihr ihre Karriere wichtiger sei als ich. Ihr Ansehen.« Marion Arte schniefte leise. »Aber was hätte ich tun sollen?«

Die Beziehung beenden. Dorothea presste ihre Lippen zusammen, um den Gedanken nicht auszusprechen.

»Hat Richard Ihnen erzählt, dass Ihre Geliebte Recherchen gefälscht hat?«

Die junge Frau nickte. »Sie war nie im Flüchtlingsheim. Hat nie mit den Insassen gesprochen. Er wollte, dass ich die Wahrheit über sie weiß.« Sie hob den Kopf. »Es war nur eine einzige Reportage. Jeder macht Fehler.«

Die Worte kamen Dorothea unheilvoll bekannt vor.

Marion Arte presste die Hand auf die Lippen. »Andrea hat Richard nicht vergiftet. Ich war die ganze Zeit mit ihr zusammen. Und wir waren nur bis zweiundzwanzig Uhr auf dem Ball.«

Der Triumph zerfiel wie ein Kartenhaus, ließ Dorothea hohl und leer zurück. Marion Artes Gesicht sprach Bände. Die junge Frau war naiv, aber keine Lügnerin. Eine weitere Sackgasse, die nächste Wand. Plötzlich wünschte sie sich eine Ariadne, die ihr wie Theseus einen Faden mitgegeben hatte, um aus dem Labyrinth hinauszukommen.

»Können Sie mir irgendetwas erzählen, das uns helfen würde, seinen Tod aufzuklären?«

»Wir hatten uns in letzter Zeit leider nicht mehr viel zu sagen. Er mochte Andrea nicht.« Mit einem Taschentuch tupfte sie sich vorsichtig die Augen. »Er hat mir nichts von seinem Tumor erzählt. Ich musste es von der Polizei erfahren. Erst jetzt weiß ich, warum er sich so für das kranke Mädchen interessiert hat.«

Dorothea dachte an die Staatsfeindin. »Sprechen Sie von Brigitte Eiflers Tochter?«

»Nein, das andere Mädchen. Sara Tomić.«

Kapitel 47

»Richard Vogel wollte eine Reportage über Saras Krankheit schreiben.« Amil Tomićs Stimme war abwehrend. »Aber das hat nichts mit seinem Tod zu tun. Ich habe den Beamten bereits alles gesagt. Bitte gehen Sie wieder.« Der Vater rückte ein hellgraues Sitzkissen auf dem erdfarbenen Sofa zurecht. Er war Anfang vierzig, schlank und groß, und sein dunkler Lockenkopf erinnerte Dorothea an einen italienischen Musiker, ein leichter Akzent war kaum wahrnehmbar. Nichts unterschied dieses Wohnzimmer von vielen anderen des Mittelstandes. Solide Möbel, saubere Kästen, Familienfotos an der Wand. Dezente graue Teppiche, wie sie in Tausenden anderen Haushalten lagen. Nur die Stille war anders und die Schwere, die im Raum stand. Ein dumpfes Gefühl breitete sich in Dorotheas Magengrube aus, kroch über die Wirbelsäule in ihren Nacken.

»An welcher Art von Krebs leidet Sara?«

»Sara hat Knochenkrebs.«

Richard erwähnte eine Jugendliche. Knochenkrebs – so Biberzahns Worte. Richard Vogel hatte die Hoffnung für jemand anderen gesucht.

»Im Endstadium.« Die dunklen Augen des Vaters füllten sich mit Tränen, und in seiner Stimme lag Verzweiflung. »Die Ärzte geben ihr nicht mehr viel Zeit.«

Dorothea trank von ihrem Wasserglas auf dem Couchtisch, es half nicht, der Kloß in ihrem Hals blieb. Wie begegnete man einem Vater, dessen Tochter kein nächstes Jahr, nicht einmal mehr Weihnachten erleben würde?

»Sara wird noch eine Zeit lang schlafen.« Abermals zog Amil Tomić an dem Sitzpolster. »Nach dem Mittagessen ist sie immer sehr müde. Manchmal schläft sie zwei Stunden. Meine Tochter kann Ihnen nicht weiterhelfen.«

Dorothea versuchte, seine Miene zu lesen. Warum wollte der Vater nicht, dass sie mit Sara sprach? »Wenn es Ihnen nichts ausmacht, würde ich gern warten.«

In der Küche nebenan tickte eine Uhr, der schwache Geruch von Bratkartoffeln hing noch in der Luft. Dorothea lauschte auf ein Geräusch aus dem oberen Stockwerk. *Bitte wach auf!* Sie schickte das Stoßgebet zu dem Mädchen. Alles in ihr sträubte sich dagegen, mit dem verzweifelten Vater über das Todesurteil für seine Tochter zu sprechen.

»Es begann vor drei Jahren im Jänner.« Der Vater faltete seine Hände, schlanke Finger mit zarten Gelenken. »Knochenkrebs im Knie. Sie mussten ihr Kniegelenk und einen Teil ihres Oberschenkelknochens herausnehmen und ihr eine Prothese einsetzen. Dreiundzwanzig Runden Chemotherapie. Wochenlang konnte Sara nicht richtig schlucken, weil ihr Hals so offen war. Danach musste sie vier Wochen lang für eine Therapie ins Rehabilitationszentrum. Wegen ihres Beins. Aber Sara ist eine Kämpferin. Sie hatte häuslichen Unterricht, hat alle Schularbeiten und Tests nachgeholt. Und nach dreizehn Monaten konnte sie wieder in die Schule gehen. Das war letztes Jahr, am 20. Februar. Es war so ein schöner Tag. Wir haben gefeiert.«

»Dreieinhalb Monate später kam der Anruf.« Plötzlich liefen Tränen über seine Wangen.

Dorothea wusste nicht, wohin sie sehen sollte. Sie fühlte sich hilflos, ohnmächtig.

»Bei einem der Kontrollröntgen haben sie Schatten in der Lunge gefunden. Metastasen.« Die schlanke Hand ballte sich zu einer Faust. »Ich konnte es Sara nicht sagen. Es war vor dem Pfingstwochenende, wir mussten fünf Tage auf die nächsten Tests warten. Wir wollten nach Italien fahren. Sara hatte sich so sehr auf diese Reise gefreut. Ich habe zu Gott gebetet, dass wir in Italien einen Autounfall haben. Einfach sterben. Ohne etwas zu merken. Dass es vorbei ist. Für uns alle.«

Dorothea schloss die Augen. Kein Gott hatte die Gebete des Mannes erhört.

»Zwei Operationen. Und wieder Chemotherapie. Und wieder haben wir gehofft, dass Sara gesund ist, dass sie den Krebs besiegt hat. Dass er nicht wiederkommen würde.« In seiner Stimme lag unendliche Müdigkeit. »Zehn Monate und fünf Tage lang konnten wir aufatmen. Dann bekam Sara Kopfschmerzen, ihr wurde schwindlig.« Er schluckte. »Wir hatten Glück. Sie konnten den Tumor herausoperieren, ohne Saras Gehirn zu beschädigen.«

Glück. Niemand würde in Zukunft diesen Begriff im Zusammenhang mit seiner Tochter verwenden. Minutenlang herrschte Stille, nur die Küchenuhr tickte. Dorotheas Schläfen pochten, sie konzentrierte sich auf die Wand ihr gegenüber. Weiße Flecken, an der Fotos gewesen sein mussten. Der Vater folgte ihrem Blick. »Seit sie fünf war, ging Sara zur Ballettstunde. Es war ihre Leidenschaft. Aber mit der Prothese konnte sie nicht mehr tanzen. Sie war so wütend und enttäuscht, dass sie alle ihre Ballettfotos zerrissen hat.«

»Herr Tomić. Warum war Herr Vogel bei Ihnen?«

Mit einem Mal war der Zorn zurück. »Er hat Sara Hoffnungen gemacht. Hat sie an der Nase herumgeführt. Bitte gehen Sie. Ich möchte nicht, dass sie sich aufregt.«

»Papa?« Aus dem oberen Stockwerk kam eine Stimme.

Kapitel 48

»Sara, ich bin hier. Mama ist mit den Kleinen am Spielplatz.« Er wandte sich an Dorothea. »Ben und Larissa sind sieben. Sara ist unsere Älteste.«

Jemand stieg die Treppe herunter, Stufe um Stufe. Dorothea wappnete sich, dachte an eingefallene Wangen, bleiche Haut. Das Mädchen, das im Türrahmen stand, war zart und zerbrechlich, aber es sah nicht krank aus. Saras Haut war olivfarben wie die ihres Vaters, ihre Augen hatten die Farbe von braunem Samt. Nur ihr kurzes dunkles Haar, eine kahl rasierte Stelle und eine Naht über dem Ohr verrieten, dass sie Chemotherapie und eine Operation hinter sich hatte.

»Sara, das ist Frau Inspektorin Keusch. Der Direktor deiner Schule hat ihr unsere Adresse gegeben. Sie ist gekommen, um mit dir über Richard Vogel zu reden.« In seiner Stimme lag Beklemmung.

»Hallo, Sara.«

Obwohl es schon vierzehn Jahre alt war, wirkte das Mädchen schüchtern wie ein kleines Kind. Es hinkte an Dorothea vorbei und ließ sich vorsichtig neben seinem Vater nieder. Schützend schlang er den Arm um seine Tochter. Die Last auf Dorotheas Brust wurde unerträglich. »Ich würde gern mit dir über Herrn Vogel sprechen.«

Unsicher sah das Mädchen zu ihrem Vater auf, ehe sie sich an Dorothea wandte. »Wissen Sie, wer Richard umgebracht hat?«

»Nein, leider nicht«. *Richard.* »Ich bin hier, weil ich hoffe, dass du mir vielleicht dabei helfen kannst, seinen Tod aufzuklären. Worüber hast du mit Richard Vogel gesprochen?«

Ein weiterer unsicherer Blick zu ihrem Vater. »Er wollte eine Reportage schreiben.«

»Über dein ...« Dorothea zögerte. »Schicksal?«

Plötzlich lächelte das Mädchen milde, nachsichtig. »Nein. Richard war ein Enthüllungsjournalist.«

Der Vater drückte die Schulter seiner Tochter, sanft, aber bestimmt. »Sara. Es hat nichts mit Richards Tod zu tun. Es ist verschwendete Energie.« Die beiden trugen einen Kampf aus, das hübsche Gesicht wurde trotzig. Endlich lehnte sich der Vater zurück, das Mädchen hatte gewonnen. »Ich leide an einem Osteosarkom. Es hat damit angefangen, dass ich nach der Ballettstunde starke Schmerzen im Knie hatte. Unser Hausarzt war im Urlaub, deshalb hat mich meine Mutter zur Ambulanz ins Krankenhaus gebracht. *Eine Zerrung.* Das war die Diagnose. Ich habe dem Orthopäden gesagt, dass ich die Schmerzen schon länger habe. *Du musst dich vor dem Tanzen länger aufwärmen.* Das waren seine Worte. Er hat sich das Bein nicht angesehen, hat mir nicht richtig zugehört. Meine Mutter hat ihn gefragt, ob er sich sicher ist. Er hat ihr nicht einmal geantwortet. Er hat kein Röntgen veranlasst, sondern mir nur leichte Schmerztabletten verschrieben.«

Dorothea war benommen wie nach einem Autounfall. Sie ahnte, wie dieser Bericht enden würde.

»Wir sind wieder heimgefahren, ich habe die Schmerztabletten genommen. Drei Tage später ist mein Knochen gebrochen, als ich die Treppe hinunterstieg. Einfach so.« Sie hielt inne. »Osteosarkome sind selten, sie sind schwer zu diagnostizieren. Aber wenn mich der Arzt wenigstens ernst genommen hätte. Die Osteopathin in der Klinik sagte uns, dass der Arzt mein Bein röntgen lassen und schienen hätte sollen. Der Tumor hat den Knochen spröde gemacht. Durch den Bruch ist das Tumorgewebe gerissen, die Krebszellen gelangten in meine Blut- und in meine Lymphbahn. Die Fünf-Jahres-Überlebensrate liegt bei einem Osteosarkom bei 70 Prozent. Wenn die Krebszellen nicht in meine Blutbahn gelangt wären, hätte ich vielleicht keine Metastasen bekommen.«

Das Mädchen weinte nicht. Hilflosigkeit schwappte über Dorothea wie eine Flutwelle, die alles unter sich wegschwemmte, ertränkte.

»Meine Eltern wollen auf keinen Fall vor Gericht, die Chancen, dem Arzt tatsächlich einen Befunderhebungsfehler nachzuweisen, sind viel zu gering. Aber ich habe vor einem Jahr Briefe an Zeitungen geschickt. Vor zwei Wochen hat Richard sich bei uns gemeldet. Er hat versprochen, einen Artikel über den Arzt zu veröffentlichen.«

»Sara ...« Liebevoll strich der Vater über das Haar seiner Tochter. Er wandte sich an Dorothea. »Sie sieht nur das Gute im Menschen. Er wollte nur eine dieser Boulevard-Geschichten.«

»Das stimmt nicht. Er wollte etwas bewirken. Er wollte den Orthopäden an den Pranger stellen. Das Risiko, verklagt zu werden, war ihm egal.«

»Meine wunderbare Sara. Ich bin froh, dass er dich nicht enttäuschen konnte.«

Einen Moment lang zauderte Dorothea. »Sie irren sich. Der Journalist hatte keine Angst vor einer Verleumdungsklage. Er hatte nichts zu verlieren. Richard Vogel litt an einem Gehirntumor.« Dorothea gab ihrer Stimme einen sanften Klang. »Sara, wie lautet der Name des Arztes?«

Kapitel 49

»Sie stören mich an einem Freitagabend bei meiner Golfrunde, weil ich Ihrer Meinung nach eine Patientin nicht richtig diagnostiziert habe?« Der Arzt starrte Dorothea einen Moment lang wütend an, dann widmete er sich erneut dem weißen Ball. »Seit wann befasst sich die Polizei mit medizinischen Spitzfindigkeiten?«

Um sieben Uhr abends war es auf dem Golfplatz in Ellmau glühend heiß, der Wilde Kaiser flimmerte wie eine Fata Morgana. Dirk Blümel trug eine kurze Hose und ein Poloshirt, unter seinen Achseln prangten kreisrunde Flecken, und sein gegerbtes Antlitz glänzte vor Schweiß. Der Golfball war nur noch dreißig Zentimeter vom Loch entfernt.

»Sie haben sich nicht die Zeit genommen, Sara Tomić oder ihrer Mutter zuzuhören.« Dorothea musste sich beherrschen, um nicht laut zu schreien. Sie unterdrückte das Verlangen, den Mann am Arm zu nehmen und zu schütteln. Seine krebsroten Äderchen leuchteten, während der Blick des Arztes zwischen dem Golfschläger und dem Ball hin- und herwanderte. Schwaden von Schweiß und Alkohol zogen an Dorothea vorbei.

»Es war Ihnen wichtiger, das Krankenhaus schnell zu verlassen, um in Ihrer Privatpraxis Geld zu scheffeln. Anstatt Saras Bein zu röntgen und zu schienen, haben Sie sie nach Hause geschickt.«

Dirk Blümel sah nicht auf, er probte den Schlag, holte vorsichtig aus, ohne den Ball zu berühren. Einige Grashalme zitterten. »Ich habe alles richtig gemacht.« Seine Stimme war ruhig. Dorothea schnaubte. *Wir haben alles richtig gemacht* – Tirols Standardsatz zu jedem Thema.

»Saras Oberschenkelknochen war durch den Tumor schon so spröde, dass er unter geringster Belastung gebrochen ist.« Dorothea zwang sich, beherrscht zu bleiben. »Der Tumor ist zerrissen, die Krebszellen wurden ins Blut- und ins Lymphsystem geschwemmt. Dadurch haben sich Metastasen gebildet.«

»Haben Sie Medizin studiert?« Der Orthopäde sah kurz auf, ehe er sich wieder auf den Ball konzentrierte. »Sind Sie Onkologin? Eine Expertin auf dem Gebiet der Krebsforschung?«

»Die Ärzte in der Klinik erklärten Sara, dass das Bein geschient hätte werden sollen.«

»Im Nachhinein sind alle immer klüger.« Endlich führte er den Schlag aus, verfehlte das Loch um zwei Zentimeter. Verärgert richtete er sich auf. »Ich bin kein Hellseher. Die Ärzte in Innsbruck sind das genauso wenig.«

»Je früher Krebs erkannt wird, desto höher stehen die Chancen auf Heilung. Sara hat nur noch wenige Wochen zu leben. Wenn Sie die richtige Diagnose gestellt hätten, hätte sie vielleicht nie Metastasen bekommen, und ihr Krebs wäre geheilt gewesen.«

»Wenn, wenn, wenn. Wenn meine Tante einen Penis hätte, dann wäre sie mein Onkel.« Er stellte sich wieder in Position, versuchte den Schlag erneut. Vergeblich. Er fluchte laut. »Sie haben keine Ahnung.« Gleichgültig, unbeteiligt. »Es geht hier um ein *Osteosarkom.* Das Mädchen hatte von Anfang an keine Chance. Knochenkrebs heilt man nicht, an Knochenkrebs stirbt man.«

Dorotheas Gaumen schmerzte. Sie musste sich räuspern. »Sie haben den Befund falsch erhoben. Weil Sie zu sehr in Eile waren. Jänner, Skisaison. Es befanden sich viele Patienten in der Ambulanz, Sara war eine der letzten, sie kam erst um vier Uhr nachmittags an die Reihe. Die Ordinationszeit in Ihrer Privatpraxis beginnt um 16:30 Uhr. Rushhour in Kufstein. Sie befürchteten, im Stau zu stehen, nicht rechtzeitig in die Praxis zu gelangen.«

»Ich bin einer der Toporthopäden des Kufsteiner Krankenhauses, fachlich unantastbar, daran ändern Ihre lächerlichen Anschuldigungen nichts.«

Er schlug den Ball, schließlich traf er. »Seien Sie vorsichtig mit diesen Lügengeschichten.« Das Gespräch war für ihn beendet. Er steckte seinen Schläger in den Trolley, setzte sich zielstrebig in Bewegung zum nächsten Loch.

Dorothea war mit ihrem Latein am Ende. *Er ist nicht nervös. Du jagst ihm keine Angst ein.* Sie folgte ihm über den Golfplatz. »Es ist keine Lügengeschichte, sondern ein Motiv für einen Mord.« Der Arzt prustete verächtlich, er blieb nicht stehen. »Richard Vogel hat Sara Tomić versprochen, dass er alles in Bewegung setzen würde, um Gerechtigkeit für sie zu erlangen.«

»Der Zeitungsschmierer?« Er hielt inne, musterte sie ungläubig. »Sie glauben wirklich, dass ich diesen Schmierfinken vergiftet habe?« Plötzlich lachte er, ein höhnisches, bösartiges Keckern. »Mit Taxin? Eibengift? Sie müssen sehr naiv sein.« Er ließ seinen Trolley los, wischte sich mit einem Taschentuch die Feuchtigkeit von der Stirn. »Wissen Sie, wie viele Patienten ihren Arzt verklagen? Tausende. Jede Deutschlehrerin ist der Meinung, dass sie meinen Job besser erledigen kann als ich. Meinem Rechtsschutz sei Dank.« Er steckte das Tuch wieder in seine Tasche. »Anders als Sie habe ich tatsächlich Medizin studiert. Glauben Sie wirklich, dass ich einen Mann vergiften würde wie in einem Krimi von Agatha Christie? Wenn ich die arrogante Schwuchtel umgebracht hätte, läge sie schon seit Jahren unter der Erde. Und jeder würde glauben, dass der Schmutzfink eines natürlichen Todes gestorben war.« Er ergriff seinen Trolley, stapfte weiter. »Richard Vogel hielt sich für einen Robin Hood, einen Halbgott. Aber seine Anschuldigungen sind rechtlich nicht haltbar. In welcher Welt leben Sie? Im Alten Testament? Ein solcher Zeitungsartikel ist kein Motiv für einen Mord. Er ist Grundlage für eine Verleumdungsklage, für einen Prozess wegen übler Nachrede.«

Dorothea hielt mit dem Arzt Schritt. Sie war dabei, den Kampf zu verlieren. Er entglitt ihr. *Du musst pokern.* Voller Einsatz. »Die Ärztekammer hätte sich für den Fall interessiert.« *Lahm. Unglaubwürdig.*

»Hätte, würde, könnte. So schnell verliert man als Arzt nicht seine Lizenz.« Er drehte sich nicht um.

»Der Staatsanwalt wird sich für Ihr Motiv interessieren.«

»Schön für Sie. Ich liebe Optimisten – Menschen, die noch nicht alle Fakten kennen.« Zu guter Letzt näherte er sich Dorothea. »Sie kontaktieren den Staatsanwalt, und ich spreche mit meinem Anwalt ... über eine Dienstaufsichtsbeschwerde gegen Sie. Wenn Sie versuchen, mir irgendetwas anzuhängen, werde ich Sie persönlich wegen Diffamierung verklagen.«

Kapitel 50

»Zwei Dates mit dir an einem Tag – daran könnte ich mich gewöhnen.« Unter dem abendlichen Blätterdach des Schanigartens blinzelte Konstantin Dorothea über den Holztisch hinweg spitzbübisch zu, doch er wurde sofort wieder ernst. »Du siehst aus, als hättest du schlechte Nachrichten.«

Ich habe versagt. Nichts Brauchbares gefunden. Die Worte rasten durch ihr Gehirn, doch Dorothea nickte nur, drückte ihren Rücken gegen die Lehne der Bank und schwieg. Ehe sie Konstantin von ihren Misserfolgen berichtete, wollte sie eine warme Mahlzeit.

Schweinebraten mit Knödel, Sauerkraut und Soße? Schmankerlteller, Spinatspatzln, Kasnocken, Schlutzkrapfen? Dorothea konzentrierte sich auf die Speisekarte. *Heuriger im Weinstadl.* Trotz ihrer Sorge entglitt Dorothea ein Lächeln. Konstantin liebte traditionelle Wirtshäuser, sie bevorzugte die internationale Küche. Dennoch. Auch an diesem Freitagabend war seine Wahl treffsicher. Reben und Kapuzinerkresse, der Duft nach Backhendl, Kartoffel- und Vogerlsalat, die gemütliche Atmosphäre eines Wiener Gastgartens mitten in Tirol. Lauschig, idyllisch, perfekt für eine ungestörte Unterhaltung.

Die Wirkung währte nicht lang, ehe die harte Faust erneut gegen ihren Magen stieß und die Enttäuschung ihre Luftröhre anschwellen ließ. *Du hast nichts gefunden.* Erst jetzt wurde ihr klar, wie ungemein sie sich darauf gefreut hatte, ihm ein neues Puzzleteil zu bieten, wie sicher sie sich gewesen war, eine Spur zu finden, eine Fährte, irgendetwas. Erfolgreicher zu sein als sein Team. Als seine neue Kollegin, die grazile Anna *Weißt du, was deine größte Schwäche ist? Arroganz.* Ihr Vorgesetzter hatte recht. Aufgebracht fixierte Dorothea eine Wespe, die Konstantins Apfelsaft attackierte. Das Insekt saugte die goldgelbe Flüssigkeit gierig von der Innenseite des Glases. *Nur eine Wespe. Werd nicht hysterisch. Konzentrier dich auf deine Bestellung.* Sie traf eine Entscheidung, klappte die Speisekarte zu, seufzte leise und begann zu erzählen.

»Der Arzt hat dir mit einer Dienstaufsichtsbeschwerde gedroht?« Konstantin sah erschrocken von seinen Spinatknödeln auf.

Dorothea nickte. Der Schock über das Gespräch mit dem Orthopäden saß ihr noch immer im Nacken. Sie strich sich eine Strähne aus dem Gesicht. »Meist bleibt es bei leeren Drohungen.« Sie klang nicht so zuversichtlich, wie sie gehofft hatte.

»Hat er was mit dem Mord zu tun?«

»Er hat kein Motiv.« Zerknirscht schob sich Dorothea einen Bissen des Schweinebratens in den Mund, die Kruste knackte knusprig.

»Es ist aussichtslos.« Niedergeschmettert verscheuchte Konstantin die Wespe und nahm abwesend einen Schluck Apfelsaft. »Überall tauchen Dinge auf, die Richard Vogel aufgedeckt hat, aber nirgends ist ein solides Motiv zu finden.«

»Es ist erst Freitagabend.« Dorothea bemühte sich zu verbergen, wie mutlos sie selbst war. »Du hast noch einen ganzen Tag Zeit.«

Konstantin ließ sich nicht täuschen, er sah sie lange an. Er legte seine Hand auf ihre und versuchte ein Zwinkern. »Der Mord an dem Journalisten ist wie ein gordischer Knoten.«

Dorothea entglitt ein Lächeln, zarte Schwingen flatterten tief in ihr. Sie mochte es, wenn Konstantin versuchte, sie zu beeindrucken.

»Den Knoten aufzudröseln ist nicht möglich.« Er nahm seine Gabel wieder auf. Dorotheas Hochgefühl verschwand so schnell, wie es gekommen war. »Und wir haben kein Schwert wie Alexander der Große.« Verloren zerstückelte er seine Knödel, tunkte niedergeschlagen die letzten Happen in Butter und Parmesan, und Dorothea realisierte, was passiert war. Sie war nicht die Einzige, die auf ihre Fähigkeiten gesetzt hatte. Auch Konstantin hatte unerschütterlich an sie geglaubt, war überzeugt gewesen, dass sie einen Verdächtigen finden würde. Die Erkenntnis traf sie wuchtiger als alles andere.

Als er sich den Mund mit den bordeauxroten Servietten abgetupft hatte, reichte er ihr einen den Ordner. »Pacta sunt servanda.«

Verträge müssen eingehalten werden. Dorothea quittierte das lateinische Zitat mit einem Lächeln. Ihr war zum Heulen zumute.

»Ich habe alles gesammelt, was ich über Harald Kohler finden konnte.« Konstantin fuhr sich durch die Haare, wieder und wieder. »Seinen Strafregisterauszug. Alle Akten, die ich am Gericht ausheben konnte. Nicht sehr viel. Das meiste wurde bereits skartiert. Gesetzmäßig vernichtet.«

Dorothea nahm den dünnen Umschlag, hielt ihn fest in ihrer Hand.

»Es gab einen Prozess. Vor fünfundzwanzig Jahren wurde er für fahrlässige Tötung verurteilt.«

Der Karton fühlte sich seltsam an.

»Er hat seinen Bruder überfahren und ihn tot im Straßengraben liegen lassen.«

Nicht überfahren. Dorothea wartete.

»Kein Hinweis auf einen Polizeiirrtum. Der damalige Staatsanwalt kann sich nicht an den Fall erinnern, aber der Richter hatte im Gedächtnis, dass es einen Zeugen gab, der gesehen hat, wie Harald Kohler seinen Bruder überfahren hat. Die einzige Hinterbliebene ist seine Großmutter. Helga Tamböck.«

Dorothea schnappte nach Luft. Eine Neunzigjährige tauchte vor ihr auf, eine schneeweiße Häkeldecke und der Geruch nach alter Haut. *Trauen Sie nie einem Mann.* Der lose Felsbrocken, der seit Sonntag über ihr hing, verlagerte sich, stürzte polternd auf sie ein.

»Geh morgen Vormittag ins Altersheim.« Wie aus weiter Ferne drang Konstantins Stimme an ihr Ohr. »Sprich mit der Großmutter des Obdachlosen, und du wirst sehen, dass sich dein Verdacht in Luft auflöst.«

Kapitel 51

»Sie vergeuden Ihre Zeit.« Die Neunzigjährige hob den Blick von ihren gichtigen Fingern, sah Dorothea an einer Orchidee vorbei vorwurfsvoll an. »Die Polizei war gestern schon hier.«

Dorothea merkte, dass sie den Atem anhielt, und blies ihn erleichtert aus. Die Pflegerin des Altersheims hatte recht behalten. Anders als am Montagnachmittag war Helga Tamböck an diesem Vormittag bei klarem Verstand.

Die alte Frau presste die welken Lippen aufeinander, strich forsch die weiße Spitzendecke glatt. »Ich habe gewusst, dass der Tag kommen würde«, sie klang schneidend, unerbittlich, »an dem jemand mir sagt, dass mein Enkel sich zu Tode gesoffen hat.« Sie zupfte an der Orchidee. »Er hat länger durchgehalten, als ich dachte.«

Die Luft im Zimmer war getränkt von Desinfektionsmitteln, altmodischem Parfüm und Seife, abgestanden, verbraucht, wie auf einem staubigen Dachboden im Hochsommer. Die geschlossenen Fenster und die Gardinen wirkten wie ein Gefängnis. Auf dem Gang klapperten Rollwagen. Trotz der trockenen Hitze im Zimmer fröstelte Dorothea. *Lass dich nicht auf eine Diskussion über die Todesursache von Harald Kohler ein.* »Frau Tamböck, ich bin gekommen, um mit Ihnen über den Unfall zu sprechen, in dem Haralds Bruder ums Leben gekommen ist.«

»Der Unfall?« Die alte Frau legte ihre Hand an ihre Perlenkette, die Gelenke waren knotig aufgrund der Arthritis. Sie sah Dorothea misstrauisch an. »Warum wollen Sie über den Unfall sprechen? Tim ist tot. Harald ist tot. Beide in der Hölle. Ich habe alle überlebt.« Häme lag in ihrer Stimme. »Mein nutzloser Enkel wollte, dass ich ihm das Haus überschreibe. Er hätte es verkauft, sofort. Und das Geld für Schnaps ausgegeben.« Das faltige Kinn zitterte. »Ich musste mir dieses Haus hart erarbeiten.«

Irgendetwas in dem Ton der Frau ließ Dorothea aufhorchen, sie fröstelte. Die Alte saß versteinert da. *Hart erarbeiten?* Wovon sprach die Witwe? Von Hausarbeit? Demütigungen? Sexueller Unterdrückung? Missbrauch? Dorothea wagte es nicht, nachzubohren. Sie hatte genug gehört. Sie wollte Antworten auf ihre Fragen und dieser Zelle entfliehen. »Gibt es irgendwelche Hinweise darauf, dass Ihr Enkelsohn seinen Bruder nicht überfahren hat?«

Endlich blickten die grauen Augen Dorothea an. »Wenn es nach Harald ging, war er immer unschuldig.« Die greisen Hände strichen das Nylonkleid glatt. »Für sein Unglück waren alle anderen verantwortlich.«

Dorothea dachte an den verwahrlosten Mann, die gescheiterte Existenz, die sie in dem verwilderten Garten gesehen hatte. An Speckners Aussage. *Ein Ärgernis weniger für uns, ein Faulpelz weniger durchzufüttern für den Steuerzahler.* Hoffnungslosigkeit erdrückte sie.

»Ich hätte das Balg weggeben sollen.«

Einen Moment stutzte Dorothea, ehe ihr die Erleuchtung kam. Die Neunzigjährige sprach von ihrer Tochter, der Mutter des Obdachlosen. Sie erinnerte sich an die Geschichte. Die Nachkriegszeit. Der Franzose.

»Haben Sie Kinder?« Helga Tamböck beugte sich nach vorn, umklammerte Dorotheas Hand.

»Frau Tamböck, könnte es sein, dass Ihr Enkelsohn unschuldig war?« Dorothea wagte es nicht, die Finger abzuschütteln. Sie fühlten sich an wie Pergament. »Dass er seinen Bruder nicht überfahren hat?«

»Ich wollte Modedesignerin werden. Wie Coco Chanel.« Die Nähmaschine auf der Veranda. Hatte Harald Kohler versucht, sie zu verkaufen? Der Griff wurde eisern, stärker, als Dorothea es von einer Neunzigjährigen erwartet hatte. »Lassen Sie sich nie mit einem Mann ein. Bleiben Sie ledig!«

»Frau Tamböck, bitte beantworten Sie meine Frage. Gibt es irgendwelche Hinweise, dass es nicht Harald war, der seinen Bruder überfahren hat?«

»Harald hat immer geschworen, dass er es nicht getan hat.« Helga Tamböck ließ Dorothea los, sank in ihren Stuhl. »Bei dem Leben seiner Mutter.«

Blanker Zorn. Warum war die Greisin so wütend auf ihre Tochter? Dorothea wartete, doch die alte Frau fuhr nicht fort.

»Mein Enkel war vollgepumpt.« Die alte Frau schnaubte. »Mit diesem modernen Zeug, ich habe vergessen, wie es heißt.«

Der Unfall lag ein Vierteljahrhundert zurück. »Ecstasy?«

Missbilligend neigte Helga Tamböck den Kopf. »Drogen. Zu unserer Zeit gab es das nicht.«

Dorothea biss sich auf die Lippen. Soldaten der Wehrmacht hatten im Zweiten Weltkrieg Pervitin gegen ihre Erschöpfung verabreicht bekommen. Es war damals nur nicht Crystal Meth, sondern Panzerschokolade genannt worden. Sie schwieg.

»Wir waren Kriegskinder. Wir hatten nichts. Kein Dach über dem Kopf. Nichts zu essen. Und wir mussten arbeiten. Wir sind auch groß geworden.«

Dorothea seufzte. Wie oft hatte sie diese Predigt von älteren Menschen schon gehört? Sie hasste Lobeshymnen über die gute alte Zeit. In der es zum guten Ton gehört hatte, Volksschüler stundenlang auf Scheiten knien zu lassen, die eigenen Kinder zu verprügeln, Frauen zu unterdrücken.

»Harald ging auf diese Partys. Hat Drogen genommen. Das Zeug verkauft. Ein Mädchen geschändet. Ich habe selbst gehört, wie er und Tim darüber geredet haben. Aber die Polizei hatte nie genug Beweise.« Die Greisin sah aus dem Fenster.

Dorothea schluckte hart. *Drogenbesitz. Drogenhandel. Vergewaltigung.*

»Unschuldig, bei meiner Seele, nein, er war nicht unschuldig. Dem Jungen fehlte eine starke Hand. Seine Mutter hat ihn ständig in Schutz genommen.« Die alte Frau strich erneut über ihr Kleid. »Ein Opfer der Justiz. Harald hat allen erzählt, dass er ein Opfer der Justiz sei.«

Dorothea schauderte, doch gleichzeitig richtete sie sich auf und ihr Herz schlug freier. Der Polizeiirrtum, von dem Erich Vogel gesprochen hatte. Sie hatte ihn endlich gefunden. Aber es war kein Irrtum gewesen. Sogar die Großmutter des Täters war sich sicher, dass er schuldig war. Es gab keine Verbindung zwischen Konstantins Patenonkel und dem Tod des Journalisten. Trotz der abgestandenen Luft in dem Altersheim atmete Dorothea leichter, unbeschwerter. *Alles wird gut. Du hast deine Pflicht getan.* Plötzlich schien alles möglich. Die Welt stand offen. Die Mordkommission würde den Fall lösen. Und sie konnte mit Konstantin ...

»... letzte Woche endlich einen Dummen gefunden, der ihm geglaubt hat. Der Journalist wollte wissen, wo er Harald finden kann.«

Dorothea merkte, dass sie nur noch mit halbem Ohr zugehört hatte.

»Mein Enkelsohn hatte keine Wohnung. Er lungerte in meinem Haus herum, arbeitete nichts, hat den ganzen Tag gesoffen. Ich habe dem Reporter geraten, sich eine andere Story zu suchen. Harald war kein Opfer. Er war mit allen Wassern gewaschen. Er hat damals eine Nachbarin dafür bezahlt, dass sie für ihn lügt. Das Mädchen hat der Polizei erzählt, dass sie ein anderes Auto gesehen hat.« Entrüstet schüttelte sie den Kopf. »Ein Flittchen. Wie hieß sie noch mal? Eine aus der Gosse. Ihre Mutter war eine richtige Prostituierte. Hat mit verheirateten Männern geschlafen. Susu. Susanne. Jetzt fällt mir der Name nicht mehr ein ... Mein Gedächtnis ist nicht mehr das, was es einmal war.«

Dorotheas Nacken kribbelte unangenehm. *Eine verwahrloste Wohngegend. Eine übergewichtige Frau.* »Susanne Kurz?«

Die Greisin nickte. »Sie war ein aufreizendes Ding. Hat gedacht, sie könne die Polizei an der Nase herumführen. Aber der Inspektor hat dem Flittchen nicht geglaubt.« Helga Tamböck seufzte zufrieden. »Er war ein ansehnlicher Mann, der Herr Inspektor. Groß, schlank, wie ein Filmschauspieler.«

Dorotheas Herzschlag setzte aus, ehe die Übelkeit einbrach.

»Ein Gesicht wie Robert Redford.«

»Können Sie sich an seinen Namen erinnern?« Dorothea hörte das Zittern in ihrer eigenen Stimme.

»Das war ein stattlicher Mann.« Die alte Frau tätschelte kokett ihre Föhnwellen. »Grazer. Ja, das war es, Herr Inspektor Grazer.«

Kapitel 52

In dem düsteren Gang mischte sich der Gestank ihrer Ausdünstungen unter den von Katzenurin und Fußschweiß, als Susanne Kurz durch den Türspalt einen nervösen Blick auf Dorotheas Ausweis warf. Dorothea atmete flach, während sie die beleibte Frau beobachtete. Zwischen den fleischigen Lidern lag diesmal blanke Panik in den hellen Augen. Die aufgeschwemmten Finger wischten das ungewaschene Haar aus dem teigigen Gesicht, und der Blick der Frau fiel sofort auf den geifernden Greis in Top 4.

»Kommen Sie zu mir.« Auch diesmal war Dorotheas Besuch dem bösartigen Nachbarn nicht entgangen. »Ich könnte Ihnen einiges über die fette Qualle erzählen.«

»Vielen Dank für das Angebot.« Dorothea lächelte den alten Mann an, ihre Mundwinkel schmerzten. »Vielleicht komme ich darauf zurück.« *Das ist deine Chance.* Dorothea wandte sich an Susanne Kurz. »Ich versichere Ihnen, es geht nicht um Ihren Lebensgefährten. Oder um Sie.« Sie sprach leise. »Ich brauche nur Ihre Hilfe. Eine Auskunft. Es geht um ...«, sie hielt inne, warf einen Seitenblick auf den betagten Herrn, »... einen Ihrer Bekannten. Bitte. Es ist wichtig.«

Zögern. Zaudern. Ein Seitenblick Richtung Top 4. Die Wahl zwischen Pest und Cholera. Dorothea betrachtete das übergroße T-Shirt, es war nicht bunt gemustert, sondern mit Essensresten überzogen. Dorothea versuchte, den sauren Geschmack auf ihrer Zunge loszuwerden.

Susanne Kurz warf einen Blick auf ihr schwulstiges Armgelenk, fand keine Uhr.

»Zwei Minuten.« Dorothea gab ihrer Stimme einen überzeugenden Klang. »Länger wird es nicht dauern.« *Länger halte ich es nicht aus.*

Mit einem letzten bösen Blick auf ihren Nachbarn drehte sich die fettleibige Frau um, ließ die Tür offen. Dorothea hoffte, dass Susanne Kurz mehr Wert auf häusliche als auf Körperhygiene legte, doch noch ehe sie den Gedanken zu Ende bringen konnte, schlug ihr der bestialische Gestank entgegen, ließ sie kaum atmen. Schimmel, Fäulnis, Fäkalien, in der Hitze schwelend.

Den schmalen Gang erhellte der schwache Schein einer nackten Glühbirne. Wie zwei überdimensionale Keile bahnten sich die Unterschenkel der Frau schwerfällig schlurfend einen Weg durch McDonalds-Boxen, Pizzakartons, Colaflaschen, Chipstüten, leere Plastikflaschen.

Keine Hanfplantage. Kein Drogenlabor. Kein Waffenarsenal. Nur eine Müllhalde. Das war es, was die Frau verbarg.

Die Frau schien Dorotheas Gedanken zu erraten. »Ich war eine Woche krank, ich hatte keine Energie zum Aufräumen.«

Die Lüge war so offensichtlich, dass Dorothea nicht wusste, was sie sagen sollte. Schimmel hatte sich Monate lang so tief in Boden und Wände gefressen, dass sie grün wirkten. Wie in einer Doku-Soap über Messies. Der Zustand der Wohnung war ekelerregend, katastrophal, aber nicht illegal. Woher kam die Nervosität? Warum die Lügen?

Leises Rascheln, Kratzen unter einem leeren Pizzakarton. *Eine Ratte.* Der Gedanke schoss durch Dorotheas Kopf, doch es war eine Kakerlake, die aufgewühlt wieder in die Dunkelheit floh. Erneut musste Dorothea den Brechreiz bezwingen. Imaginäres Ungeziefer begann, über ihre Arme und Beine zu kriechen, alles in ihr sperrte sich dagegen weiterzugehen.

Nur zwei Minuten. 120 Sekunden. Sie schloss für einen Moment die Augen, dann folgte sie Susanne Kurz in einen Raum, der einst ein Wohnzimmer gewesen war. Jetzt gab es keinen Zentimeter mehr, der nicht von Unrat übersät war. Bald würden sich meterhohe Berge an Müll in der verwahrlosten Wohnung stapeln.

Im Fernsehen lief eine Talkshow. Die Hitze und der Gestank in dem Raum waren unerträglich, alle Fenster verriegelt. Die Frau hievte sich aufs Sofa, begrub Berge von leeren Chipstüten unter sich, unter dem Gewicht knarrten die Sprungfedern bedenklich. Einst hatte das Sofa ein Blumenmuster gehabt, nun war es überzogen von einer bräunlichen Kruste. Dorothea war froh, dass es keine weiteren Sitzgelegenheiten gab.

»Worum geht es?« Susanne Kurz schaltete den Fernseher nicht aus, verschränkte ihre Arme unter der Brust.

Immer noch krochen die unsichtbaren Würmer über Dorotheas Oberschenkel, sie unterdrückte den Drang, sie schreiend abzuschütteln. »Es geht um Harald Kohler.«

Die Wangen sackten nach unten, die Frau war erleichtert. »Was ist mit ihm?«

»Sie wohnten in seiner Nachbarschaft?«

»Warum interessiert Sie das?«

»Haben Sie in letzter Zeit mit ihm gesprochen?«

»Nein.« Die aufgeschwollenen Füße zuckten unruhig.

»Haralds Bruder wurde von einem Auto überfahren. Können Sie sich an die Nacht erinnern?«

»Es ist fünfundzwanzig Jahre her. Warum wollen Sie das wissen?«

»Harald wurde verurteilt. Die Polizei hat Hinweise darauf gefunden, dass Harald nicht schuldig war.« *Hinweise? Welche Hinweise? Bis jetzt hast du keinen einzigen.* »Ich hoffe, dass Sie uns dabei helfen können.«

Das Misstrauen war zurück. »Was habe ich damit zu schaffen?«

»Sie haben ausgesagt, dass Sie in jener Nacht ein Auto gesehen haben.«

»Woher wissen Sie das?«

»Haralds Großmutter hat mir davon erzählt.«

»Die alte Schachtel? Sie hat Harald nie geglaubt.« Die Anspannung fiel von der fettleibigen Frau ab, ihre Lider flackerten. »Lassen Sie mich raten. Die alte Hexe hat behauptet, dass Harald mich dafür bezahlt hat, dass ich lüge.«

»So etwas Ähnliches.«

»Die falsche Schlange. Unglaublich, dass sie immer noch lebt.« Die Worte flossen aus ihr heraus, es war, als hätte sich eine Schleuse geöffnet. »Jeden Sonntag ist sie bei uns in der Siedlung aufgetaucht. Mit ihrem Chanel-Kostüm, ihren Nylonstrümpfen, ihrer Handtasche. Hat Haralds Mutter Vorschriften gemacht. Als wir klein waren, saßen Harry und ich auf der Treppe, haben die beiden belauscht.« Das Lächeln war müde, kraftlos, aber es ließ erahnen, dass Susanne Kurz einst hübsch gewesen war.

»Der Vater der beiden hat sich aus dem Staub gemacht, als Harry acht war. Ich kann mich noch gut an ihn erinnern. Er hat uns auf seiner Gitarre Lieder vorgespielt. Von

San Francisco. Von der Freiheit. Eines Tages ist er Zigaretten kaufen gegangen. Nie mehr zurückgekommen. Wie in dem Lied.«

Dorothea wusste nicht, von welchem Lied die Frau sprach.

»Die alte Frau hat getobt. *Du musst strenger mit den Jungs sein. Härter durchgreifen. Sonst werden sie wie ihr Vater. Er war ein Taugenichts.* Haralds Mutter hat nie viel zu den Tiraden der alten Hexe gesagt. Aber nach dem Tod von Tim hat sie nur noch geheult. Einen Tag vor Harrys Prozess habe ich sie gefunden. An der Wäscheleine.«

Ihre Tochter hatte Selbstmord begangen. Das war es, was die alte Frau nicht über ihre Lippen gebracht hatte. Ohne es zu merken, war Dorothea wieder in der Familiengeschichte gelandet. *Deshalb bist du nicht hier.* »Was haben Sie in jener Nacht gesehen?«

»Ein Auto. Es war dunkel, und es hat geregnet, aber ich konnte zwei Personen erkennen.«

»Woher wussten Sie, dass Tim überfahren worden war?«

»Ich wusste es nicht. Ich habe erst am nächsten Tag von Tims Tod erfahren. Ich habe Harald und seiner Mutter von dem Auto erzählt. Und auch dem Polizisten. Aber Grazer war von Anfang an der Meinung, dass es Harald war.« Sie schwieg und sah auf die Hände in ihrem Schoß. »Harry war kein Waisenknabe. Er ...«

»Hat mit Drogen gedealt?«

Ein Nicken.

»Ein Mädchen vergewaltigt?«

Ihr Kinn begann zu zittern.

»Waren Sie das?«

Energisches Kopfschütteln. »Nein. Wir waren Freunde. Echte Freunde. Er hätte mir nie etwas angetan.«

»Was geschah in jener Nacht?«

»Tim und Harald waren gemeinsam auf einer Party, sie hatten Streit. Beide waren betrunken, hatten Ecstasy genommen. Tim hat sich zu Fuß auf den Heimweg gemacht. Harry ist noch geblieben.« Sie seufzte. »Es war eine Einbahnstraße, außer mir hat niemand einen anderen Wagen zur Tatzeit gesehen. Der Inspektor hat sich meine Version angehört. *Falsche Zeugenaussage sind strafbar.* Mehr hat er nicht gesagt. Grazer kannte Harry. Er hat ihn schon oft verhaftet, aber es reichte nie für eine Anklage. Ich habe Harry nach dem Prozess im Gefängnis besucht. Er hatte einen Pflichtverteidiger, einen Grünschnabel, der sich nicht für seinen Fall interessierte. Bei der Verhandlung wurde meine Aussage nie erwähnt. Dafür hat Karl vom Nachbarhaus ausgesagt, dass er gesehen hat, wie Harald Tim niedergefahren hat. Harry hat mir geschworen, dass er an seinem Bruder vorbeigefahren ist.«

Im Hof waren Kinder zu hören, Dorothea wartete.

Susanne Kurz hob den Kopf, zögerte. »Wie geht es ihm?«

»Harald Kohler wurde gestern Morgen tot aufgefunden.«

Einige Sekunden lang saß die Frau unbeteiligt da, dann lief eine Träne über ihre Wange, hinterließ einen schmutzigen Streifen. Sie wischte ihn nicht weg, saß nur da, zeigte keine weitere Reaktion. »Wie ist er gestorben?«

»Er ist vom Balkon eines Hauses gestürzt. «

Ein Tropfen rieselte über die hängenden Wangen.

»Waren Sie noch immer befreundet?«

Kratzen im Türschloss ließ die unförmige Frau erstarren. Ein Schlüssel, der sich im Schloss drehte. Tapsige Schritte bahnten sich den Weg durch den Müll, Susanne

Kurz war in heller Aufregung, und plötzlich wusste Dorothea, warum.

Das kleine Mädchen hatte die Augen ihrer Mutter, blass und hell. Dorothea schloss die Lider. Die Polizei interessierte sich nicht sonderlich für verkommene Behausungen, Berge von Abfall, Ratten und Kakerlaken. Das Jugendamt schon.

Kapitel 53

»Sie behauptet, dass sie ein Auto gesehen und Martin davon erzählt hat?« Konstantin fuhr sich durch die Haare. Anstatt sich unter das Sonnensegel zu setzen, lief er in der Nachmittagshitze auf Dorotheas Dachterrasse zwischen den Terrakottatöpfen auf und ab. Verzweifelt, wie eine Raubkatze in einem Käfig. Schon beim Zusehen fiel Dorothea das Atmen schwer. »Und dass der ihre Aussage in seinem Bericht an den Staatsanwalt unterschlagen hat?«

Von dem eleganten Konstantin war nichts mehr übrig, sein Hemd zerknittert, seine Frisur zerrauft, sein Teint unnatürlich, fast grün. »Du glaubst wirklich, Martin hat einen Unschuldigen hinter Gitter gebracht?« Er ließ sich nieder und knetete seine Schläfen. Das Teakholz ächzte leidig, als er sofort wieder aufsprang, nur um erneut mit großen Schritten die Dachterrasse abzumessen.

»Das behauptet jedenfalls Susanne Kurz.« Dorothea beobachtete ihn hilflos. Was sollte sie tun? Sie nippte an ihrem Schwarztee, die milchige Flüssigkeit schmeckte scheußlich, dünn und wässrig.

Zwei Stunden, nachdem sie die verwahrloste Wohnung verlassen hatte, krochen immer noch unsichtbare Kakerlaken über ihre Haut. Eine kalte Dusche hatte nichts geändert. Alles an ihr juckte und kratzte. Dorothea dachte an Susanne Kurz, den Müll, den Gestank, das kleine Mädchen. *Du musst das Jugendamt anrufen.*

»Warum glaubst du dieses Ammenmärchen?«

»Richard Vogel hat recherchiert. Er wird vergiftet. Harald Kohler stürzt vier Tage später betrunken vom Balkon und bricht sich das Genick. Sehr viele Zufälle, findest du nicht?«

»Es gab einen Zeugen. Den Nachbarn. Er hat die Fahrerflucht beobachtet.«

Dorothea schwieg. Eine Zeugin, die sich auf mirakulöse Weise genau an ein wichtiges Detail erinnern konnte. Koks, das praktischerweise zur richtigen Zeit in der Wohnung eines Dealers auftauchte. Polizisten waren kreativ.

»Du glaubst, dass Martin den Zeugen bestochen, ihm einen Deal angeboten hat?« Konstantin hatte ihre Gedanken gelesen. »Das ist absurd. Warum sollte er das tun?«

»Martin war sich sicher, dass Harald Kohler schuldig war. Einen Drogendealer und Brudermörder aus dem Verkehr zu ziehen, fördert die Karriere eines Polizisten.«

Konstantin ließ seine Halswirbel knacken, presste seine Faust an die Lippen und blies schließlich die Luft durch die Nase aus.

Dorothea hatte mit Widerspruch gerechnet, Ungläubigkeit und Zorn. Für einen wehrhaften Konstantin hatte sie sich vernünftige Argumente zurechtgelegt. Wie ging sie mit einem fassungslosen um? Sie hatte keine Ahnung. Abermals nahm er neben ihr Platz, ergriff die leere Espressotasse und begutachtete die *Erschaffung Adams.* »Ich könnte noch einen Espresso vertragen.«

Tatsächlich sah Konstantin aus, als könnte er etwas Stärkeres als Koffein brauchen, doch diesmal vergaß Dorothea nicht, dass er abstinent war.

Als sie ihm eine weitere Tasse brachte, studierte Konstantin den ersten Menschen und seinen Gott, deren Zeigefinger sich fast berührten. »Hast du das Original gesehen?«

Dorothea beschloss, das Spiel mitzuspielen. Sie nickte. »Ich war schon einige Male in der Sixtinischen Kapelle.«

»Michelangelo hat viereinhalb Jahre für das ganze Deckenfresko gebraucht.«

Dorothea lächelte matt. »Das stimmt.« Gern hätte sie sich mit Konstantin auf der Dachterrasse über Michelangelos und Raffaels Viten unterhalten und über Kunst diskutiert. Doch das Unfassbare, das in der Luft hing und Konstantin leugnen wollte, würde dadurch nicht verschwinden. Sie wartete.

Er schirmte seine Augen mit der linken Hand ab, sah in die Ferne. »Weißt du, was zu meinen schönsten Kindheitserinnerungen zählt?«

Dorothea antwortete nicht, sondern betrachtete die Kufsteiner Festung, die im Sonnenlicht glänzte.

»Die Tage, an denen mein Patenonkel zu Besuch kam.« Konstantins Stimme war brüchig. »Ich konnte es kaum erwarten, zählte die Minuten. Martin hat mir Fußballspielen beigebracht, mir zu meinem vierten Geburtstag mein erstes Rad geschenkt. Ein Foto davon hängt immer noch bei meinen Eltern im Wohnzimmer. Immer wenn wir damit unterwegs waren, habe ich allen erzählt: ›Dieses Rad hat mir mein Patenonkel geschenkt!‹«

Unter dem Sonnensegel lag sein Gesicht im Halbschatten, Dorothea konnte Konstantins Züge nicht erkennen.

»Nichts deutet darauf hin, dass Harald Kohler unschuldig ist. Diese Zeugin ist nicht vertrauenswürdig.« Der Zweifel in seiner Stimme strafte seine Worte Lügen. Er stützte seine Ellenbogen auf die Knie, faltete seine Finger ineinander und drückte sie gegen seine Stirn.

Dorothea streckte ihre Hand aus, um seinen Rücken zu berühren, zog sie wieder zurück.

Sein Atem rasselte wie der eines verwundeten Tieres, er trommelte unentwegt auf die Espressotasse. »Die meisten Kriminellen schwören, dass sie unschuldig sind.« Konstantin musterte die dunkle Flüssigkeit unverwandt. Hoch über ihnen stießen die Elstern einen Drohruf aus, von Weitem glänzten die Schwanzfedern metallisch blau zwischen dem schwarz-weißen Gefieder. Seine Hand suchte Dorotheas und umschloss sie leise. »Glaubst du, dass Harald Kohler und Susanne Kurz die Wahrheit sagen?«

Nein. Einfach nur den Zauber seiner Berührung genießen, der Versuchung nachgeben, mit einer Silbe Konstantins Schmerz lindern, beenden? Dorothea spürte seinen Blick auf ihrer Haut, hoffnungsvoll, brennend. *Nein, ich glaube, sie lügen.* »Ja, ich glaube, sie sagen die Wahrheit. Susanne Kurz hat ein Auto gesehen mit zwei Personen drin.« Sie hasste sich selbst.

»Und Richard Vogel hat dem Obdachlosen geglaubt.«

Dorothea nickte. »Es sieht so aus.«

Sie schloss die Augen, wartete darauf, aus einem Albtraum aufzuwachen, vergeblich. Einige Minuten lang herrschte Stille, nur die Elstern kreischten in der Baumkrone.

»Es ergibt keinen Sinn. Der Fall liegt fünfundzwanzig Jahre zurück. Rechtlich gesehen ist der Tatbestand längst verjährt, irgendetwas zu beweisen wäre schwer geworden. Warum sollte mein Patenonkel die beiden jetzt ermorden?«

Weil nun zum ersten Mal ein Journalist Harald Kohler geglaubt hat. Weil Grazer seinen Ruf nicht schädigen, seine Karriere nicht gefährden wollte, jetzt, wo er so kurz davor war, Generalsekretär zu werden. Dorothea wusste, dass der Chefinspektor in Konstantin sich die Frage längst selbst beantwortet hatte.

»Es gibt nur einen Weg, es herauszufinden.« Konstantin ließ ihre Hand los, raufte sich die Haare und seufzte schwer. Endlich leerte er den Espresso und erhob sich.

»Du willst den Zeugen befragen?«

»Nein. Ich möchte hören, was Martin zu sagen hat.«

Sie konnte die Hoffnung in seiner Stimme hören, diesen letzten Schimmer. *Ein Missverständnis. Zufälle.* Dorotheas Körper verkrampfte sich, verwandelte sich in Beton.

»Er wird wissen, dass wir ihn verdächtigen. Dein Patenonkel wird seine Spuren verwischen, Beweise verschwinden lassen.« Das Blut pochte in ihren Ohren.

»Wenn Martin tatsächlich etwas mit den Todesfällen zu tun hat, hat er das längst getan. Spätestens nach seinem Gespräch mit dir.«

Schlagendes Argument. *Dennoch.* Ihre Lunge war staubtrocken. »Sprich zuerst mit dem Staatsanwalt.«

»Was soll ich dem Staatsanwalt sagen? Dass ich glaube, dass der Polizeipräsident ein Mörder ist? Es gibt keine Beweise, nur Vermutungen, Aussagen von einer zweifelhaften Zeugin. Wenn wir unrecht haben, zerstören wir mit dem Verdacht seine Karriere.« Er sah zu ihr herab, bot ihr seine Rechte. »Kommst du?«

Dorothea zögerte. Alles in ihr sträubte sich gegen Konstantins Plan.

»Wir werden nichts von dem Mord erwähnen, ihn nur zu dem alten Fall befragen.« Konstantins Stimme war fest, er strich seine Haare glatt, ordnete seine Kleidung.

Dorothea nahm seine Hand und erhob sich taumelig. *Du bist dabei, dich mitten in der Rushhour auf eine Kreuzung zu stellen, in der Hoffnung, dass kein Auto kommen wird. Du bist dabei, ohne Seil von einem Felsen zu springen, darauf vertrauend, dass der Wind dich auffangen wird.*

Kapitel 54

»3:2 für dich, meine Liebe, Revanche in zehn Minuten?« Grazer warf seiner Partnerin über das Netz hinweg eine Kusshand zu, dann kam er endlich an den Rand des Tennisplatzes.

»Habe ich Ihnen nicht geraten, sich von meinem Patensohn fernzuhalten?«

Er zwinkerte Dorothea zu, während er sich mit einem weißen Handtuch die Stirn wischte. In seinem sportlichen Outfit wirkte Grazer an diesem heißen Junitag in der Abendsonne mehr denn je wie ein Schauspieler in einem Film. Ein Hauch kitzelte Dorotheas Nase, wohlbekannt und eigenartig zugleich, mischte sich unter die winzigen ziegelroten Staubpartikel. Die Worte der Greisin im Altersheim klangen Dorothea im Ohr. *Ein stattlicher Mann.*

»Es ist Samstagnachmittag.« Der Polizeipräsident zog eine Augenbraue hoch und sah demonstrativ auf seine Sportuhr. »Was machst du hier? Möchtest du meine Chancen auf einen netten Abend mit meinem Date zerstören?« Er wandte sich an Dorothea. »Oder sind Sie gekommen, um ihm ein paar Punkte abzuknöpfen?« Grinsend betrachtete Martin Grazer seinen Patensohn. Grazers Ton war gezwungen heiter.

Konstantin lächelte nicht. »Martin, erinnerst du dich an Harald Kohler?«

»Der Name sagt mir nichts. Worum geht es?«

»Vor fünfundzwanzig Jahren wurde der Mann verurteilt, weil er seinen Bruder überfahren haben soll.« Konstantin ließ seinen Patenonkel keine Sekunde aus den Augen. »Du hast in dem Fall ermittelt.«

»Und weiter?«

»Wir glauben, dass der Mann unschuldig war.«

Grazer lachte rau. »Unsere Gefängnisse sind voll von Unschuldslämmern.« Er trank einen Schluck Wasser aus einer Sportflasche. »Fünfundzwanzig Jahre? Der Fall ist uralt. Kann das bis Montag warten?«

»Es sind neue Indizien aufgetaucht.«

»Welche?« Grazer setzte die Flasche ab.

»Eine Zeugin schwört, dass Harald Kohler unschuldig ist. Sie behauptet, dass sie einen anderen Wagen gesehen hat.«

Nebenan planschten und kreischten Kinder im Schwimmbad.

»Du musst noch viel lernen, mein Junge. Glaub mir, wenn du so alt bist wie ich, weißt du, wer schuldig ist und wer nicht. Und welche Zeugen lügen.«

»Hat Richard Vogel mit dir am Ball über Harald Kohler gesprochen?«

Die Atmosphäre änderte sich mit einem Schlag, in der Luft hing etwas Bedrohliches. Der Boden unter Dorotheas Füßen verschwand. So viel zu einem Sprung ohne Seil. Martin Grazer warf ihr einen schnellen Seitenblick zu, dann kehrten seine Augen zu Konstantin zurück. Er trat einen Schritt nach vorn. »Wie bitte?«

»Harald Kohler hat mit Richard Vogel über den Unfall gesprochen. Der Journalist hat recherchiert. Jetzt ist er tot.«

»Du glaubst, dass ich den Tintenkleckser umgebracht habe?« Grazer postierte sich vor Konstantin, aber dieser wich nicht zurück.

»Harald Kohler ist ebenfalls tot.«

Martin Grazer stutzte und schenkte Dorothea einen vernichtenden Blick.

»Mein lieber Junge, deine kleine Freundin hier hat dir offensichtlich einen Floh ins Ohr gesetzt.«

»Martin, wo warst du in der Nacht von Mittwoch auf Donnerstag?«

»Konstantin, ich muss dir nicht sagen, wie sehr du gerade deiner Karriere schadest. Oder wie enttäuscht ich von dir bin. Ich habe dir die Stange gehalten, war immer für dich da. Selbst in deinen dunkelsten Stunden. Aber das hier geht zu weit. Ich verstehe, dass die Tochter von Johann Keusch sich solchen Spekulationen hingibt, von dir jedoch hätte ich mehr erwartet.«

»Beantworte bitte meine Frage.«

»Ist das dein Ernst? Du fragst *mich* nach einem Alibi?« Einige Sekunden lang starrte der Polizeipräsident Konstantin an, ehe sich sein Gesicht wandelte, hart und unerbittlich wurde. »Ich war am Mittwochabend in Wien.« Er nahm sein Mobiltelefon aus dem Sportrucksack, entriegelte den Bildschirm und zeigte Konstantin ein Foto mit zwei Männern.

Dorothea schluckte, sie erkannte auch den zweiten.

Grazer las ihren Gesichtsausdruck und nickte. »Habe ich erwähnt, junges Fräulein, dass ich Ihren Herrn Papa kannte?« Drohend. »Er war genauso wie sie. Widerspenstig, neunmalklug, ein Weltverbesserer. Solche Eigenschaften führen nicht zum Guten.« Er wandte sich an seinen Patensohn. »Vergiss nicht, mit wem du sprichst.« Seine Stimme war schneidend. »Wer Wind sät, wird Sturm ernten. Ich habe nichts mit dem Tod des Journalisten zu tun. Oder mit dem von Harald Kohler. Ich wusste nicht mal, dass er tot ist. Am Mittwoch war ich in Wien und habe mit dem Innenminister zu Abend gegessen.« Er stach mit dem Zeigefinger hart gegen Konstantins Brust. »Aber das ist für dich nicht mehr relevant. Du und ich, mein lieber Junge, wir sind fertig miteinander.«

Kapitel 55

»Möchtest du noch mitkommen?« Die Worte entwischten Dorothea, ehe sie es verhindern konnte. Sie hörte die Unsicherheit in ihrer eigenen Stimme, ihre Wangen glühten und ihr Gaumen brannte. Dorothea atmete den Geruch von neuem Leder in dem silbernen Audi ein und fixierte ohnmächtig das Armaturenbrett. Seit dem Gespräch mit seinem Patenonkel hatte Konstantin keinen Satz verloren.

Warum hast du ihm nicht vertraut? Wie eine tonnenschwere Bowlingkugel rollte die Frage gegen ihren Hinterkopf. Dorothea wagte es nicht, Konstantin anzusehen, während er in ihre Straße einbog. Ein verliebtes Paar flanierte eng umschlungen des Weges, bei dem Anblick stachen Dorotheas Lider.

Im Auto war die Stille unerträglich, nur die Klimaanlage surrte unbarmherzig. Glück war etwas für andere, kam nur in einer Traumwelt vor. *It's a little bit funny this feeling inside.* Elton Johns *Your Song* hatte Konstantin mit einem einzigen Knopfdruck zum Schweigen gebracht. Dorothea suchte nach den richtigen Worten, um Konstantin zu trösten. Vergeblich. Ihr Gehirn war wie gelähmt. Die Nähe war verschwunden, der halbe Meter zwischen ihnen war breit wie ein Kontinent, tief wie ein Ozean.

Vor Dorotheas Wohnhaus manövrierte Konstantin seinen Wagen auf den Besucherparkplatz, stellte den Motor ab. Etwas in Dorothea flatterte, aufgeregt, voller Hoffnung. »Vielleicht auf einen Kaffee?«

»Nein danke.«

Die drei Silben versetzten Dorothea einen Hieb, streckten sie nieder. Aus den Augenwinkeln sah sie, dass Konstantin den Schlüsselanhänger in seiner Hand wog. Ein Adler mit weit ausgebreiteten Schwingen. Sie sehnte sich nach dem frechen Konstantin, dem witzigen. Unendliche Müdigkeit schwappte mit einem Mal über sie. *Warum hast du auf den alten Vogel gehört? Mit deiner Ermittlung hast du alles zerstört.*

»Ich hätte nie ...« Konstantin schloss seine Augen.

Auf dich hören sollen.

Konstantin sprach ihn nicht aus, aber Dorothea erahnte den Rest des Gedankens. Wie eine Wand türmte er sich zwischen ihnen auf. *Ein Polizeiirrtum. Der Polizeipräsident als Mörder. Warum hast du einem solchen Hirngespinst nachgejagt? Fast eine Woche lang. Welch vergeudete Mühe. In dieser Zeit hättest du ... dich auf die Prüfung vorbereiten können.* Adrenalin schoss durch ihre Nervenstränge. *Das Skriptum. Das Examen.* Dorothea hatte es vergessen, verdrängt.

Ein weißer Peugeot kroch heran, die Fahrerin warf einen angespannten Blick durch das Fenster, sie suchte einen Parkplatz. Dorothea schüttelte den Kopf, dann holte sie tief Luft. »Was sollen wir jetzt machen?«

»Ich habe keine Ahnung, was *ich* jetzt machen soll.« Konstantin klang unendlich erschöpft.

Ich. Der Schmerz breitete sich pochend in ihr aus. Sie senkte ihren Kopf, strich ihr sandfarbenes Leinenkleid glatt. »Es gibt nur eine Möglichkeit. Noch einmal von vorn zu beginnen. Bis abends haben wir noch ein paar Stunden Zeit.«

Konstantin hörte sie nicht. »Das Aberwitzige ist, dass ich in solchen Situationen oft mit Martin geredet habe.«

»Ich kann dir helfen.« Dorothea berührte behutsam seinen Arm. Konstantin zuckte zusammen. Plötzlich stieg Groll in Dorothea auf, wild und unbändig. Sie presste ihre Lippen zusammen. *Ich wollte dich nicht verletzten. Ich habe einen Hinweis bekommen. Bin der Spur gefolgt. Das, was jede pflichtbewusste Polizistin tun würde. Es war nie meine Absicht, dich zu verletzen.* Sie zog an dem Türhebel. »Auf Wiedersehen, Konstantin. Komm gut nach Hause.«

Sie schlug die Autotür zu und widerstand dem Reflex, sich noch einmal umzudrehen.

Kapitel 56

»Deinen obersten Vorgesetzten des Mordes beschuldigen, Fuhrmann und Schmitt vergraulen – gutes Wochenpensum.« Das rhythmische Platschen des grünen Seewassers untermalte Veras flapsige Bemerkung. »Hast du irgendeinen Gedanken an deine Prüfung verschwendet?«

Weinen. Schreien. Mühevoll unterdrückte Dorothea ihr Verlangen. »Hast du mich angerufen, um mir eine Strafpredigt zu halten?«

»Nein. Um das Kriegsbeil zu begraben.«

Dorothea schwieg. In ihr war alles leer, dunkel und schwarz. Sie dachte an die springenden Kiesel, an das Quietschen der Räder, als Konstantin weggefahren war.

»Gib Schmitt Zeit.« Ein Seitenblick ihrer Freundin. »Männer verkriechen sich in einer Höhle. Er wird sich wieder beruhigen.«

Wird er nicht. Ihre innere Stimme war nüchtern. Dorothea konzentrierte sich auf ihre Brustzüge, das schimmernde Wasser, hoffte, dass das Ziehen in ihren Oberschenkeln nachließ. *Vergeblich.* Der Zahme Kaiser, das dunkle Grün der Wälder rings um den Hechtsee und das malerische Blau des Himmels. Weit entfernt vor ihnen lärmten im Strandbad fröhliche Kinder unter bunten Sonnenschirmen, aber mitten im See war es selbst an einem glühend heißen Samstagnachmittag friedlich. *Ruhe finden.* Es gelang ihr nicht.

Eine Stunde mit Vera baden. Sich mit ihr aussöhnen. Was für eine Illusion. Hoch über ihnen brannte die Sonne, versengte Dorotheas Haare. Sie tauchte ihr Gesicht in das Gewässer. *Schal. Abgestanden.* Seit ihrem Training für die Aufnahme an der Polizeischule mochte sie Schwimmen, fühlte sich normalerweise selbstsicher im Wasser, schwerelos. *Nicht heute.* Ihre Kollegin war Sportschwimmerin gewesen, zog ungeduldig ihre Brustzüge neben Dorothea her.

»Was hast du sonst noch in Erfahrung gebracht?« Wieder lag in Veras Stimme die seltsame Art von fieberhafter Unrast, die Dorothea bereits vor Tagen aufgefallen war. Wie ein Raubtier, das auf der Lauer lag, jederzeit bereit zu springen. Sollte sie noch einmal nachhaken?

Eine Bremse steuerte auf Dorothea zu. Frenetisch schlug sie nach dem Insekt und ließ die winzige Leiche ins Wasser taumeln. Der pinke Bikini einer Stand-up-Paddlerin glitt an ihnen vorüber ... lautlos. Dorothea drehte sich auf den Rücken, betrachtete den Himmel und sog Luft ein. Heute kam ihr das Seewasser merkwürdig modrig, furchteinflößend vor.

»Gibt es neue Anhaltspunkte in Bezug auf die Vandalen?«

Veras Stimme klang beiläufig, sie sah Dorothea nicht an, aber ihre Beine verrieten sie, sie setzten einen Schlag lang aus. Weit vor ihnen sprangen Jugendliche von einem Felsen ins Wasser, und plötzlich klickte etwas in Dorothea Kopf. Es dauerte einen Moment, bis sie begriff, was es war. Jäh wurde die Welt um sie noch bedrohlicher. Die Bäume türmten sich finster und trostlos auf, das Wasser unter der Oberfläche funkelte tief und tückisch. Meilenweit war das erlösende Ufer entfernt, der kühle See zu einem geifernden Schlund geworden.

»Es ist dein Sohn, nicht wahr?« Dorothea schnappte nach Luft, verschluckte sich, hustete. »Philipp ist einer der Vandalen. Deshalb wolltest du unbedingt auf dem Laufenden sein. Du hast dich nicht für die Mordermittlung interessiert, sondern für meine Ermittlungen zu den Vorfällen.« Sie musste mit den Beinen strampeln, um an der Oberfläche zu bleiben. Eiskaltes Wasser stieg zu ihr auf. »Deshalb wussten die Täter auch immer, wann und wo die Polizei war. Philipp hat sich die Dienstpläne angesehen. Dich ausgehorcht.« Dorothea ruderte mit den Armen. »Vera, seit wann weißt du es?«

Einen Wimpernschlag lang zauderte ihre Freundin, dann gab sie nach. »Seit zwei Wochen.« In dem Moment alterte sie um Jahre. »Ich habe eine Spraydose in seinem Zimmer gefunden. Er wollte, dass ich darauf stoße.« Ein kehliger Laut, gequält. »Er hätte sie überall verstecken können. Aber das hat er nicht getan. Ich sollte sehen, welche Macht er hat.« Sie schluchzte. »Dorothea, ich bitte dich. Er ist mein Sohn.«

Dorotheas Gedanken drehten sich im Kreis. »Deshalb bist du mit mir zur Tischofer Höhle gegangen. Deshalb hast du mich heute angerufen. Um Informationen zu bekommen, ehe du zum Nachtdienst fährst.«

»Du verstehst das nicht. Du hast keine Kinder.«

Der Eltern-Standardsatz. Dorothea hatte ihn so satt. Aber heute war es ihre Freundin, die ihn aussprach. Die tiefen Falten auf Veras Stirn, die schwarzen Ringe unter ihren Augen, die rissigen Konturen ihres Mundes – ein einziger ohnmächtiger Hilferuf.

»Was hätte ich machen sollen? Mein eigenes Kind anzeigen? Was würdest du machen, wenn deine Mutter in einem Geschäft etwas mitgehen lässt?«

»Es geht hier nicht um einen Ladendiebstahl. Dein Sohn hat mutwillig fremdes Eigentum zerstört, Parolen an Wände geschrieben, Autos zerkratzt. Das zeugt von tiefem Hass.« Dorotheas Gliedmaßen waren nicht mehr Teil ihres Körpers, bewegten sich wie ferngesteuert.

»Ich habe ihm die Leviten gelesen. Er sieht ein, dass er einen Fehler gemacht hat.«

»Glaubst du, dass du ihm damit hilfst? Wenn er keine Verantwortung übernehmen muss für das, was er getan hat?« Als Exekutivbeamtin hatte Dorothea zu viele Wiederholungstäter gesehen, um zu schweigen. Vera war schon viel länger im Dienst als sie.

»Wenn er angeklagt wird, wird er als Erwachsener verurteilt. Dann muss er ins Gefängnis. Als Sohn einer *Polizistin.* Was werden die anderen Häftlinge mit ihm anstellen?«

Dorothea starrte in den Himmel. *Ausweglos.*

Ihre Gliedmaßen brannten. Ihr Haarzopf hatte sich gelöst, hing tonnenschwer vollgesogen im Wasser, das Ufer war unendlich fern. Der Abgrund drohte sie zu verschlingen.

Wirst du Fuhrmann davon erzählen?

Ihre Freundin sprach den Satz nicht aus, dennoch hörte Dorothea Veras stummen Schrei. Hoffnungslosigkeit breitete sich in ihr aus, zerfleischte sie, unerbittlich und unbarmherzig wie ein tollwütiges Tier. Wie kamen sie an das rettende Ufer? Sie wusste es nicht.

Kapitel 57

»Mein Mann ist verschwunden.«

Dorotheas Ohr ziepte, die Frau am anderen Ende der Leitung klang hysterisch. Jedes einzelne ihrer Gliedmaßen fühlte sich wund an, Dorothea versuchte, sich zu orientieren. Um sie herum war es dunkel und stickig. Ihr großer Zeh schmerzte, auf der Suche nach ihrem Mobiltelefon musste sie im finsteren Wohnzimmer gegen eine Kante gelaufen sein. Weit hinter dem Kaisergebirge erhellte ein Blitz den Himmel, nur in Kufstein war die Gewitterfront noch immer nicht angekommen. Selbst mitten in der Nacht war es brütend heiß. Dorothea humpelte in die Küche, blickte auf die leuchtenden Ziffern. 3:09 Uhr.

»Ich weiß, dass ihm etwas passiert ist, dass ihn dieser Jack the Ripper erwischt hat.« *Jack the Ripper.* Endlich wurde Dorothea klar, wer sie angerufen hatte. Frau Bunt. Die Frau des Bankdirektors. Sie knipste das Licht an, und sofort surrte eine Mücke um ihre Beine.

»Um Gottes willen, Sie müssen etwas tun.«

Schlaftrunken schaltete Dorothea die Lautsprecherfunktion ihres Mobiltelefons ein und platzierte es auf der Küchenfront. Ihr Kopf hämmerte, sie ließ den Wasserhahn laufen, nahm ein Glas aus dem Schrank und trank gierig das kühle Nass.

»Sind Sie noch dran?« Überreizte Entrüstung ertönte durch den Lautsprecher. »Warum sagen Sie nichts?«

Es gibt keinen Serienmörder in Kufstein. Und Jack the Ripper *hat nur Frauen umgebracht.* Dorothea schwieg und ärgerte sich über ihre Unbesonnenheit. *Warum hast du der Frau deine private Telefonnummer gegeben?* Ein zweites Glas rüttelte sie vollends wach. »Frau Bunt, bitte beruhigen Sie sich. Wann haben Sie Ihren Mann zum letzten Mal gesehen?«

»Nach der Premiere des Theaterstücks. Er ist noch zur anschließenden Feier geblieben, hat mit den anderen Schauspielern zusammengesessen. Ich bin gleich nach Hause. Als ich aufgewacht bin, lag er nicht neben mir. Er schreibt mir sonst immer, wenn er sich verspätet. Seine Schauspielkollegen sagen, dass er sich bereits vor einer Stunde auf den Weg nach Hause gemacht hat.«

Dorothea rieb sich ihre Stirn. »Vielleicht ist er noch auf einen Drink gegangen?« *Oder mit einer anderen Frau nach Hause.*

»Nein, ich kenne meinen Mann.«

»Sie sollten bei der Polizeistation anrufen. Ich bin heute Nacht nicht im Dienst.«

»Das habe ich bereits getan. Der Polizist hat überprüft, ob das Mobiltelefon meines Mannes eingeschalten ist. Er hat den Heimweg abgesucht. Und im Krankenhaus angerufen. Er sagte, mehr könne er nicht tun. Er glaubt mir nicht.« Noch eine Oktave höher. »Mein Mann ist nicht bei einer anderen Frau, er würde das nie tun. Ihr Kollege hält mich für eine Drama Queen. Sie müssen mir helfen.«

Dorothea seufzte. Es musste Speckner sein, wie Vera hatte er Nachtdienst. Ihr Kollege war faul und verabscheute unnötigen Papierkram wie jeder andere Polizist, aber in diesem Fall hatte er recht. »Die Polizei braucht triftige Gründe, um eine Personenfahndung einzuleiten.

Es muss Verdacht auf Suizid, auf ein Gewaltverbrechen oder einen Unfall bestehen.«

»Aber das ist es ja gerade.« Ob am anderen Ende der Leitung bei der Tonhöhe wertvolle Riedelgläser zersprangen? »Ein Massenmörder läuft in der Stadt herum, der es auf reiche Persönlichkeiten abgesehen hat. Und seit Sie mit meinem Mann gesprochen haben, war er nicht mehr derselbe.« Gabriele Bunt spürte Dorotheas Unmut, änderte ihre Strategie. Ein unbehagliches Gefühl kroch über Dorotheas Wirbelsäule. »Haben Sie das auch dem Polizeibeamten gegenüber erwähnt?«

»Ja, das habe ich.«

Speckner wusste von ihren Vernehmungen. Der Fliesenboden in ihrer Küche begann zu wanken, Dorothea wurde übel.

»Ich bitte Sie, Sie müssen mir helfen.«

»Wie sollte ich das tun?«

»Rufen Sie Ihren Vorgesetzten an, überzeugen Sie ihn. Ich flehe Sie an.«

Hinter dem Kaisertal erhellte ein weiterer Blitz den Nachthimmel, irgendwo in Bayern würde es in einigen Minuten regnen, in Dorotheas Küche jedoch war es heiß wie in der Hölle. »Ich werde sehen, was ich tun kann.«

Sie beendete das Gespräch, ging ins Wohnzimmer, strich sich über das Gesicht und wog ihr Mobiltelefon in der Hand. *Bitte, bitte, bitte, Konstantin, nimm den Anruf an. Ich brauche deinen Rat.*

Der Gesprächsteilnehmer ist vorübergehend nicht erreichbar.

Sie zählte bis hundert, ging in ihrem Wohnzimmer auf und ab. Nach zehn Umrundungen versuchte sie es erneut.

Der Gesprächsteilnehmer ist vorübergehend nicht erreichbar. Wo war Konstantin? Bei einer Frau? Das Bild der dunkelhaarigen Anna stieg in ihr auf. *Sei nicht kindisch.* Sie schob die Vorstellung beiseite und platzierte das Mobiltelefon auf dem Jugendstiltisch in der Erkernische. Speckner hatte recht. Es bestand kein Grund, sofort eine Fahndung einzuleiten. *Seit Sie mit meinem Mann gesprochen haben, war er nicht mehr derselbe.* Sie dachte an Fuhrmanns Worte: *Das nächste Mal rufst du mich an, auch wenn es vier Uhr morgens ist.* Noch einmal wählte sie Konstantins Nummer.

Der Gesprächsteilnehmer ist vorübergehend nicht erreichbar.

Verzweifelt verkrampfte sie ihre Finger um das Gerät, bis die Knöchel schmerzten. Wen sollte sie anrufen? Vera? *Sie kann dir nicht helfen. Dir bleibt keine andere Wahl.* Ihr ganzer Körper zitterte, als sie das Telefon wieder zur Hand nahm.

Kapitel 58

Um halb vier Uhr morgens lagen schwarze Ringe unter Fuhrmanns Augen, im künstlichen Licht der Bürolampe glich seine Gesichtsfarbe der eines kranken Pavians. Sein Hemd war absonderlich zerknüllt, und anstatt des Geruchs von Bügelstärke verbreitete es den von abgestandenem Schweiß.

»Was willst du damit sagen? Dass ich eine Personenfahndung einleiten soll, weil der Bankdirektor in Gefahr ist?« Fuhrmann hielt sich an seinem Schreibtisch fest, seine Zunge glitt immer wieder über die Rattenzähne. Einige Male strich er sich mit der linken Hand übers Gesicht. Die rotblonden Haare waren zerzaust, und auch der Schnauzer hatte sich dem Kamm widersetzt. »Weil du wieder eigenmächtig ermittelt hast?«

Dorothea hatte das unangenehme Gefühl, in einen surrealen Hitchcock-Film geraten zu sein. Es war nicht das erste Mal, dass jemand Fuhrmann aus dem Schlaf gerissen hatte, aber der Anblick, den Dorotheas penibler Vorgesetzter heute im Morgengrauen bot, war befremdlich und zermürbend. Sie heftete ihren Blick auf die verstaubten Pokale und das verblasste Foto einer Kegelrunde im Regal. Fuhrmanns Zimmer wirkte überholt und grotesk. In dem Raum war es selbst in der Nacht unerträglich stickig. Dorotheas Uniformbluse spannte an ihren Schultern. Sie bereute, dass sie sie angezogen hatte, obwohl sie nicht im

Dienst war. Doch die Vorstellung, mitten in der Nacht ein passendes Zivil-Outfit für ein Gespräch mit ihrem Vorgesetzten auszuwählen, war zu viel für sie gewesen.

»Speckner hat recht.« Fuhrmann fuhr ungerührt fort. »Wir brauchen triftige Gründe, um eine Personenfahndung einzuleiten. Ansonsten suchen wir bald jeden Tag nach der halben Stadt.«

Dorothea presste die Lippen zusammen und konzentrierte sich auf ihre Fußbekleidung. *Warum hast du die schweren Schuhe angezogen?*

Fuhrmann griff nach dem Telefon auf seinem Tisch. »René, leite eine Personenfahndung ein. Ja, ich bin mir sicher.« Dorothea hob überrascht den Kopf, während ihr Vorgesetzter in die Muschel sprach. »Weil ich es sage.« Erbost knallte er den Hörer wieder auf die Sprechanlage. »Es gibt nur einen Grund, warum ich diese Fahndung einleite: Ich will nicht, dass du schon wieder zur Presse läufst.« Fuhrmann zog ein kariertes Tuch aus seiner Hosentasche und wischte sich damit die Schweißtropfen von der Stirn. »Ich sehe die Schlagzeile schon jetzt: *Kufstein in Angst und Schrecken. Chefinspektor Fuhrmann weigert sich, nach verschwundenem Bankdirektor zu suchen.*« Sein Rattengesicht war unermesslich ausgelaugt. »Du gewinnst diese Runde. Aber wir werden diskret vorgehen. Und eins ist klar: Du gehst nach Hause, sperrst dich in deiner Wohnung ein und kommst erst wieder raus, wenn dieser Spuk vorbei ist.« Er schnaubte. »Wahrscheinlich finden wir ihn in einem Nobelschlitten mit einer Nutte oder in einem Hotelzimmer mit einer High-Society-Ehefrau. Und dann wird er uns zur Schnecke drehen.« Fuhrmann keuchte so schwer, dass Dorothea den Kopf hob. Er fixierte sie wutschäumend. »Kein Wort zur Presse. Hast du mich verstanden?« Sein Kopf war dunkelrot.

Dorothea nickte. *Hoffentlich bekommt Fuhrmann keinen Herzinfarkt.*

Erneut wischte sich der Chefinspektor über die Stirn, dann ließ er sich mühsam in seinem Drehstuhl nieder. Mit Daumen und Zeigefinger rieb er seine Nasenwurzel.

Tief in ihrem Inneren verschob sich etwas, eine bizarre Regung griff um sich. Ihr Vorgesetzter war ein Chauvinist, ein Tyrann und ein Pfennigfuchser. Aber genauso wie sie versuchte er, vorbildlich zu arbeiten. Er bemühte sich, seine Mitarbeiter zu führen, die Kontrolle zu behalten. Mit Drohungen – der falschen Methode. Es dauerte eine Sekunde, bis sie begriff, was sie empfand. *Seit wann hast du Mitleid mit Fuhrmann*?

»Wenn alle meine Mitarbeiter wie du wären, müsste ich meine Polizeistation schließen.« Er tippte auf einige Blätter.

Sie schloss ihre Augen und wartete auf eine Welle der Wut, aber sie kam nicht. Stattdessen schoss Flüssigkeit unter ihre Lider. Verzweifelt heftete sie ihren Blick auf den Boden und blinzelte mit den Wimpern. *Nicht weinen. Nicht weinen.* Vor Vera hatte sie nicht die Fassung verloren, vor Konstantin nicht. Um alles in der Welt wollte sie verhindern, vor ihrem Vorgesetzten in Tränen auszubrechen.

Auch sein Zorn war verschwunden wie die Luft aus einem geplatzten Reifen. »Ich kann mit dir nicht arbeiten. Du gefährdest nicht nur deine Karriere, sondern auch meine. Und das nicht zum ersten Mal. Du kennst keine Grenzen, hältst den Dienstweg nicht ein. Du spielst dich als Heldin auf, aber im Grunde genommen bist du nur ein Störenfried, der sich nicht an die Regeln halten kann.«

Dorotheas Knie bebten, und plötzlich wurde ihr klar, was sie tun musste. Sie war so überrascht über ihre Erkenntnis, dass es ihr den Atem nahm. Noch nie in ihrem Leben hatte sie freiwillig aufgegeben. *Wer nicht kämpft, hat schon verloren.* Bertold Brecht. In zierlichen Lettern war das Zitat in den Füller ihres Vaters eingraviert gewesen.

Sie straffte ihre Schultern. »Ich habe über das nachgedacht, was du gesagt hast.« Dorothea konnte die Demut in ihrer eigenen Stimme hören und merkte verwundert, dass sie echt war. »Ich möchte mich bei dir entschuldigen, Josef. Es tut mir leid.«

Der Chefinspektor hob ruckartig das Kinn und musterte sie misstrauisch, als ob sie ihm eine Falle gestellt hätte. Trotz all der heißen Luft, der Drohungen und Warnungen, die Fuhrmann von sich gegeben hatte, wirkte er überrumpelt.

»Du hast recht.«

Für den Bruchteil einer Sekunde sah Josef Fuhrmann betroffen aus, verletzt. Schlagartig wurde Dorothea noch etwas bewusst: Sie saßen im gleichen Boot. Fuhrmann hatte verloren, so wie sie. Im Grunde genommen mochte Fuhrmann es nicht, wenn seine Mitarbeiterinnen unzufrieden waren. Er sah es als ein Versagen seiner Führungsqualitäten. Er musterte sie, verdutzt und sprachlos. In ihrer Tasche begann ihr Mobiltelefon zu läuten. Konstantin? Ihre Mutter? Sie drückte wahllos auf einen Knopf, es kümmerte sie nicht mehr. Erschöpft setzte sie sich auf den unbequemen Besucherstuhl. *Wer nicht kämpft, hat schon verloren. Es tut mir leid, Papa. Ich habe keine Energie mehr. Keine Willenskraft.* »Ich werde meine Kündigung einreichen.«

Kapitel 59

»Warst du bei Fuhrmann?«

In der siedenden Nachtluft war Dorothea erst wenige Meter von dem anrüchigen Raucherplatz hinter der Polizeistation entfernt, als ihre Kollegin sie hechelnd einholte. In der Dunkelheit packte sie Dorotheas Arm, unter dem zweifelhaften Licht der Straßenlaterne war Veras Antlitz eine schreckliche Fratze, verzerrt von Gram. Warum war ihre Freundin so außer sich? Dorothea hatte keine Ahnung.

»Hast du ihm von Philipp erzählt?«

Dorothea sah zu ihrer Freundin auf. In dem schummrigen Licht erkannte sie die tiefen Kerben in Veras Gesicht, in ihrer Uniform wirkte sie uralt, verlebt. »Nein.«

»Tut mir leid.« Vera pustete erleichtert Luft aus und steuerte den schmuddeligen Hintereingang des Hotels an, der mit Kippen gespickt war. »Einen Moment lang war ich außer mir. Ich dachte, du hättest Philipp verpfiffen. Ich kann nicht mehr klar denken.« Veras Hand griff nach einem Rollwagen mit leeren Weinkartons, sie hielt sich an den Metallstangen fest. »Warum tauchst du mitten in der Nacht bei Fuhrmann auf?«

»Wegen einer Personenfahndung.«

»Der Bankdirektor?« Vera stutze einen Augenblick, ehe sie ihre Packung Gauloises aus ihrer Brusttasche fischte. »Du glaubst, dass er in Gefahr ist? Oder Selbstmord begehen will?« Auf der schmutzigen Hintertreppe des Restaurants ließ Vera sich nieder.

»Ich weiß es nicht.« Dorothea beäugte angeekelt die schmuddeligen Stufen, doch ihre Müdigkeit siegte, und sie ließ sich neben Vera auf die Treppe fallen. Ihr Hintern fühlte sich taub an, und der Gestank der Mülltonnen wurde von Minute zu Minute unerträglicher, über ihr surrte die Klimaanlage. Wie konnte irgendjemand in dieser Umgebung eine Zigarette genießen?

Vera zündete sich ihren Glimmstängel an, nahm einen tiefen Zug und ließ ihren Kopf zwischen die Schultern sinken.

Dorothea strich über ihre Uniformhose. Alles an ihr schmerzte wie nach einem Kampf. Nach ihrem Gespräch mit ihrem Vorgesetzten wollte sie nach Hause gehen, ins Bett fallen. Alles vergessen. Fuhrmann. Tote Journalisten. Leblose Obdachlose. Unbewiesene Vermutungen, die Konstantin das Herz brachen. Söhne von Freundinnen, die Autos zerkratzen und Hassparolen an Wände schmierten.

Sie wollte aufstehen und gehen, in die Wüste, in die Hölle, irgendwohin, wo sie die Pein ihrer Freundin nicht mehr fühlen konnte. Irgendwohin, wo sie die nächsten Worte nicht aussprechen musste. Dorothea konzentrierte sich auf die Risse im Asphalt. Ihre Eingeweide wurden zu Stein. »Philipp muss sich der Polizei stellen.«

Neben ihr hob Vera erschreckt das Kinn, und der orange Punkt bebte unkontrolliert. Dorothea wagte es nicht, ihre Freundin anzusehen.

»Nein.« *Angsterfüllt.* »Das kann er nicht. Das kannst du nicht verlangen, Dorothea. Er ist schon über achtzehn, er wird als Erwachsener vor Gericht stehen. Jeder macht

Fehler. Ich werde mit ihm reden.« Veras Worte wurden schneller und schneller. »Er bessert sich.«

Dorothea fixierte das Kanalgitter. *Tief in deinem Inneren weißt du, dass ich recht habe, Vera.*

»Nagler.«

Dorothea erschrak, als sie die Stimme erkannte. Nur eine Sekunde später bog ihr Kollege Speckner um die Ecke. Er warf Vera einen giftigen Blick zu. »Wusste ich doch, dass du wieder im Dienst deine Lunge verpestest.« Dorothea würdigte er keines Blickes. »Wir haben den Bankdirektor gefunden. Hat nicht lang gedauert. Am Bahnhof. Er hat einen Spaziergang gemacht.« *Hämisch. Schadenfroh.*

Als keine seiner Kolleginnen reagierte, zog Speckner einen Schmollmund und schlurfte in Richtung Polizeistation. Vera bot seinem Rücken den Mittelfinger, aber sie mied Dorotheas Augen. Sie nahm einen letzten Zug ihrer Zigarette und schnippte den Stummel in den Kanal. Dann erhob sie sich und ging.

Speckner drehte sich indes noch einmal um. »Gratulation, Kollegin Keusch, die sinnlose Personenfahndung war ein enormer Erfolg. Was für eine Heldin du doch bist.« Seine Stimme war schneidend und spöttisch. »Die Presse wird sich freuen.«

Kapitel 60

»Darf ich reinkommen?« Konstantin lehnte im Türrahmen von Dorotheas Wohnung. Kein Lächeln. Kein Zwinkern. Kein flapsiger Scherz. Noch nie hatte Dorothea den Chefinspektor so niedergeschlagen gesehen. Im Vorraum war es immer noch glühend heiß, aber im Treppenhaus fiel fahles graues Licht durch das Fenster. Wie spät war es? *Die Presse wird sich freuen.* Dunkel erinnerte sie sich an ihr nächtliches Gespräch mit Vera, das demütigende Intermezzo mit Speckner. Danach war sie heimgewankt und hatte geschlafen wie ein Stein. Sie spähte durch die Terrassentür. Windböen heulten und trieben dunkle Wolken über den Himmel. »Wie spät ist es?«

»Halb zwei Uhr. Nachmittags.«

Dorothea war den Tränen nahe. *Warum steht Konstantin vor meiner Tür? Was will er?* Sie pickte einen imaginären Faden von ihrem T-Shirt mit der Aufschrift *Auch Schlaf ist eine Form der Kritik – Vor allem im Theater. George Bernard Shaw* und einen weiteren von ihren Pyjamashorts. Dann rieb sie sich die Stirn. Obwohl sie fast acht Stunden geschlafen hatte, fühlte sie sich zerschlagen, hohl und leer. Das Atmen fiel ihr schwer. *Schick Konstantin wieder weg. Geh zurück ins Schlafzimmer und zieh dir die Decke über den Kopf.* Sie schob den unsinnigen Gedanken beiseite. Bohrender Schmerz breitete sich in ihren Schläfen aus.

»Gilt dein Angebot auf einen Espresso noch?« Konstantin lehnte sich matt an die Wand. Er war zerknautscht, seine Shorts sahen aus, als hätte er darin geschlafen. Nur ein Schatten des geschniegelten Mannes, den sie kannte.

Dorothea nickte und ging ohne ein Wort in die Küche. Ehe sie Kaffee kochte und Schwarztee aufbrühte, nahm sie die Eisschale aus dem Gefrierfach, ließ Würfel in ein Glas klimpern und hielt es sich an die Stirn.

Im Wohnzimmer erklang ein winziges Klirren. Aus den Augenwinkeln sah sie, dass Konstantin die Glastür der Vitrine öffnete und die Tiere einzeln studierte.

»Woher hast du den dunkelgrünen Elefanten?«

»Aus China.«

»Er ist hohl.« Er klang überrascht. »Und drinnen ist noch ein kleiner.«

Dorothea nickte. »Eine Variante der chinesischen Wunderkugel.« Entnervt schloss sie die Augen.

»Was sind Chinesische Wunderkugeln?«

»Gedrechselte Bälle aus Elfenbein, in deren Innerem kleinere Kugeln sind.«

Konstantin begutachtete den Dickhäuter von allen Seiten. »Beeindruckend.«

Dorothea seufzte. *Warum hatten ihre Elefanten so eine magische Wirkung auf Konstantin? Warum konnte er ihre Sammlung nicht in Ruhe lassen?* Doch sie schwieg. Jegliche Energie war aus ihrem Körper verschwunden.

Auf der Terrasse setzten sie sich an den Tisch und sahen hinüber zur Festung. Der Wind rauschte bedrohlich in dem Kirschbaum vor ihrem Haus, jagte die Blätter von den Ästen. Der Himmel war wolkenverhangen, blaugrau, fast schwarz. Die Elstern kreischten in heller Aufregung.

Der Wetterbericht kündigte Regen und Abkühlung, Gewitter an. Dorothea glaubte nicht mehr daran. Wie fühlte es sich an, frei zu atmen? Nicht ständig der Hitze ausgesetzt zu sein? Sie hatte es vergessen. Sie nahm einen Schluck ihres Schwarztees.

»Die Leiterin des LKA hat mich von dem Mordfall abgezogen. Pfeiffer wurde als neuer Verantwortlicher eingesetzt.« Konstantin streckte seine Beine aus und betrachtete seine Sportschuhe. Als er den Kopf hob, war sein Gesicht blass.

»Was wirst du jetzt machen?« Dorothea inspizierte den Lavendel, wollte Konstantin nicht in die Augen sehen.

Er zuckte mit den Schultern. »Mir Urlaub nehmen. Einige Bergtouren machen. Weit wegfahren.« Er warf einen Blick in Richtung Glasvitrine. »Hast du irgendwelche Vorschläge?«

»Die Sahara. Dort ist es im Moment sicher kühler als hier.«

Er zuckte verdutzt, dann lachte er lauthals. »Ich glaube, das ist der erste Witz, den ich je von dir gehört habe.«

Sein Lachen ließ den Damm zerbersten. Plötzlich brach alles aus Dorothea heraus. Frau Bunts Anruf mitten in der Nacht. Ihr Rat an Vera. Ihr Wortgefecht mit Fuhrmann. Ihr Entschluss, zu kündigen. *Geteiltes Leid ist halbes Leid.* Aber noch während sie sprach, wurde die Last auf ihren Schultern erneut unerträglich. Sie wollte ihren Kopf an Konstantins Brust legen und ihren Tränen freien Lauf lassen. Stattdessen hielt sie sich an der Porzellantasse fest.

»Dorothea.«

Sie hob den Kopf, wandte ihren Oberkörper ihm zu.

Behutsam umfasste er an den Schultern ihr T-Shirt, zog sie näher an sich und blickte sie fest an. »Du hättest mich anrufen können.«

»Dein Mobiltelefon war ausgeschaltet.«

Er schlug sich an die Stirn. »Ich wollte allein sein. Aber wenn ich geahnt hätte, dass du anrufst ...« Er räusperte sich und sah sie lange an. »Dorothea, ich ...« Er verstummte und zog seine Hände zurück.

Einige Minuten lang herrschte Stille. Der Sturm wurde stärker und stärker, riss an Dorotheas Haaren und ihren Shorts.

»Willst du wirklich kündigen?« Konstantin brach das Schweigen.

Dorothea nahm eines der Zierkissen, spürte die unebenen Leinenfasern. »Ich habe keine Kraft mehr zu kämpfen. Ich will es auch nicht mehr. Hast du jemals versucht, das Richtige zu tun, und damit alles zerstört?« *Das Gefühl, versagt zu haben.* »Ich habe dich dazu gebracht, deinen Patenonkel zu verdächtigen. Vera habe ich vor den Kopf gestoßen, indem ich ihr geraten habe, dass sich ihr Sohn der Polizei stellen soll. Am Montag muss ich das Jugendamt angerufen. Sie werden Susanne Kurz ihre Tochter wegnehmen. Das waren genug Windmühlen.« Sie zog ihre Knie hoch, klammerte sich an das Kissen. »Es kann nicht so schwierig sein, einen Job an der Universität zu bekommen.« Sie versuchte, an wunderschön illustrierte alte Bücher zu denken, stattdessen stieg ihr der Geruch von Staub in die Nase. »Und Studenten zu unterrichten.« Interessierte junge Menschen. Wissbegierig. Ihre innere Stimme lachte höhnisch. *Zerrissene Jeans, Faulpelze, die bei Klausuren betrügen.*

»Pfeiffers Theorie ist, dass es der Mörder auf berühmte Persönlichkeiten der Stadt Kufstein abgesehen hat. Eine Hippie-Variante der Baader-Meinhof-Gruppe, der Roten Armee Fraktion.« Konstantin überstreckte seinen Nacken, legte seinen Hinterkopf an die Hausmauer. »Er hat bereits einen Verdächtigen.«

»Das ist gut.« *Warum haben wir keinen Verdächtigen gefunden? Warum konnten Konstantin und ich den Fall nicht lösen?* Sie ärgerte sich über die nörgelnde Stimme. Verdrossen sie tatsächlich die Fortschritte in einem Mordfall? Ekel stieg in ihr auf. Menschen waren erbärmliche Kreaturen, getrieben von Ehrgeiz. Und sie war eine davon. »Wen verdächtigt Pfeiffer?«

Konstantin erhob sich. Er rupfte ein Blatt von dem Basilikum, zerrieb es und roch daran. »Den Kellner, der beim Ball Teil der Cateringmannschaft war.«

Dorothea war verblüfft. »Welches Motiv hat er?«

»Er ist der Sohn der Staatsfeindin.«

Basti hat uns verlassen. Sebastian. Die graugrünen Augen. Wie hatte sie das übersehen können? *Trotzdem.* Irgendetwas stimmte nicht. Es passte nicht ins Bild. Sebastian Neham hatte auf sie gewirkt wie jemand, der um keinen Preis auffallen wollte.

»Er hat ein Motiv. Und er hatte die Gelegenheit.«

»Hat er gestanden?«

»Der Student ist in Untersuchungshaft. Er gibt zu, dass er den Journalisten gehasst, ihn beim Ball schlecht behandelt hat, er spuckt Gift und Galle. Er sieht sich als das Opfer einer Verschwörung. Der Apfel fällt nicht weit vom Stamm. Bis jetzt kann ihm Pfeiffer noch nichts nachweisen, aber er ist ein gründlicher Ermittler. Er wird Beweise finden. Anna steht ihm ebenfalls zur Seite. Sie ist neu, aber sie macht sich hervorragend als Ermittlerin.«

Anna. Der Name traf Dorothea wie ein Brett im Gesicht. Salz brannte unter ihren Lidern. Wut stieg in ihr auf über ihre eigene Unfähigkeit, ihre eigene Schwäche. Sie wandte sich ab, damit Konstantin ihr Gesicht nicht sehen konnte.

Konstantin ließ sich neben sie auf die Bank fallen, trank seinen Kaffee in einem Zug aus. »Ich werde jetzt aufbrechen. Danke für den Espresso.«

Warum war er gekommen? Dorothea hatte keine Ahnung.

Konstantin stand auf, schob seine Hände in die Taschen seiner Shorts und sah zur Festung hinüber. »Die Welt in den Filmen ist einfacher. Am Ende gewinnen die Guten. Schwarz und weiß.«

Und der Himmel hängt voller Geigen. Dorothea betrachtete das graue Firmament. Sie sah Konstantin an, doch weder er noch sie hatten die Kraft zu lächeln.

»Schwarz.« Er seufzte. »Ich wünschte, ich könnte es in Weiß umkehren. Wie bei diesen optischen Täuschungen, wenn man plötzlich ein ganz anderes Motiv sieht. Keine Vase, sondern zwei Gesichter.«

Etwas traf Dorotheas Gehirn wie ein Stromschlag. Sie starrte Konstantin an. »Was hast du gesagt?«

»Ich wünschte, ich könnte die andere Seite sehen.«

Die andere Seite. Zwei Gesichter. Dorothea setzte sich auf. Ihre Ohren summten. Was hatte die alte Frau Tamböck im Altersheim gesagt? *Der Journalist hat gefragt, wo er meinen Enkel finden kann.*

»Wie bitte?«

»Richard Vogel hat die alte Frau im Altersheim besucht. Er wollte wissen, wo er Harald Kohler finden könne.«

»Genau. Und weiter?« Seine Augenbrauen zogen sich verwirrt zusammen.

»Warum wusste der Journalist nicht, wo er den Obdachlosen finden konnte?« Adrenalin schoss durch jede Zelle ihres Körpers. »Wenn Harald Kohler wollte, dass der Journalist sich seinen Fall ansieht, warum war Richard Vogel dann nicht bekannt, wie er ihn erreichen konnte. Warum musste er die Großmutter fragen?

»Weil der Obdachlose ihn auf der Straße angesprochen hat? Weil Harald Kohler es in seinem Brief nicht erwähnt hat? Weil er zu betrunken war, um die richtige Telefonnummer, die richtige Adresse zu notieren. Weil er ihm schon vor Jahren geschrieben hat, sich seine Adresse geändert hat? Es gibt Tausende Möglichkeiten.«

»Es gibt noch eine andere Möglichkeit. Nummer Tausendundeins.«

»Welche?« Noch während Konstantin die Frage aussprach, sah sie die Erkenntnis in seinen Pupillen aufblitzen. »Es war nicht Harald Kohler, der dem Journalisten von dem Polizeiirrtum erzählt hat.«

Der erste Blitz erleuchtete den Himmel, und eine Sekunde später erschütterte der Donner wie ein Paukenschlag die Luft. *Dostojewski. The tell-tale heart. Edgar Allan Poe. Man kann niemandem trauen.* Wortfetzen wirbelten durch ihr Gehirn, nahmen Gestalt an. Und plötzlich fügte sich auch das letzte Teil in das Puzzle. *Venus und Adonis. Die Armbanduhr. Stop all the clocks.* Als die ersten Tropfen schwer auf die Terrasse prasselten, wurde Dorothea bewusst, wie blind sie gewesen waren.

Kapitel 61

Sie traf den Bankdirektor allein in der vornehmen Bibliothek an. An dem Sonntagnachmittag war die Villa totenstill, er saß wieder an seinem Schreibtisch. Diesmal waren die schweren Vorhänge nicht zugezogen, der Sturm, der draußen die Landschaft beherrschte, Bäume entwurzelte und Dächer abdeckte, heulte wütend und rüttelte an den bleiverglasten Fenstern.

Wieder erinnerte der Raum Dorothea an ein ehrwürdiges viktorianisches Herrenhaus mit breiten Treppen, verwinkelten Gängen und einer düsteren Ahnengalerie. Der Gedanke an Oscar Wildes *Canterville Ghost* streifte sie. Trieb in diesen Gängen ebenfalls nachts ein Gespenst sein Unwesen, traurig darüber, dass die moderne Gesellschaft die feinen Nuancen seines Spuks nicht mehr zu schätzen wusste? Sie schob den fantastischen Gedanken beiseite und blickte wieder auf Christoph Bunt. Er hatte das Klopfen nicht gehört, erst als die schwere Tür hinter Dorothea ins Schloss gefallen war, hatte er den Kopf gedreht und schwach gelächelt. Im fahlen Licht wirkte Bunts Elfengesicht eingefallen und älter. Seine schmalen Finger waren damit beschäftigt, eine Uhr zu reparieren. Im Zimmer war es still, nur eine CD spielte leise Leonard Cohens *Halleluja.*

»Ich denke, das geht an Sie.« Sie überreichte ihm die zwei Zitate, die sie in *The Picture of Dorian Gray* gefunden hatte. Eine Stunde zuvor hatten Konstantin und sie die Notizen aus der Wohnung des Journalisten geholt.

Bunt sah sie verwundert an. Er nahm das Blatt entgegen und zuckte zusammen. Er erblasste, fasste sich jedoch schnell und blieb freundlich. »Sie täuschen sich.« Seine Hand zitterte, als er Dorothea das Schriftstück wieder reichte. »Das ist nicht für mich bestimmt.«

»Herr Bunt, ich verspreche Ihnen, dass ich alles versuchen werde, um ihre Familie zu schützen.«

»Ich weiß nicht, wovon Sie reden. Ich bin verheiratet. Sie kennen meine Frau. Wir haben zwei Kinder.«

»Die Polizei wird versuchen, Ihr Geheimnis zu schützen.« Sie hielt inne. »Ich weiß, dass Sie mir den anonymen Brief geschickt haben. Aber das reicht leider nicht. Sie müssen der Polizei helfen, damit wir den Tod Ihres Geliebten aufklären können.«

Der Bankdirektor widmete sich dem Regenvorhang vor dem Fenster. Dorothea folgte seinem Blick. Seit einer Stunde goss es unaufhörlich. Der ausgetrocknete Boden konnte das Wasser nicht aufnehmen, einige Keller waren bereits überflutet. Doch Christoph Bunt betrachtete nicht das Wetter, sondern richtete seinen Blick ins Leere. Seine Hände verkrampften sich.

Sie gab dem Mann Zeit nachzudenken, ehe sie fortfuhr. »Ich bitte Sie. Was hätte Richard gewollt?«

»Alle verkünden immer, dass sie wüssten, was Verstorbene gewollt hätten. Vielleicht wollte Richard, dass sein Tod ein Mysterium bleibt.«

Du hast einen Nerv getroffen. Dorothea wartete und schwieg. Endlich streckte Christoph Bunt die Hand aus und nahm den Zettel entgegen. »Woher wussten Sie es?«

Stop all the clocks. Dorothea lächelte. »Ich dachte, Sie reden über Ihre Uhren, aber es ist ein Zitat aus dem Gedicht *Funeral Blues.* Ich kenne es aus dem Film *Four weddings and a Funeral.* Bei einem Begräbnis realisieren alle Beteiligten, dass der Redner und der Verstorbene ein Paar waren. So wie Sie und Richard. Und schließlich gab es auch noch Venus und Adonis. Ein berühmtes Liebespaar aus der römischen Mythologie. Die Venus-Statue thront in Richards Garten, Adonis in Ihrem.«

Minutenlang war es still im Zimmer.

»Das war vor langer Zeit. Wir waren sehr jung. Ich hatte Angst. Ich komme aus einer Dynastie von Bankdirektoren. Mein Großvater hätte mich enterbt, wenn er unser Geheimnis entdeckt hätte.«

Kein Happy End. Doch die Zeit mit dir war das schönste Kapitel. »Weiß Ihre Frau davon?«

Er sah Dorothea lange an. »Menschen haben unterschiedliche Motive, um zu heiraten. Meine Frau stammt aus einer sozial sehr benachteiligten Schicht. Mich zu heiraten war für sie ein Erfolg.«

»Worüber haben Sie mit Richard letzte Woche gesprochen? Ich nehme an, es ging nicht um seine Finanzen.«

Der Bankdirektor schwieg.

»Hat er Ihnen von seiner Krankheit berichtet?«

Der Mann seufzte. Mit einem Mal wirkte er unendlich kraftlos. »Er hatte noch so viel vor. Er wollte gern mit mir nach Paris fliegen.« Er warf einen schnellen Blick in Richtung Dorothea. »Nicht das, was junge Menschen vielleicht denken.«

Dorothea lächelte. »Um das Grab von Oscar Wilde zu sehen.«

Er nickte. »Ich hatte Angst, dass meine Frau davon erfährt.« Seine Stimme brach. »Nun ist es zu spät, und ich kann an nichts anderes mehr denken. Jede einzelne Sekunde dreht es sich in meinem Kopf. Fortwährend. Und es hört nicht auf.« Er schloss kurz seine Lider. »Ich finde keinen Frieden. Es hört nicht auf … Niemals.«

While still I may I write for you. The dream I lived, the love I knew. Eine bleierne Decke breitete sich über Dorotheas Brust, sie wollte nicht mehr über den Tod sprechen. Sie schluckte schwer. »Deshalb waren Sie am Bahnhof. Sie dachten daran, sich vor einen Zug zu werfen.«

»Wenn Sie meiner Frau nicht geholfen hätten, wäre ich jetzt tot. Wie Richard.« Es klang wehmütig. »Aber wahrscheinlich hätte ich nicht den Mut dazu gehabt. Ich war in meinem Leben nie tapfer genug.«

»Hat Richard Ihnen irgendetwas anvertraut, was uns einen Hinweis auf seinen Mörder geben könnte?«

»Er sagte, dass er einen Polizeiirrtum aufklären müsse.«

»Was hat er sonst noch darüber erwähnt?«

»Nichts. Gar nichts.«

Die Enttäuschung vergiftete Dorotheas Blut wie Tinte. *Du hast gewusst, dass die Chance sehr gering war.*

»Sie haben Richards Uhr mitgenommen. Seine Brieftasche und seinen Notizblock.«

»Die Uhr enthielt eine Gravur. In seiner Brieftasche trug er ein Foto von mir. Auf seinem Notizblock hatte er sich einige Notizen gemacht. Die Polizei wäre sofort auf mich gestoßen.«

»Sie haben ihn gefunden?«

»Ich sah, dass er hinausgehen, den Ball verlassen wollte. Er deutete mir an, ihm zu folgen. Aber meine Frau verwickelte uns in ein Gespräch. Als ich ihn fand, war er bereits tot. Wenn mir mein Ruf nicht so wichtig gewesen wäre, wäre ich bei ihm gewesen, als er starb.«

»Wir benötigen Richards Sachen.«

Er schüttelte den Kopf. »Sie enthalten nichts, was Ihnen weiterhelfen würde. Ich habe es überprüft. Ich habe Ihnen alles geschickt, was brauchbar war.«

Kapitel 62

»Mein Patensohn und die ehrwürdige Inspektorin Keusch.« Martin Grazer hob den Kopf nur kurz von den Unterlagen, die auf seinem Schreibtisch lagen. »Welch hoher Besuch.«

Anders als Fuhrmanns verstaubtes Arbeitszimmer war das Büro des Polizeipräsidenten in Innsbruck modern, die Landmarke eines Sportlers und Draufgängers, dekoriert mit Bildern von Segelfliegern, seinen Klettertouren und ihm selbst beim Wildwasser-Canyoning. Einige davon zeigten Martin Grazer mit Konstantin. Dorotheas Wangen kribbelten unangenehm, sie warf einen verstohlenen Seitenblick auf Konstantin. Er hatte die Hände in die Hosentaschen gesteckt, seine Augen glitten über das Foto eines Berggipfels, auf dem er mit seinem Patenonkel zu sehen war.

»Das waren noch Zeiten. Als wir gemeinsam den Scheffauer erobert haben.« Der Landespolizeipräsidenten konzentrierte sich immer noch auf die Blätter vor ihm.

Dorothea widerstand dem Drang zu husten. In dem Amtszimmer war es still, nur der Regen prasselte gegen die Scheiben. Schon vierundzwanzig Stunden lang wütete der Sturm in Tirol. Der Inn war über sein Ufer getreten, es gab Überflutungen im ganzen Land. Überschwemmte Keller. Murenabgänge. Verschüttete Autos und Häuser. In

Innsbruck bogen sich an diesem Montagnachmittag die Bäume vor den Fenstern.

»Seid ihr gekommen, um euch zu entschuldigen?« Endlich sah der Polizeipräsident auf.

Erneut schlug der bizarr vertraute Duft Dorothea entgegen, und plötzlich erschütterte die Erkenntnis sie bis ins innerste Mark. *Konstantin ist nicht der Einzige, der Hugo Boss benutzt.* Sein Taufpate war Konstantins Idol. In jeder Hinsicht.

»Nein, Martin.« Konstantin hielt dem feindseligen Blick stand. »Wir wollen die Wahrheit über den Tod des Journalisten ans Licht bringen.«

»Ihr habt schon genug Schaden angerichtet.« Der Polizeipräsident musterte Dorothea und Konstantin eingehend. »Lasst die Finger von diesem Fall und seht zu, dass ihr retten könnt, was noch zu retten ist.« Er wandte sich an Konstantin. »Andernfalls wird deine Karriere bald den Bach runtergehen. Die deiner hübschen Begleiterin wird beigelegt sein, ehe sie überhaupt begonnen hat.« Seine Aufmerksamkeit wanderte zu Dorothea. »Soweit mir bekannt ist, wollen Sie zur Mordkommission.«

»Harald Kohler hat seinen Bruder nicht überfahren.« Konstantin ließ sich nicht beirren.

»Doch, das hat er.« Martin Grazer widmete sich erneut seinen Unterlagen. »Nur Gott weiß, warum der Journalist auf dessen Lügenmärchen hereingefallen ist.«

Konstantin näherte sich dem Schreibtisch. »Du hast einen unschuldigen Mann hinter Gitter gebracht.«

»Unschuldig?« Der Landespolizeiinspektor schlug schließlich die Akte zu und platzierte seinen Kugelschreiber darauf. »Harald Kohler war ein Drogendealer. Er und sein missratener Bruder haben ihren Stoff an Zwölfjährige verkauft. Sie haben uns an der Nase herumgeführt.

Harald hat ein Mädchen vergewaltigt und sie dann so eingeschüchtert, dass sie ihre Anzeige zurückgezogen hat. Unschuldig? Dass ich nicht lache. Ganz Kufstein konnte aufatmen, als der Kerl hinter Gittern war.«

»War das der Grund?« Konstantin trat einen weiteren Schritt nach vorn. »Dein Ego? Oder war es die Beförderung, die du dir erhofft hattest? Immerhin hat es funktioniert. Ich habe nachgerechnet. Ein halbes Jahr später warst du Mitglied des Landeskriminalamtes. Einer der jüngsten Beamten, die das jemals geschafft haben.«

»Wovon sprichst du? Die Brüder haben ständig gestritten. Geld? Mädchen? Ich weiß es nicht mehr. An jenem Abend waren sie auf einer Rave-Party und so zugedröhnt mit Ecstasy, dass keiner der beiden seine eigenen Schuhbänder zubinden konnte. Es kam zum Eklat. Der eine Bruder ist heimgewandert. Als Harald mit seinem Auto nachgekommen ist, hat er ihn überfahren. Aus Zorn. Oder einfach nur, weil er nicht mehr bremsen konnte. Ende der Geschichte.«

»Es gab eine Zeugin. Susanne Kurz hat ein anderes Auto gesehen. Aber du hast ihre Aussage unter den Teppich gekehrt, das Protokoll verschwinden lassen, es nicht in deinem Bericht an den Staatsanwalt erwähnt.«

»Hat sie dir das erzählt?« Grazer lachte heiser. »Susanne Kurz ist die Tochter eines Alkoholikers und einer Prostituierten. Es gab niemanden, der sich um sie kümmerte außer Harald Kohler. Sie sind zusammen aufgewachsen, sie hätte alles für ihn getan. Wenn er gesagt hätte, spring, dann wäre sie gesprungen. Tatsächlich gab es einen Zeugen, der gesehen hat, wie Harald Kohler seinen Bruder überfahren hat.«

»Wir haben mit dem Zeugen gesprochen.« Konstantin war an der Kante angelangt. »Er hat zugegeben, dass du ihm einen Deal angeboten hast. Ich wette, in diesem Viertel war es nicht schwer, so jemanden zu finden. Dein Zeuge hatte das Auto gesehen, nur den Unfall nicht. Eine einzige Falschaussage, dafür hast du eine Anklage wegen Diebstahls fallen lassen.«

»Harald Kohler hat seinen Bruder getötet.« Grazer kam mit einem Satz hinter dem Büromöbel hervor, sein Finger richtete sich wie ein Degen auf Konstantin. »Ich habe der Gerechtigkeit zum Sieg verholfen. Kufstein von einer Plage befreit. An meiner Stelle hättest du dasselbe getan. Hast du irgendeine Ahnung, was passiert, wenn dieser Fall noch einmal aufgerollt wird? Du öffnest die Büchse der Pandora. Jeder einzelne Akt, den ich als leitender Ermittlungsbeamte bearbeitet habe, wird infrage gestellt werden. Jeder einzelne Kriminelle, den ich hinter Gitter gebracht habe, wird Berufung einlegen.«

»Und deine Karriere als Generalsekretär im Innenministerium?« Konstantin schnaubte spöttisch. »Wie hast du das gerade ausgedrückt? Sie wird beigelegt sein, ehe sie begonnen hat.«

Die Blicke der beiden Männer trafen sich, Dorothea hielt Ausschau nach einer Vertiefung, in die sie sich verkriechen konnte. Sie wollte nicht mehr zuhören müssen. Konstantins verzweifeltes Gesicht nicht sehen müssen. Den grauenhaften kalten Schmerz nicht fühlen müssen, der sich unter ihrem Brustbein ausbreitete, während sie Konstantin in seiner Qual sah.

»Ich habe mir Harald Kohlers Akte angesehen.« Konstantin Antlitz verhärtete sich.

Der Polizeipräsident studierte Konstantins Miene und stockte. Er wich zurück. »Du glaubst, ich hätte einen Journalisten vergiftet, nur weil er dem Obdachlosen auf den Leim gegangen ist? Einen Penner aus einem baufälligen Haus geworfen?« Grazer strich sich über das Gesicht. Die Wehmut in seinen Zügen wirkte echt.

Konstantin schwieg.

Er war gebrochen, sein Gesicht fiel ein, wurde fleckig, als ob ihn jemand mit Säure attackiert hätte. Dorotheas Brust flimmerte qualvoll.

»Hältst du mich wirklich für einen Mörder?«

Konstantin maß ihn resigniert. »Nein. Aber wenn du nicht die Wahrheit sagst, können wir keine Wiederaufnahme des Falls beantragen. Dann hast du nicht nur den Falschen hinter Gitter gebracht, sondern lässt auch noch einen zweifachen Mörder laufen.«

Kapitel 63

»Wie kann ich Ihnen beiden behilflich sein?« In weißen Jeans, einem blütenweißen Top und Leopardenmuster-Pantoffeln war die Frau des Rektors selbst um sieben Uhr abends makellos und adrett. Alles an ihr drückte Klasse aus, doch beim Anblick von Dorothea und Konstantin zog eine nervöse Note über das hübsche Gesicht von Tina Schall.

»Dürfen wir kurz reinkommen?« Hinter Dorothea prasselte graupeliger Regen auf die eleganten Steinplatten, hängte sich in feinen Tröpfchen an ihren marineblauen Blazer, setzte sich in ihrem Zopf fest. Sie drehte ihren Schirm, etwas Regenwasser ergoss sich in ihren Kragen.

»Wir haben noch einige Fragen.« Konstantin klang höflich.

Aus dem Inneren des Hauses drang eine Stimme. »Mama, wo ist meine Lieblingsjeans?«

Tina Schall seufzte. »Die Putzfrau hat sie in die Reinigung gebracht. Nimm eine andere Hose.«

Konstantin ignorierte den Austausch. »Ist Ihr Mann zu Hause?«

Tina Schall nickte. »Er ist gerade heimgekommen. Treten Sie doch ein.« Sie lächelte formvollendet, trat einen Schritt zur Seite und gab den Zugang in die vornehme Vorhalle frei.

»Ich hole Günther.« Die makellos manikürten Hände wiesen sie ladylike ein. »Nehmen Sie doch inzwischen im Wohnzimmer Platz.«

Wie eine Seite aus einem Landhauskatalog. Der Gedanke streifte Dorothea. Holz, weißes Leder, Chrom. Modern mit einem Touch von Tradition. Verhaltene Musik, frische Lilien, der leise Geruch von Mr. Proper. Sie warf einen Seitenblick auf Konstantin, der vor dem Bücherregal stand und keine Anstalten machte, sich zu setzen. Zweifelnd betrachtete sie das weiße Leder der Couch, doch die Anspannung der letzten Tage forderte ihren Tribut. Dorothea fühlte sich zu zerschlagen, um sich auf den Beinen zu halten. Vorsichtig ließ sie sich nieder und hoffte, dass sie keine Regenflecken hinterlassen würde.

»Ich wollte mich gerade auf den Weg ins Fitnessstudio machen.« Günther Schall lockerte seine Krawatte, er trug seinen Anzug noch. Jovial bot er Konstantin und Dorothea die Hand an. Sein Handschlag war fest. »Wie kann ich den Herrschaften behilflich sein?«

»Es gibt noch einige ungeklärte Fragen in Bezug auf den Tod Ihres Freundes.« Konstantins Blick verließ nur flüchtig die Buchrücken.

»Wann ist dieser Albtraum endlich vorbei?« Tina Schall glitt in den Raum, legte eine Hand auf die Schulter ihres Mannes und seufzte. »Ich vergesse meine Manieren. Darf ich Ihnen etwas zu trinken anbieten?«

Konstantin und Dorothea verneinten. Der Rektor der Fachakademie hob gequält die Mundwinkel. Er deutete auf den dunkelgrauen Himmel vor der Fensterfront. Noch immer schüttete es, der Rasen war übersät mit Blättern, die der Sturm von den Bäumen gefegt hatte. »Ich bin überrascht, dass sich die Exekutive bei diesem Wetter hinauswagt.« Sein Versuch, witzig zu sein, scheiterte kläglich. Die Falten auf seiner Stirn waren tiefer als eine Woche zuvor. Der Tod seines Freundes hatte ihn mitgenommen. Einen Wimpernschlag lang wirkte er unschlüssig, dann steuerte er auf eine Bar am anderen Ende des Wohnzimmers zu und goss sich ein Glas Wasser ein. »Ich habe gelesen, dass Sie jemanden verhaftet haben.« Er trank einen Schluck.

»Einen Studenten der Fachakademie.« Dorothea nickte. »Er war beim Ball als Kellner an der Whisky-Bar tätig.«

»Tatsächlich?«

»Einer deiner Studenten hat Richard vergiftet?«, fragte Tina Schall.

Konstantin räusperte sich. »Herr Schall, hat Richard Vogel mit Ihnen über einen Polizeiirrtum gesprochen?«

Das Glas hing eine Sekunde in der Luft, der Blick des Rektors verharrte irritiert bei Konstantin, dann glitten seine Augen zu Dorothea. »Ich habe es Ihrer Kollegin bereits gesagt. Ich weiß nichts von einem Justizirrtum.«

»Vor fünfundzwanzig Jahren gab es einen Fall von Fahrerflucht in Kufstein. Ein junger Mann starb, sein Bruder wurde angeklagt und verurteilt. Wir glauben, dass Ihr Freund eine Wiederaufnahme des Falls beantragen wollte.« Konstantins Stimme war sachlich.

»Warum hätte er das tun sollen?«

»Weil er glaubte, dass der Bruder des Opfers zu Unrecht verurteilt worden war.« Endlich drehte er sich zu dem Rektor der Fachakademie um. »Können Sie sich an einen derartigen Fall erinnern?«

»Nein, leider nicht.«

Dorotheas Augen trafen die von Konstantin für einen winzigen Augenblick, ehe sie sich an Tina Schall wandte. »Hat Herr Vogel mit Ihnen darüber gesprochen?« Dorothea sah die Frau fragend an, doch diese schüttelte den Kopf.

»Der Fall erregte großes Aufsehen in Kufstein. Er war in allen Zeitungen.« Konstantins Worte kamen langsam, bedächtig. »Die Brüder waren der Polizei als Drogendealer bekannt. Ecstasy, Crystal Meth, Cannabis.«

»Drogendealer?« Der Rektor nahm einen weiteren Schluck Wasser, hielt inne. »Ich kann mich nicht daran erinnern.«

»Richard wollte dem Beklagten nur helfen, eine Wiederaufnahme des Falls zu erwirken. Er hatte bereits mit den Beteiligten gesprochen. Er war sich sicher, dass der Bruder des Opfers unschuldig war.«

»Richard war so eine gute Seele.« Tina Schall legte die Hand auf ihre Brust, die rot lackierten Nägel leuchteten auf dem weißen Top.

»Warum sollte er das tun?« Günther Schall musterte das Glas in seiner Hand.

»Ihr Freund Richard wusste, dass der Mann unschuldig war.«

»Aufgrund welcher Beweise?«

»Er brauchte keine.« Dorothea holte tief Luft und warf einen Seitenblick auf Konstantin. Erich Vogels Worte tönten ihr im Ohr, glasklar: *Er saß genau dort, wo Sie jetzt sitzen. »Man kann niemandem trauen* – das sagte Richard seinem Vater, während er in der Küche des Elternhauses eines seiner vergilbten Jugendfotos betrachtete.«

»Wie bitte?« Der Rektor der Fachakademie hob den Kopf, als ob er gerade aus dem Schlaf erwacht wäre.

»Richard Vogel saß selbst in dem Auto, das den jungen Mann überfahren hat.«

Kapitel 64

»Was wollen Sie damit sagen?« Tina Schall stieß einen winzigen Schrei aus. »Dass Richard einen Mann getötet und ihn dann im Straßengraben liegen gelassen hat?« Sie sank auf das andere Eck des Sofas, stierte Dorothea entgeistert an. In dem vornehmen Wohnzimmer war es still, nur der Regen trommelte gegen die Scheiben.

Dorothea betrachtete das untadelige Make-up, das perfekt geglättete Haar, den dezenten Lippenstift der Frau des Hauses. »Er wollte nicht mit der Schuld sterben, dass ein Unschuldiger ins Gefängnis gegangen ist.« Sie gab ihrer Stimme einen weichen Klang. »Und er hatte nicht mehr viel Zeit. Deshalb wollte er eine Wiederaufnahme des Falls beantragen.«

»Das ist absoluter Schwachsinn.« Günther Schall setzte sich neben seine Frau und legte schützend den Arm um ihre Schulter, doch Dorothea konnte sehen, dass seine Hand zitterte. Der Rektor zog die Ehefrau enger an sich. »Es ist nur eine irrsinnige Theorie.« Er strich seiner Frau übers Haar. »Kein Richter wird Ihnen das jemals glauben.«

»Sie werden Richards Ruf post mortem ruinieren. Das hat er nicht verdient.« Tina Schall sah zu ihrem Mann auf. »Günther, du musst etwas tun.«

»Es waren zwei Menschen in dem Fahrzeug.« Konstantins Stimme war ruhig, neutral.

Dorothea warf einen Seitenblick auf den Chefinspektor. Es war das erste Mal, dass sie ihn hautnah in seiner Rolle als Ermittler erlebte.

»Worauf wollen Sie hinaus?« Tina Schalls Augen waren geweitet vor Beklemmung, sie drückte die Hand auf ihre Lippen.

»Zum Zeitpunkt des Unfalls hatte Richard noch keinen Führerschein.« Konstantin hielt inne, blickte zu Günther Schall hinüber. »Aber Sie hatten einen. Und einen Wagen. Sie waren nicht nur die zweite Person im Auto, sondern der Fahrer.«

»Ist das wahr? Bitte, Günther, sag mir, dass das nicht wahr ist.«

Der Ehemann presste die Lippen zusammen.

»Es hat keinen Sinn, es zu leugnen, wir haben eine Zeugin, die Sie gesehen hat.« Konstantin war selbstsicher, die Finte kam ihm leicht über die Lippen.

Dorothea war beeindruckt.

»*Du* hast einen Mann überfahren?«

Minutenlang herrschte Stille im Raum. Von oben kam die zeternde Stimme der Tochter des Hauses: »Mama, ich kann mein zweites Paar Jeans auch nicht finden.«

Tina Schall ignorierte ihre Tochter. »Günther?«

»Es war zwei Uhr morgens, stockdunkel, es hatte die ganze Nacht durchgeregnet, in Strömen, so wie jetzt.« Günther Schalls Augen waren in die Ferne gerichtet. »Ich habe ihn erst viel zu spät gesehen. Es war ein Samstagabend. Richard und ich waren beide betrunken. Vor fünfundzwanzig Jahren ließ man sein Auto nicht stehen. Wir sind ausgestiegen, aber er war schon tot. Als ich sah, wer dort lag, war ich erleichtert. Wir kannten ihn und seinen Bruder. Zwei Drogendealer. Sie kamen aus der Gosse und hatten kein Interesse daran, irgendetwas aus ihrem Leben zu machen.«

»Anders als Sie?« Konstantin nickte beiläufig. Dorothea dachte an die Worte der Yogatrainerin. *Günthers Vater war Alkoholiker. Er verprügelte seine Frau und seine Kinder, wenn er vom Wirtshaus nach Hause kam.*

»Richard und ich haben hart daran gearbeitet, um dahin zu kommen, wo wir jetzt sind ... waren.« Die Stimme des Rektors versagte. *Richards Vater hat ihn immer stundenlang in den dunklen Keller gesperrt, wenn er als Junge vor etwas Angst hatte. Der Wunsch, sich ein besseres Leben aufzubauen, hat Günther und Richard verbunden.*

»Und dann hätte beinahe eine einzige Nacht alles zerstört.«

»Ich wäre verurteilt worden. Als sein Bruder verhaftet wurde, war es wie ausgleichende Gerechtigkeit.«

»Aber Richard hatte schon damals Gewissensbisse?«

»Er wollte zur Polizei gehen, ich habe ihn angefleht, es nicht zu tun. Harald Kohler war nur ein Junkie, ein Drogendealer, über kurz oder lang wäre er an einem Goldenen Schuss gestorben.« Der Rektor der Fachakademie schloss kurz die Augen. »Vor zwei Wochen kam Richard zu mir. Er berichtete mir von dem Tumor. Er sagte, er könne mit der Schuld nicht mehr leben.«

»Du wusstest, dass er sterben wird?«

»Er wollte Harald Kohler finden?« Konstantin beachtete den gellenden Einwurf der Ehefrau nicht.

»Ich war überrascht, dass der Mann noch am Leben war. Richard wollte alles versuchen, um einen Freispruch für ihn zu erlangen. Er behauptete, er sehe den Toten in der Nacht. Er wolle ihm nicht auf der anderen Seite begegnen, ohne seinen Bruder von dem Fehlurteil reingewaschen zu haben. Welch' Melodramatik! Ich solle mir keine

Sorgen machen. Er werde nichts von unserer Beteiligung erwähnen. Nur recherchieren und den Fall neu aufrollen. Aber ich sah es in seinen Augen: Er war bereit, alles zu opfern, nur um sein Gewissen zu beruhigen. Nächtelang überlegte ich, was ich tun sollte. Ich habe Richard angefleht, es sich noch mal zu überlegen. Und dann hat mir das Schicksal einen Wink gegeben. Wir brauchten noch mehr Kellner für den Ball, hängten einen Anschlag ans Schwarze Brett der Fachakademie. Ich kannte Brigitte Eifler, sie war früher meine Kollegin.«

Die Staatsfeindin unterrichtete an der Fachakademie. Veras Worte. Dorothea biss sich auf die Lippen. Auch das hatte sie übersehen.

»Irgendwann erzählte Brigitte mir stolz, dass ihr Sohn an der Fachakademie aufgenommen worden war. Sebastian Neham. Er trug den Nachnamen seines Vaters, eines Künstlers, mit dem sie in ihrer Jugend liiert gewesen war.« Der Rektor hielt inne. »Brigitte war eine graue Maus. Unauffällig. Ich hatte keine Ahnung, dass sie eine Staatsfeindin war. Doch kurze Zeit später war die Hölle los. Die Polizei suchte nach ihr, die Presse berichtete, Richard hat Nachforschungen angestellt, der Exekutive sogar einen Hinweis gegeben. Auch als Brigitte ihre Tochter vergiftete, hat er einen Artikel darüber verfasst.«

»Als Enthüllungsjournalist hatte Richard Vogel viele Feinde.« Konstantin trat einen Schritt nach vorne. »Und als Sie realisierten, dass sich der Sohn einer Staatsfeindin und Giftmischerin für den Catering-Job am *Kufsteiner Charity-Ball* gemeldet hatte, hatten Sie die perfekte Idee, die perfekte Location und den perfekten Sündenbock.«

Günther Schall sah zu Konstantin auf. »Es war wie eine göttliche Fügung. Es war ein Leichtes, ihn in der Whisky-Bar einzuteilen. Ich war in Chemie nie besonders gut, aber jeder in Tirol weiß, wie man Zirbenschnaps macht. Ich habe mir zwei Hände voll Eibennadeln geholt, sie in Whisky eingelegt.«

»Als meine Kollegin zu Ihnen kam, wussten Sie, dass Sie Kohler genauso beseitigen mussten.«

»Du hast den Bruder ebenfalls umgebracht?«

»Ich musste es tun. Richard hat mir keine Wahl gelassen. Er hätte unser Geheimnis mit ins Grab nehmen sollen. Stattdessen hat er alles zerstört, unsere Freundschaft, meine Karriere. Meine Familie.«

Kapitel 65

Warum wolltest du mit mir zu Abend essen? Dorothea wartete, bis der dunkelhaarige Kellner des *Egger's* in Lederhose und kariertem Hemd das Essen serviert hatte, dann beschloss sie, den Stier bei den Hörnern zu packen. Seit ihrem nächtlichen Gespräch vor fast sechs Tagen war ihr Vera aus dem Weg gegangen. Dorothea ignorierte das mulmige Gefühl in ihrer Magengrube. »Zu wenig Schlaf? Sind immer noch zu viele Werwölfe und Vampire in der Stadt?«

»Nur Frankensteins Monster und die Zombies bereiten mir Probleme.« Vera lächelte schwach und senkte den Blick, beschäftigte sich eingehend damit, ihr Besteck aus der weißen Tüte zu ziehen, und beugte sich über den gemischten Salat mit Shrimps. Wie so oft bei Vera hatte Dorothea das Gefühl, gegen eine Wand zu laufen. *Sei geduldig.* Dorothea sog den Duft ihrer Pizza Parma ein, schnitt ein säuberliches Dreieck aus dem Teig und zerteilte es in mundgerechte Happen. Der Himmel war bewölkt, aber es regnete nicht mehr.

Auf der anderen Seite der Straße bellte vor dem Rathaus ein Hund, der Besitzer brachte ihn schnell zum Schweigen. Das Polizeitape um das Gebäude war entfernt worden, die österreichische Fahne wehte neben der Tiroler Fahne im Wind. Dennoch hielten Touristen inne, die

Nachricht über den Mord an dem Journalisten war bis zu ihnen durchgedrungen. Wortkarg aß Vera ihre Speise.

»Hat es Ihnen geschmeckt?« Der Kellner lächelte freundlich, räumte die Teller ab, nahm die Bestellung für eine weitere Getränkerunde auf.

Was wollte sie nur mit ihr besprechen? Es hatte keinen Sinn, ihre Freundin zu drängen. Dorothea zog den Kaktus in dem roten Übertopf zurecht, der auf dem anthrazitfarbenen Tisch stand, und bewunderte den Eingang des Restaurants. *Egger's Café Bistro Bar.* Von der Säule des Jugendstilgebäudes schmunzelte ihr ein marmornes Gesicht entgegen, aber Dorothea war nicht nach Lächeln zumute.

»Ich verstehe es immer noch nicht.« Endlich hob Vera den Kopf. »Warum hat dieser Rektor seinen Freund umgebracht?«

Was immer ihr Anliegen war, Vera würde es ihr erst preisgeben, wenn sie bereit dafür war. Dorothea gab sich geschlagen. Sie sah sich um, aber die Gäste am Nebentisch hatten sich bereits erhoben. Ein Schluck ihres Hugos, dann beugte Dorothea sich nach vorn. »Richard Vogel und Günther Schall haben vor Jahren einen jungen Mann überfahren. Richard wollte nun eine Wiederaufnahme des Falls beantragen.«

»Das hat den Rektor der Fachakademie bestimmt in Panik versetzt.« Vera lehnte sich in dem Rattansessel zurück und zündete sich eine Zigarette an. »Obwohl die Frist für eine Fahrerflucht schon längst verjährt ist.«

»Es ging nicht um strafrechtliche Verfolgung. Günther Schall fürchtete um seinen guten Ruf. Er wollte im nächsten Jahr gegen die Herausgeberin der Kufsteiner Kaiserin für das Bürgermeisteramt kandidieren. Er hatte gute Chancen, gegen Andrea Untermüller zu gewinnen. Ein

Skandal hätte seine Pläne vereitelt. Niemand wählt einen Bürgermeister, der einen Mann überfahren und Fahrerflucht begangen hat. Er hätte alles verloren, seine Karriere, vielleicht auch seine Familie.«

»Du hattest also recht?« Vera nahm einen tiefen Zug ihrer Zigarette und musterte Dorothea eindringlich. »Grazer hat einen Zeugen manipuliert.«

»Ja.« Dorotheas Magen verkrampfte sich, als sie an Konstantins zermartertes Gesicht dachte.

»Was passiert jetzt mit dem Polizeipräsidenten?«

Dorothea zuckte ihre Schultern. »Das LKA zieht es vor, diesen Teil der Untersuchung unter den Tisch zu kehren.« Sie öffnete die Lippen, dann entschied sie sich anders. Es herrschte Stille, bis der Kellner erschien und zwei neue Sommer-Cocktails auftischte.

»Woher wusstest du, dass die beiden gefahren sind?« Vera legte ihre Zigarette zur Seite, schwenkte das Glas mit der orangen Flüssigkeit.

»Es waren mehrere Punkte, aber ich realisierte den Zusammenhang erst viel zu spät: In der Wohnung des Journalisten fanden sich Zitate aus zwei literarischen Werken. *Das verräterische Herz* ist eine Kurzgeschichte von Edgar Allan Poe. Sie handelt von einem Ich-Erzähler, der einen alten Mann getötet hat. Ein zweites Zitat stammte aus dem Roman *Schuld und Sühne* von Fjodor Dostojewski. Der Student Raskolnikow bringt zwei alte Frauen um, kommt danach aber nicht zur Ruhe. Es war derselbe Gewissenskonflikt, der Richard Vogel beschäftigte.«

Gedankenverloren drehte Vera ihr Glas. »Sein ganzes Leben lang hatte der Enthüllungsjournalist versucht, sein schuldhaftes Schweigen dadurch zu begleichen, dass er Ungerechtigkeit aufdeckte, so kurz vor seinem Tod wurde ihm jedoch klar, dass es nicht genug war.«

Dorothea nickte bedächtig, erinnerte sich an die Worte des Vaters. *Richard sagte, er würde Zorn heraufbeschwören und eine Karriere zerstören, aber er müsse es tun.* »Ich denke, insgeheim hat der Reporter sogar erwogen, eine Autobiografie zu verfassen, deshalb hat er sich die Sentenzen notiert und sich mit seiner Freundin Marion über das Thema Mut unterhalten.«

Vera trank einen Schluck ihres Prosecco Aperol.

»Ich hätte die Linien verbinden, das Bild sehen sollen. Die Zeugin sprach von zwei Personen im Auto. Es gab noch viel mehr Hinweise. *Man kann niemandem trauen.* Bei meinem zweiten Besuch erklärte mir Erich Vogel: *Mein Sohn saß genau an der Stelle, an der Sie nun sitzen, als er mit mir gesprochen hat.* Mir gegenüber hing ein Bild von Richard und Günther.«

»Woher wusstest du, dass es nicht der Journalist war, der am Steuer saß?«

»Wir ... ich wusste es nicht.« *Wir.* Konstantin und ich. *Es gibt kein Wir.* Sie schob den bohrenden Schmerz beiseite. »Wir ahnten nur, dass der Journalist in dem Auto gesessen hatte. Mit einer zweiten Person. Wir begannen zu überlegen. Richard Vogel war vor fünfundzwanzig Jahren erst siebzehn Jahre alt. Er hatte noch keinen Führerschein, auch kein eigenes Auto. Mir fiel die Aussage des Bibliothekars ein. *Richard ist oft mit Günther in seinem alten Peugeot zur Universität gefahren.* Es war eine Überlegung wert. Als wir Susanne Kurz ein Foto eines uralten Peugeots zeigten, bestätigte sich der Verdacht. Es war unwahrscheinlich, dass der Besitzer des Autos mitten in der Nacht einem Siebzehnjährigen das Steuer überließ, also musste es Schall gewesen sein. Wir hatten den Fahrer gefunden.«

Wir. Jedes Mal schmerzten die drei Buchstaben. Kein Anruf. Keine Nachricht. Kein spontaner Besuch. Seit sie am Montag den Rektor der Fachakademie verhaftet hatten, hatte Konstantin sich nicht mehr bei ihr gemeldet. Vera musterte sie über den Tisch eingehend, ließ es dann bleiben. Dorothea war dankbar für den kleinen Gnadenakt. Ihre Freundin blies blauen Rauch aus der Nase. »Um den Fall neu aufzurollen, hätten die Ermittler die Details genau unter die Lupe genommen.«

Dorothea bejahte. »Das war Richards Todesstoß. Günther Schall wusste, dass eine Wiederaufnahme des Falls unwahrscheinlich war. Aber er kannte seinen Freund gut. Ihm war bewusst, dass Richard um jeden Preis die Wahrheit ans Licht bringen wollte. Und auch bald genug Entschlossenheit dafür aufbringen würde.«

»Wenn er seinen Freund zu Hause umgebracht hätte, wäre der Verdacht sofort auf ihn gefallen. Der Ball dagegen bot die perfekte Gelegenheit, um den Mord zu einer öffentlichen Angelegenheit zu machen.«

»Das war das Ziel des Rektors.« Dorothea nickte. »Viele Menschen hatten ein Motiv, den Journalisten umzubringen, er musste ihnen nur die Gelegenheit geben. Der Sohn der Staatsfeindin war zudem als Kellner der perfekte Sündenbock. Günther Schall hoffte, dass mit Richards Tod all die Beweise vernichtet und der einzige Zeuge beseitigt wären. Er konnte sein Gewissen sogar damit beruhigen, dass es eine Art Euthanasie war. Eine Gnadentat, die seinem Freund unsägliche Qualen erspart hat. Bei den Ermittlungen erwähnte er nichts von dem Tumor. Je weniger Information die Mordkommission hatte, desto besser. Er vermutete richtig, dass ein Fall mit Hunderten Verdächtigen schwer zu klären war. Nach dem Mord kam Erich Vogel ihm allerdings in die Quere.«

»Und du.«

»Als ich das erste Mal einen Polizeiirrtum erwähnte, erkundigte er sich über mich, wurde beim Vater des Toten fündig und gab einer Reporterin einen anonymen Hinweis, um die Aufmerksamkeit auf mich zu lenken und meine eigenständigen Nachforschungen zu stoppen.« Mit Schaudern dachte Dorothea an Fuhrmanns rasende Wut. »Beim zweiten Mal geriet Günther Schall in Panik. Er hat den Alkoholiker aufgespürt, ihm erzählt, dass er an der Geschichte interessiert sei, hat ihn mitten in der Nacht auf den Balkon im zweiten Stock gelockt. Ihn über die niedrige Brüstung auf die Veranda gestoßen, die übersät war mit ausrangierten Möbeln und verrosteten Arbeitsgeräten. Ein verfallenes Haus. Ein betrunkener Obdachloser. Niemand kommt auf die Idee, dass er nicht von selbst gefallen ist.«

»Erich Vogel hatte viel wiedergutzumachen, weil er seinen Sohn zu Lebzeiten nur unterdrückt, nie wertgeschätzt hatte.« Vera löschte ihre Zigarette. »Wenigstens nach seinem Tod wollte er das Richtige für Richard tun.«

Dorothea seufzte. Sie hörte Veras Unterton bei dem Wort *Sohn*. Und sie konnte ein Lied davon singen, was es hieß, *das Richtige* zu tun. Sie nippte an ihrem Getränk. Das Eis war fast geschmolzen, der Cocktail schmeckte nach Minze und Sommer, aber die Atmosphäre am Tisch war erneut trübselig. Dorothea lauschte dem Läuten der Kirchenglocken und harrte aus.

Endlich leerte Vera ihr Glas mit einem Satz und bedeutete dem Kellner, ein weiteres zu bringen. »Manchmal ertappe ich mich dabei, dass ich dich beneide.« Sie flüsterte erstickt. »Um deine Freiheit. Deine schöne Wohnung. Deine Chancen auf eine Karriere.«

Dorothea presste die Hand auf ihren Mund. Sie wusste, wie schwer so viel Ehrlichkeit für ihre Freundin war, aber sie hatte keine Ahnung, wie sie damit umgehen sollte. Es gab keine Worte, keinen Satz, keinen Zaubertrank, der Veras Lebensumstände änderte.

»Beneidest du mich auch um meinen katastrophalen Modegeschmack?« Ein Rettungsanker tauchte auf. »Letzte Woche habe ich den Wickelrock und die Bluse angezogen, die du für mich ausgesucht hattest. Du hattest recht. Ich habe mich chic gefühlt.« *Anziehend. Und Konstantin war sehr beeindruckt.* »Leider habe ich den Rock in einem verwilderten Garten ruiniert. Hilfst du mir, einen neuen auszusuchen?«

»Klar, jederzeit.« Veras Augen glitten prüfend über Dorotheas beige-graues Outfit, sie nickte der Tischdekoration zu. Einige Minuten vergingen, ehe Vera sich eine weitere Zigarette anzündete. Zitternd zog sie den Glasbehälter mit Kippen noch weiter zu sich. »Philipp hat sich gestellt.«

Nun war es Dorothea, die den Blick ihrer Kollegin mied. »Hat Fuhrmann dir geholfen?«

»Natürlich hat er das.« Vera nickte. »Fuhrmann hat selbst fünf Söhne. Aber deshalb bin ich nicht hier. Ich bin hier, um mich bei dir zu bedanken. Ich weiß von dem Deal, den du ausgehandelt hast.«

»Es ist kein Surfkurs in Australien.« Der Stein in ihrem Magen war tonnenschwer. Dorothea wusste immer noch nicht, ob sie das Richtige getan hatte.

»Nein. Das nicht.« Vera klemmte die Zigarette in den Aschenbecher, ehe sie Dorotheas Augen suchte und ihre Hände umfasste. »Aber du weißt, wie das Leben ist: You can't always get, what you want, but sometimes you get, what you need.«

Kapitel 66

»Warum musste ich schon wieder nach Kufstein kommen?«

Chanel N° 5. Dorothea atmete das altmodische Parfüm ihrer Mutter ein, spürte die Vormittagssonne auf ihrer Haut und nippte an der hausgemachten Limonade des Buch-Cafés. Sie ließ die Eiswürfel in dem Marmeladenglas klirren, betrachtete den Apfel auf dem weiß-rot gestreiften Papierstrohhalm, beobachtete die Passanten, die über das Steinpflaster zur Festung hinaufschlenderten, und versuchte, die missmutigen Nörgeleien ihrer Mutter zu ignorieren.

Ich habe dich nach Kufstein gebeten, weil es dir guttut, endlich aus deinem stickigen Haus herauszukommen. Weil ich keine Geduld mehr dafür habe, deine unordentliche Bleibe zu betreten. Weil ich von deiner ständigen Quengelei die Nase gestrichen voll und deine Schuldzuweisungen satthabe. Die wütenden Sätze lagen Dorothea auf der Zunge, aber sie biss sich auf die Lippen. In Gedanken zählte sie bis zehn, rückte die rosarote Pelargonie auf dem Tischchen zurecht und pickte einen Faden von ihrer frisch gebügelten, olivgrünen Leinenhose. Dem Drang, den wirren Kurzhaarschnitt ihrer Mutter zu ordnen, widerstand sie.

»Schon wieder?« Sie gab ihrer Stimme einen sanften Klang. »Es sind fast fünf Monate vergangen, seit du *mich* besucht hast.« Genervt betrachtete sie die karierte Bluse ihrer Mutter. Auch diesmal hatte die alte Dame es nicht geschafft, die Knöpfe richtig zu schließen oder sich ein Sommerkleid statt des schweren Wollrocks anzuziehen.

»Eine schöne Buchhandlung.«

Dorothea erkannte das Versöhnungsangebot und folgte dem Blick ihrer Mutter. Das Schaufenster des Buchcafés war wie immer liebevoll dekoriert, einzelne Bände umrahmten den Eingang, luden zum Schmökern ein.

Dorothea lehnte sich in ihrem Sessel zurück, ihre Anspannung ließ ein wenig nach. Das *Buch-Café im Lippott-Haus* war einer ihrer Lieblingsorte. Sorgfältig arrangierte Bücher, Karten und Postkarten, erlesene Literatur, Kaffee und Genuss. Gemütliche goldene Sessel in der Farbe von fließendem Karamell, zierliche runde Tische auf dem Kopfsteinpflaster, frische Blumen. Sie hatte gewusst, dass ihre Mutter solche Orte genauso liebte wie sie.

Dennoch. *Es war die Ruhe vor dem Sturm.* Sie kannte den flüchtigen Ausdruck, mit dem ihre Mutter die schön geschmückte Auslage der Buchhandlung mit dem neuesten Krimi von Tana French betrachtete. Es war nicht schwer, die Vorzeichen zu deuten. Ihre Mutter schwärmte für Literatur, aber noch mehr genoss sie es, das Leben ihrer Tochter zu beherrschen.

Dorothea wandte ihren Blick wieder zu der steinernen Treppe, betrachtete das Rathaus, die St. Vitus Kirche, das weiße Denkmal. *Mutter liebt Historisches.* »Die Stadt hat eine lange Geschichte.« Sie sah ihre Mutter aufmunternd an.

»Kufstein hat schon zur Zeit von Kaiser Augustus eine wichtige Rolle in Rätien gespielt.« Ihre Mutter nickte, der Köder wirkte. »Aber das brauche ich dir nicht zu erzählen, du bist Archäologin.«

Vergeblich. Dorothea seufzte. Auf der anderen Seite des Platzes leuchteten die hängenden Pflanzen und Stiefmütterchen violett, gelb und pink in den riesigen steinernen Pokalen. Nichts erinnerte daran, dass dort zwei Wochen zuvor unter dem Kufsteiner Wappen und dem Wappen der Stadt ein lebloser Mann an der gelben Mauer des Rathauses gelehnt hatte.

»Ich habe eine Gärtnerei angerufen. Sie wird sich um deinen Garten kümmern.«

Ihre Mutter erwiderte nichts, und Dorothea konzentrierte sich auf ein Touristenpärchen, das sich über eine Karte beugte, doch das bedrückende Gefühl in ihrer Nierengegend verschwand nicht. Einige Minuten lang herrschte qualvolle Stille.

Konstantin. Plötzlich wünschte Dorothea sich von ganzem Herzen, nicht mit ihrer Mutter, sondern mit ihm hier zu sitzen. Mit ihm zu lachen.

»Ich habe die Anzeige gegen Tatjana zurückgezogen.«

Dorothea blinzelte ins Sonnenlicht. Einen Moment lang wusste sie nicht, wovon ihre Mutter sprach. Dann fiel es ihr ein: die Reinigungsdame ... die Anzeige bei der Polizei. Ihre Mutter strich sich über den grauen Wollrock.

»Ich habe das Buch gefunden.«

Dorothea fühlte nur eine temporäre Erleichterung. In der nächsten Woche würde ihre Mutter eine andere Erstausgabe verlegen, einen anderen Makel an der jungen Reinigungsfrau finden.

»Ich habe gelesen, dass der Mord an dem Journalisten geklärt ist. Hast du dabei eine Rolle gespielt?«

Dorothea antwortete nicht. Sie wollte nicht mit ihrer Mutter über den Fall reden. Nicht über Konstantin, nicht darüber, wie schockiert er über seinen Taufpaten gewesen war. *Lenk sie ab.* Wie hieß die Nachbarin, die ihre Mutter nicht ausstehen konnte?

»Die Leiterin des LKA hat mir eine Stelle in der Mordkommission angeboten.« Dorothea war überrascht, als der Satz über ihre eigenen Lippen kam. »Es ist eine Art Schweigegeld.« Hatte ihr ihre Mutter ein Wahrheitsserum in den Tee geschüttet?

Ihre Mutter faltete die zitternden Hände in ihrem Schoß, senkte ihren Blick. »Du bist jetzt eine Ermittlerin bei der Mordkommission?«

»Nein.«

»Eine Stelle bei der Abteilung Leib und Leben – ich dachte, das ist dein Traum.« Ihre Mutter hob erstaunt das Kinn.

»Ich möchte eine Stelle beim LKA, wenn ich es *verdient* habe. Ich habe gestern meine Prüfung absolviert, danach werde ich mich mit meinen Bewerbungsunterlagen dort melden. Ich will einen Job bekommen, weil ich die Beste dafür bin, nicht weil ich etwas weiß, was ich nicht ausplaudern soll.«

»Das ist sehr naiv.« Ihre Mutter schmunzelte. »So läuft das nicht in Tirol. Man braucht Vitamin B, um einen Job zu bekommen, nicht gute Bewerbungsunterlagen.«

Dorothea war perplex. Hatte ihre Mutter je über den Rand des Elfenbeinturms ihrer Universität hinausgespäht?

»Zumindest hat dein Vater das immer gesagt.«

Jetzt oder nie. »Papas Tod. Was hast du mir verschwiegen?«

»Dein Vater war so stolz auf dich, wie man auf eine Tochter nur sein kann. Du musst ihm nichts beweisen.«

»Was weißt du über Martin Grazer?«

»Wenn du versuchst, den Tod deines Vaters aufzuklären, begibst du dich nur weiter in Gefahr. Und dann werde ich dich verlieren, so, wie ich ihn verloren habe.«

Dorothea rückte den Sessel an den Tisch heran, nahm die Hand ihrer Mutter. Sie fühlte sich leicht an – wie ein gebrechlicher Vogel. »Mama.«

»Warum musst du immer mit dem Kopf durch die Wand?« Ihre Mutter presste die andere Hand auf den Mund, eine Träne glitt über die faltigen Wangen.

Dorothea wartete. Endlich gab ihre Mutter nach. »Dein Vater hat erwähnt, dass Martin Grazer glaubte, über dem Gesetz zu stehen.«

»Und du hast dich nicht darüber gewundert, dass er der Leiter der Ermittlungen bei Vaters Tod war?« Verzweiflung schwappte über Dorothea.

»Ich habe nie gedacht, dass er etwas mit dem Tod deines Vaters zu tun hat. Nur dass er wenig Interesse daran hatte, Johanns Tod aufzuklären. Dorothea, beantworte mir eine Frage: Wenn dein Vater nicht gestorben wäre, wärst du dann auch Polizistin?«

Dorothea ließ die Hand ihrer Mutter los. »Ich möchte Polizistin sein, weil es mich an meine Grenzen bringt. Weil jeder Tag eine Herausforderung birgt.«

»Studenten zu unterrichten bietet auch Herausforderungen. In einem Archiv zu arbeiten bringt ebenfalls Abwechslung.«

Dorothea schüttelte den Kopf. »Nicht die Art von Herausforderung, die ich für mein Leben möchte.«

»Dann hättest du den Deal annehmen sollen.« Sie klang trotzig … beleidigt.

Dorothea schwieg. Sie hatte einen Deal gemacht. Nur nicht den, den das LKA vorgeschlagen hatte. Ihre Forderungen waren andere gewesen: eine milde Strafe für Philipp und Einsicht in alle Akten ihres Vaters.

»Warum kannst du dir nicht einfach einen netten jungen Mann suchen und sesshaft werden?«

Erst jetzt sah Dorothea die Braut, die mit ihrem Gefolge aus dem Standesamt kam. Sie presste ihre Lippen zusammen und versuchte, nicht vor ihrer Mutter in Tränen auszubrechen.

Kapitel 67

Das Grab war überhäuft mit Kerzen und frischen Blumen. Einen Moment lang betrachtete Dorothea das Meer aus roten Rosen und weißen Lilien, der Kies knirschte unter ihren Sandalen. Der Duft von lockerer Erde strömte in ihre Nase, doch der Knoten, der hart und gläsern wie eine Murmel ihre Luftröhre zudrückte, ließ sie kaum atmen.

Du bist nicht mehr da, wo du warst, aber du bist überall, wo wir sind. Eine Botschaft. Von ihren Freundinnen? Dorothea wusste es nicht.

Sie dachte an das Leben, wie es hätte sein sollen. Pubertät, erste Liebe, erster Kuss. *Wenn du groß bist, kannst du alles werden, was du willst.* Forscherin. Feuerwehrfrau. Eine berühmte Balletttänzerin. Aber das stimmte nicht.

Wie viele Dinge waren es, die das zarte Mädchen in dem Sarg unter der Erde nie spüren würde? Das Zeugnis der Reifeprüfung in ihrer Hand. Die winzigen Finger ihres Babys, die sich um ihre schlossen. Wie viele Wege, die Sara nie beschreiten würde? Primaballerina bei der Staatsoper zu werden. Ehefrau. Mutter. Primaballerina *und* Mutter. Weltenbummlerin. *Wenn du groß bist, kannst du alles werden, was du willst.*

Mit einem Mal konnte Dorothea die Tränen nicht mehr zurückhalten. Minutenlang stand sie da, presste sich ihr Taschentuch an die Nase, unfähig aufzuhören. Schließlich gab sie sich einen Ruck und räusperte sich. »Die Herausgeberin hat gute Arbeit geleistet.«

Sie schlug eine Seite des Magazins auf. »*Meine persönliche Heldin.*« Sie las den Artikel laut vor. Dorothea endete mit den Worten: »Ich wünschte, Sara, du hättest es noch gedruckt lesen können.« Dann legte sie die letzte Ausgabe der *Kufsteiner Kaiserin* auf die frische Erde. *»Krankenhaus Kufstein. Mängel im Gesundheitssystem. Diagnosefehler.«* Dorothea seufzte. »Andrea Untermüller wollte keine Verleumdungsklage riskieren, aber vielleicht liest es jemand von der Ärztekammer und macht sich Gedanken dazu.« Das olivfarbene Gesicht des hübschen Mädchens tauchte vor Dorotheas geistigem Auge auf. »Sara, ich habe keine Ahnung, wo du jetzt bist, aber ich hoffe, es geht dir gut. Und ich hoffe, dort, wo du jetzt bist, kannst du all deine Träume verwirklichen.«

Sie kam sich lächerlich vor. *Warum stehst du an einem Grab und führst Selbstgespräche?*

In ihrer Tasche vibrierte das Mobiltelefon. Dorothea sah auf das Display, seufzte, warf einen letzten Blick auf das Grab und drückte auf den grünen Knopf. »Hallo, Isabel.«

Sie mochte ihre neue Nachbarin, aber die junge Mutter war chaotisch. »Brauchst du deinen Ersatzschlüssel? Ich bin in fünfzehn Minuten zu Hause.«

»Das ist es nicht.« Isabel klang beunruhigt. »Hier steht ein Mann, der behauptet, dass er einer deiner Kollegen ist und dich gut kennt. Aber ich habe ihn noch nie gesehen. Und ich wusste, dass du nicht zu Hause bist. Und dass du nie Besuch hast. Er wollte hinter mir ins Haus eintreten. Er behauptet felsenfest, dass du ihn erwartest. Stimmt das?«

Dorothea war froh, dass nur Sara das breite Lächeln sah, das sich auf ihrem Gesicht ausbreitete. »Nein. Hat er einen Ausweis?«

»Ja, Schneider oder Fischer oder so etwas. Einer von diesen Allerweltsnamen. Könnte gefälscht sein.«

Dorothea konnte förmlich sehen, wie Konstantin seine Augen verdrehte. Isabel war die erste Frau, die nicht sofort auf Konstantins Charme reagierte.

»Wie sieht er denn aus?«

»Überhaupt nicht wie ein Polizist.« Die misstrauische junge Mutter hielt einen Moment lang inne. »Eher wie ein Model für Sportbekleidung.«

»Sag ihm, er soll *vor* dem Gebäude warten.«

»Günther Schall wurde angeklagt wegen Mordes in zwei Fällen.« Konstantin wanderte – wieder einmal – zwischen den Terrakottatöpfen auf Dorotheas Terrasse hin und her und zupfte die Kräuter ab. Weit unter ihnen ertönte am Bahnhof ein greller Pfiff, und der Abendzug setzte sich in Bewegung.

»Der Rektor wehrt sich mit Zähnen und Klauen. Er hat sein Geständnis widerrufen und sich einen Topanwalt genommen. Seine Frau gibt ihm zwar kein Alibi für den Mord an dem Alkoholiker, aber es gibt auch keine Zeugen.«

Hoffnungslosigkeit durchflutete Dorothea. Würde Günther Schall mit zwei Morden ungeschoren davonkommen? Im heiligen Land Tirol war alles möglich.

»Seine Kandidatur zum Bürgermeisteramt kann er vergessen.« Konstantin hatte ihre Gedanken gelesen.

Dorothea betrachtete Da Vincis *Mona Lisa* auf ihrer Tasse und nahm einen Schluck Schwarztee mit Milch. Er schmeckte mit einem Mal stark und kräftig, so, wie sie ihn mochte. »Ich habe beim Jugendamt angerufen.« Mit Schaudern dachte sie an die beleibte Frau und das Mädchen in der verwahrlosten Wohnung. »Susanne Kurz bekommt eine Familienhelferin.«

Konstantin nickte ernst, dann schmunzelte er. »Wir haben herausgefunden, warum jedes Jahr Silber und Kerzenständer von dem Ball verschwinden. Es ist ein offenes Geheimnis in Kufstein. Die Yogatrainerin hat uns schließlich eingeweiht. Die alte Frau Biberzahn ist eine Kleptomanin.«

Und der Grund, warum der stotternde Bibliothekar auf den Ball gehen musste.

»Was hat Fuhrmann dazu gesagt, dass du nun doch wieder bei ihm arbeiten willst?« Konstantin sah sie von der Seite an.

Der Gedanke an ihren Vorgesetzten kam Dorothea unwichtig vor, sie fühlte sich beschwingt und unverwundbar. »Seltsamerweise schien Fuhrmann erleichtert darüber, dass ich nicht gekündigt habe. Er glaubt immer noch an meine mysteriöse Verbindung zu einer Journalistin. Wie hat sich deine Chefin zu dem Fall geäußert?«

»Sie war nicht sehr beeindruckt: *Du hast den Fall gelöst, bravo. Aber glaube nicht, dass das den Karren aus dem Dreck zieht.*« Konstantin roch an einem Blatt Basilikum, das er abgerupft hatte. »Martin hat seine Bewerbung als Generalsekretär der Inneren Sicherheit zurückgezogen, vorerst bleibt er jedoch Polizeipräsident.«

Dorothea schnaubte. Auch das war das heilige Land Tirol. Einen Moment lang erwog sie, ihm von ihrem Gespräch mit ihrer Mutter zu erzählen. Von der Tatsache, dass er der Ermittler im Mordfall ihres Vaters gewesen war. Aber Konstantin hatte vom Tod ihres Vaters gewusst, er wusste bestimmt auch, dass sein Patenonkel die

Ermittlungen geführt hatte. Sie wollte nur auf ihrer Dachterrasse sitzen und das Gefühl genießen, mit ihm zusammen zu sein.

»Mein Taufpate hat die Ermittlungen im Mordfall deines Vaters geführt, wusstest du das?«

Dorothea nickte. »It's hard to see our heroes fall. Ich weiß, wie furchtbar es ist, wenn man seinen Idolen nicht mehr trauen kann.« Sie sah Konstantin nicht an.

Er ließ seine Schultern hängen. Endlich setzte er sich an den Tisch und betrachtete seine Espressotasse. »*Sternennacht*? Vincent van Gogh?«

Dorothea lächelte. Sie atmete Konstantins Aftershave ein, lehnte sich auf der Bank zurück und sah hinauf zu dem Nest, das die Elstern im Kirschbaum gebaut hatten.

Auch Konstantin betrachtete das schwarz-weiße Gefieder. »In Asien gelten Elstern als Glücksbringer. Als chinesisches Symbol für Freude und Glück.« Er grinste spitzbübisch.

Dorothea streifte sich eine Strähne hinters Ohr, zupfte an dem neuen lila Kleid, das sie mit Vera ausgesucht hatte, und genoss die Funken, die in ihr sprühten.

»Wie ist deine Prüfung gelaufen?«

Mit einem Ruck setzte sie sich kerzengerade hin. »Ganz okay. Ich warte nun auf das Ergebnis. Danach kann ich mich für die Stelle bewerben.«

Einige Minuten lang schwiegen sie und lauschten den Elstern. Schließlich räusperte Konstantin sich. »Ich wollte mich verabschieden.«

Eine eiskalte Hand krallte sich um Dorotheas Brust.

»Ich habe mir einige Wochen Urlaub genommen.« Er zwinkerte.

Die Erleichterung ließ sie auflachen. »Lass mich raten, du brichst zu einer Bergtour auf.«

»Nein. Ich habe im Moment genug von den … Bergen.« Ein Schatten fiel über sein Gesicht. »Ich brauche ein bisschen Abstand von Tirol.«

Dorothea wusste, wovon er sprach, dennoch traf es sie wie ein Messerstich.

»Kufstein wird mir fehlen.«

»Wohin geht deine Reise?«

»Nach Moskau?« Plötzlich war sein verschmitztes Zwinkern wieder da. »In die Mongolei? Nach Jaipur? Nach Utah? Jemand hat mir erzählt, dass es dort überall Elefanten gibt.« Er stupste sie sanft mit seiner Schulter an. »Willst du mitkommen?«

Nichts auf der Welt würde ich lieber tun. »Ich kann nicht. Ich habe meinen ganzen Urlaub für meine Prüfung verbraucht.«

»Ich weiß.« Konstantin seufzte. »Aber es war einen Versuch wert.«

Dorothea sah hinüber ins Kaisertal. »Ich werde an meinen freien Tagen wandern gehen. Vielleicht fahre ich sogar mal mit dem Kaiserlift.«

»Variatio delectat.«

Abwechslung erfreut. Dorothea war sich sicher, dass sie die Tiroler Berge keinesfalls einer Weltreise vorzog, doch sie fühlte sich leicht wie eine Feder und unbesiegbar. Selbst eine Fahrt mit dem Kaiserlift erschien ihr machbar.

»Ich hoffe, dass dein italienischer Kaffeekocher auf mich wartet, wenn ich zurückkomme.« Konstantin nahm ihr Gesicht in beide Hände, vorsichtig und zart.

Dorothea sah die goldenen Pünktchen in seinen Augen leuchten, ihre Haut kribbelte. »Das wird er.«

Mein herzlicher Dank

geht an

- meinen Ehemann Markus, der mich unendlich liebevoll bei der Arbeit an diesem Roman unterstützte,
- meine Eltern, meine gesamte Familie und meine Freunde, die an mich glaubten und mich zum Schreiben animierten,
- meinen Schreiblehrer Rainer Wekwerth und an Claudia Pietschmann, die mich beide äußerst viel lehrten,
- Dr. Karin Schiffmann, die (als Richterin) in freundschaftlichen Gesprächen warmherzig meine Fragen zu gerichtlichen Belangen beantwortete,
- (meine Schwester) Monika Hupfauf und (meinen langjährigen Schulfreund) Stefan Huber, die als Anwälte unermüdlich und ideenreich meine juristischen (Plot-) Probleme lösten,
- Abteilungsinspektorin Christine Müßiggang und Bezirksinspektorin Mag. a. Dr. Frauke Obermoser-Zoller, die mir in witzigen Gesprächen Einblicke in den Polizeialltag gaben,
- (meine Freundin) Margit Thuy, die für mich als Chemikerin humorvoll chemische Sachverhalte klärte,

- A. Univ. Prof. Dr. med. Walter Rabl, der mir auf toxikologische und gerichtsmedizinische Fragen kordial, rasch und ausführlich Antwort gab,
- meine Agenten Michaela und Klaus Gröner, die mich überaus fachkundig berieten,
- das gesamte Team des Piper Verlags, besonders an Eliane Wurzer, die mich ausgesprochen freundlich, bemerkenswert wohlwollend und vor allem außerordentlich kompetent bei der Entstehung und Veröffentlichung des Romans begleitete,
- meine herzliche, fabelhafte Lektorin Julia Feldbaum, die mich nicht nur in fachlicher, sondern auch in psychologischer Hinsicht unterstützte, mich unglaublich motivierte, mit mir unbeschreiblich professionell an meinem Manuskript arbeitete und mir sehr ans Herz gewachsen ist.